新时代散文

永不逝去的歌

卢策——著

北京日报出版社

图书在版编目（CIP）数据

永不逝去的歌 / 卢策著. -- 北京 : 北京日报出版社, 2022.2

（新时代散文）

ISBN 978-7-5477-4132-0

Ⅰ. ①永… Ⅱ. ①卢… Ⅲ. ①散文集－中国－当代 Ⅳ. ①I267

中国版本图书馆CIP数据核字（2021）第228995号

永不逝去的歌

出版发行：北京日报出版社
地　　址：北京市东城区东单三条8-16号东方广场东配楼四层
邮政编码：100005
电　　话：发行部：（010）65255876
　　　　　总编室：（010）65252135
印　　刷：成都市兴雅致印务有限责任公司
经　　销：各地新华书店
版　　次：2022年2月第1版
　　　　　2022年2月第1次印刷
开　　本：787毫米×1092毫米　1/16
印　　张：13.5
字　　数：205千字
定　　价：49.80元

目 录

红色念想

山水风物

乡土人情

HONG SE NIAN XIANG

红色念想

永不逝去的歌

——赣南客家风情录

哎呀嘞——
梧桐树上叶婆娑，
一对凤凰来做窝。
凤凰窝里百样草，
农民肚里百样歌。
盘古开天千百载，
唯有农民先唱歌。
……

兴国县，是客家山歌的故乡，客家山歌的发祥地，客家山歌的海洋。史载两千多年前的秦王朝大兴土木建阿房宫的时候，曾征用上洛山的木料，原始的山歌便起始于这些木客（伐木工）之口。宋朝大文学家苏东坡来这里，对当地这种特殊的文学现象，写出了“山中木客解吟诗”的诗句。至今，兴国山歌的开头语“哎呀嘞——”就是由当年木客们的喊声演变而来的。直到现在，兴国山歌已发展成多种形式、多种韵律、多种内容的一山歌。无论做什么事情，都有山歌的参与。其间，有《牧牛歌》《摘茶歌》《莳田歌》《放排歌》等丰富多彩的山歌名目。人们上山、赶圩或劳作漫行，无一没有山歌的此起彼伏、应和对答。在这里，似乎河里流的是山歌，山里长的是山歌，人们俯首可拾的也是山歌。因而，山歌作为一种表现形式和表达方式，活跃在生活的方方面面。

山歌，是广大青年男女表达爱情的一种方式。

在人们身心长期受到压抑的封建社会，青年男女之间为了表达感情，传递爱情，往往用“情歌”的方式予以传达。这种情歌比喻贴切，形象生动，既给人以“心有灵犀一点通”的感觉，又给人以“触类旁通”的启迪。深入浅出，感情丰富，成了兴国山歌内容中一个很重要的组成部分。在为我们采风准备的便筵上，县文联的一位同志顺手拈来，即席唱了一组他搜集来的情歌：

男：韭菜开花一条心，
去年想妹到如今。
新打剪刀难开口，
六月炉火难前身。

女：哥哥要恋尽管恋，
你莫今年约明年。
老妹好比早禾种，
时间到了要下田。

这位文联的同志告诉我们，像这样积极、健康的情歌，在兴国山歌的宝库中还有很多很多。这是兴国人民智慧的结晶，也是客家文化深远、博大的具体体现。

革命斗争时期，山歌是鼓舞士气、打败敌人的锐利武器。

苏区时期，兴国曾涌现出了一大批诸如谢水莲、曾子贞等著名的山歌手。被陈毅誉为“山歌大王”的曾子贞，曾带着山歌到硝烟弥漫的前沿阵地，以气壮山河的英勇气势，面对敌人唱山歌。这时的山歌，犹如一发发炮弹，在敌人的营垒中炸响，瓦解了敌人的士气与队伍。她们的行动与精神，得到了毛泽东同志的赞赏，他说：“好！唱得好！”并嘱咐陈毅，要兴国的山歌手到各个前沿阵地去唱，到各个地方去唱。这些山歌，无不充满人间的真挚感情、深刻的革命道理、正义的道义与英雄的气概。

你听：

哎呀嘞——
打铁不怕火星烧，
造反不怕斩人刀。
斩了头来还有颈，
斩了颈来还有腰。
就是全身都斩碎，
老表哥——
变鬼还要把仇报！

哎呀嘞——
斧头不怕纽丝柴，
红军不怕反动派。
粉碎三次大“围剿”，
铁打红军炼出来！

此外，兴国山歌还在规劝、教诲、祝福、鼓动等方面有一定的作用和意义，人们喜欢应用。

本着对兴国山歌的崇尚，我们几经周折，找到了兴国山歌的发祥地——上洛村。上洛村现已隶属高圆村，更名为“桥头村民小组”。上洛村，县志上曾有记载，后来中断，无从查考。我们探问了当地老表，才找到答案。群山莽莽，哪里曾留下木客们的踪迹呢？几经打探，村民告诉我们，也许就是对面高高的“皇封山”。“皇封山”，顾名思义，兴许就是当年皇帝征用木材的山头。于是，我们便驱车取道，径往“皇封山”驶去。幸亏“皇封山”近年修了一条简便的村级公路，尽管路况不好，终归车辆还是能爬上去。

“皇封山”确实是上洛村里较大的一座山。方圆数十平方千米，听说山上还有几个村小组呢！据说，最热闹时山上曾有过十八座寺庙。

小吉普在“之”字形的山道上左拐右驶。虽然沿途也有些树木，但可以想象，在两千多年前的秦朝，这里肯定是遮天蔽日、莽莽苍苍的原始大森林。因此，木客们伐木也不是一两天的事，更不是一两个人的事，而是有大队伍的“阵营”。并且是长时期的劳作，才能“滋生”出惊动后世的山歌来。我们来到“皇封山”半山腰上的高圆村村民小组，说明来意后，七八个敦厚、淳朴的壮年汉子热情地搬椅倒茶，接待了我们。品茶间，陪同我们的县文化局的同志即席唱了一首山歌，意在邀约他们一起对唱。谁知，这边文化局同志的一首山歌刚停，在座的一位姓陈的村民便接口对唱了两首：

其一：

要我唱歌也不难，
等我慢慢想得来。
山歌只有肚中出，
也没龙船装得来。

其二：

写字也要墨来磨，
唱歌也要人来和。
四六句子由你唱，
一句妹来一句哥。
……

反应如此之敏捷，对答如此之迅疾，配合如此之默契，这是我们始料不及的，我们不由得当即夸奖了他几句。姓陈的村民有点不好意思，他谦和地指着在座的其他村民说：“他们一个个都比我会唱，我家女人也比我会唱！”其他村民听了不做争辩，也不做解答，只是咧开嘴笑。

我们扫视着这些善良而淳朴的村民，一张张黝黑的脸中透出暗红的光泽。岁月的风霜铸就了他们古铜色的脸庞，一看便知这些都是日出而作、日落而息的勤劳山民。在他们身上，我们似乎找到了当年秦王朝时木客们的影子呢！当然，他们和当年的木客们有本质上的区别。想当初，那些木客们也许是些在鞭影下劳作的衣衫褴褛的汉子，而现在的村民，却是生活在现代文明社会里的主人翁。这一切的一切，从他们明亮、喜悦、灵活的眸子里可以找到答案。

“你们这里可以收到电视信号吗？”我们问。

“能收到。很清晰，就像装了闭路电视一样。”他们兴奋地回答。

望着山下点点的屋舍和如带的公路，我们似乎觉得山上是另一个世界。然而，现实告诉我们：这些木客们的后裔并没有当年那些木客们的那种与世隔绝的凄苦了，现代文明已把山上山下拼在了同一时空，诱人的前景将会使他们的生活更加丰富多彩！

在驱车回城的路上，陪同的县文化局同志告诉我们，兴国山歌已很有名，特别是苏区时期“扩红”、作战，在生产中发挥了重大作用，中央电视台的春节联欢晚会，还曾特邀过兴国当年的女歌手去上台演唱呢！县里为进一步弘扬民族优秀传统文化，正在紧锣密鼓地筹备第四届重阳山歌会，要求全县各乡镇都组队参加。形式不拘，可独唱、对唱、合唱，估计有近四十个代表队参加，五十多个节目。参加人员中，大的有七十多岁的老人，小的有五六岁的孩童。他们还准备邀请有客家渊源关系的广东梅州派队参加，去年，他们和广东梅州客家代表队还斗了歌呢！

听了他们的介绍，我们很激动，心想：想不到这些起源于山中木客、出自深山村民口中的山歌，竟有如此大的魅力。在促进社会主义精神文明建设、丰富人民群众文化生活中，竟有如此大的影响和作用。怪不得1996年兴国县被文化部命名为“中国民间艺术山歌之乡”！想起这一传统的山歌发轫于秦朝时的木客之中，历经两千多年，长盛不衰，反而成了今天娱乐的一种形式，我们不禁为其顽强的生命力而赞叹。可以想象，随着人们物质生活与文化生活水平的不断提高，兴国山歌作为一种优秀的传统文化，仍能占有其重要的地位和具有强大的活力。它是一首永不逝去的歌！

载《赣南日报》1998年10月14日

（此文2013年获《散文选刊》全国征文一等奖）

家乡的红瓜子

家乡的红瓜子历史悠久，板大粒厚，一直是信丰县的名产，远销东南亚和世界各国。

记得小时候，祖母曾给我们打过这样的谜语：

小小红砖房，住着白姑娘，
不嫁懒汉夫，只嫁勤恳郎。

谜语虽然不算深奥，可也费了我们好大劲儿去猜。最终，在祖母的启发下还是猜出来了。祖母很高兴，抓给我们每个人一大把红瓜子，算是奖赏。

红瓜子是吉祥如意的兆物。客人来了，绿津津的浓茶中间放上一碟红瓜子，显得客气、实惠，客人可一边嗑着红瓜子一边闲聊，有助谈兴。逢年过节，家家都喜欢在众多的食品中放上一碟红瓜子，这碟红殷殷的瓜子不仅表示吉祥如意，而且能在茶足饭饱后给家庭添上几分陶然之情。

更有趣的是撒帐。

每当村民迎娶之时，新郎、新娘进洞房之前，在新房的床边，司仪老媪都喜欢笑吟吟地把我们这些“小把戏”召集拢来。然后，用红瓜子和喜糖等果物往新帐中撒去，让我们这些“小把戏”去捡去抢。她一边撒还一边念念有词：

甜甜喜糖红瓜瓜，

明年生个胖娃娃。

……

我们不去理会她的礼仪，也不信那早生贵子的话，只顾一味地去床上捡抢糖果和红瓜子。笑着、闹着满床打滚，渲染出一片热闹、欢乐的气氛来。

长大之后，红瓜子也一直跟我结有不解之缘。我常常把它作为高尚的“礼品”馈赠给我的亲戚朋友。那年，我去大学念书，母亲叫我带一袋红瓜子给我在省城工作的叔叔。他是一位老红军战士，离开家乡几十年了，对家乡的红瓜子还感兴趣吗？说老实话，我还真有点担心。

“人家那边到处都是黑瓜子，不兴红瓜子！”我有点为难地说。

“你别担心，”母亲安慰我说，“你叔不是别人，他原先在家就是个地地道道的种瓜汉子。那年，就是在给东家看瓜的时候跟红军走的！”

果真，当我把红瓜子送给叔叔的时候，他高兴极了，乐呵呵地说：“好啊！家乡的特产！一颗瓜子一颗心，一袋瓜子就是一片情啊！我转战山南海北，无论走到哪儿，一见当地的特产，就会想起我们家乡的红瓜子！这东西也古怪，就像红豆，最能引人相思……”

换装的时候一不小心，几颗红瓜子掉了出来，撒在地上。他见了，心疼地一边伸出颤巍巍的手去捡，一边说：“一颗瓜子就是一滴汗啊，莫糟蹋了，莫糟蹋了……”

见叔叔这样朴实无华、真诚坦然，忽然间，我觉得他也像红瓜子一样——一颗老战士的心，始终保持着革命的本色。

载《江西日报》1985 年 11 月 6 日

（此文获由中华散文网、诗潮杂志社、北京华夏博学国际文化交流中心举办的“2014 年中外诗歌散文邀请赛”一等奖）

红军与竹

竹，是在我国南方普遍生长的一种植物。种类很多，有慈竹、单竹、四季竹、楠竹、水竹、方竹、墨竹、凤尾竹、斑竹、巨龙竹……数十个品种。人们都很喜欢它，因它有良好的秉性和品格。

虚心踏实是它一大优点。不管田间地头，还是高山峻岭；不管房前屋后，还是塘头地角，人们都可以看到它忠于职守、默默肃立的身影。

朴实平易是它另一大优点。它博得人们的亲近，人们喜欢用它来美化环境，朝夕相伴。俗话说“宁可食无肉，不可居无竹”，表明了人们对它有情感。

坚韧顽强是它又一大优点。它四季常青，不惧炎夏酷暑，不畏严寒冷冬，与松和梅并称“岁寒三友”。

此外，它还有许多独特的长处和功用，给人以无私的奉献。

首先，它在生活上有广泛的用途。

因它生长快，人们利用它加工成家具、工艺品、乐器等。

因它可塑性强，深加工的空间大，人们通过物理和化学处理，还可制成竹纤维，被用作纺织品，做成毛巾和衣物等。

竹通过烘焙，制成竹炭，被用在许多场合。竹炭经过粉碎和活化制成的活性炭，有很好的吸附和净化作用，可以清洁环境。

由于竹子有很好的硬度和韧性，人们也多用它来建造棚架，做建材及扫帚、桌、椅等日用品。

其次是它的药用价值。

竹荪是一种真菌，在我国的《食疗本草》《本草拾遗》《本草纲日》等医著中都记载它有较高的滋补价值。

竹根入药有清热除烦之功效。《本草纲目》中记载："淡竹根煮汁服，除烦热、解丹石发热渴。苦竹根主治心肺五脏热毒气。甘竹根，安胎，止产后烦热。"

竹笋是竹的幼芽，其组织细嫩，清脆爽口，滋味鲜美，营养丰富，是一种很好的食材。

竹青是去火清凉的中药材。将新鲜的竹片放在火上烘烤，得到的汁液称为竹沥，是用于治疗咳嗽和化痰的良药。

竹叶心可以治疗腹泻。抽取竹叶心食用其白嫩部分，可治疗轻度腹泻。

可以说竹子一身都是宝。因此，在文学作品中，人们都用比喻、象征、拟人等手法尽情去赞美它、歌颂它；在绘画和摄影中，人们都喜欢竭力去展示它和表现它。

然而，在苏区土地革命战争年代，竹也与革命、红军战士有着紧密联系。

中央苏区五次反"围剿"时期，由于敌人的严密封锁，苏区进入了最艰难的岁月。红军的衣食住行都受到了很大影响。于是，自力更生便是解决问题的最好办法。竹，当时便与红军战士结下了不解之缘。竹笋，是红军战士们最好的食物来源之一。他们平日在山岭中寻找竹笋，煮熟充饥，既当粮食又当菜，伴他们度过这艰难的岁月。于是，红军战士们对竹笋有一种特殊的感情，编顺口溜赞美道：

竹笋尖尖满山岭，
支援革命立大功。
红军充饥添力量，
战场奋勇杀敌人。

在战争当中，红军战士们也发挥聪明才智，利用竹材当武器，大布竹钉陷阱，让敌人备受竹钉的惩罚和困扰，从而大大削弱了敌军的战斗力。战士们见了竹钉陷阱的神威，都乐得编顺口溜赞美道：

小小竹钉威力大，
设下陷阱把敌杀。
山前山后齐布阵，
戳得敌人叫爹妈！

平日里，经济拮据，红军战士们便用它来做饭碗、做茶缸，制蓑衣、做斗笠，提供了极大的方便。

长征前夕，得知红军远征，在当地政府的组织安排下，家家户户砍来竹子，编织斗笠，他们想尽量给每一位战士都准备一顶斗笠。斗笠上还用墨汁写上“中国工农红军”几个大字。为此，有的战士也编了顺口溜赞美道：

小小斗笠竹编成，
表达百姓一片情。
伴随红军走天涯，
抵日挡雨又遮风！

此外，红军运输队还将竹子削成一根根扁担，以便远征路上挑运军用物资。特别能为日后红军长征途中起大作用的，还是军民们用竹子编织的篾缆火把。这种篾缆火把，是将竹子剖开制成细篾，然后再用它绞织成一条篾缆，晒干后当火把使用。这种篾缆火把不怕风不怕雨，经久耐烧，方便携带。红军昼伏夜行，躲避敌人的飞机，用它照亮漫漫长征路：翻过老山界，越过娄山关，渡过大渡河，飞夺泸定桥……

竹，功不可没；竹，也像是一个无畏的战士！

载《赣南日报》2017年4月24日

南岳苍松

仲春时节，百花盛开，千峰竞秀，万木争荣。

在一条通往深山的崎岖山道上，我和向导老许驱车疾驶，急切盼望早点到达远处的青山脚下。

终于，经过一段急驶，在一座巍峨大山下的屋场土坪上，我们停好车，立马仔细地寻觅着荒草野棘中的山间小径。这个屋场叫坳高，与坎下老许家的坳背屋场共一个村民小组。

经过向导老许的仔细辨认，终于，一条荒僻、崎岖的山道，曲折迂回、若隐若现地扑入了我们的视野，呈现在山林野壑之中。老许是附近一家小学的校长，他小时候就经常到这坳高屋场背后的人山仔山上拾柴割草。

老许用手一指，说："喏，就是这条山道！"

我顺着他手指的地方看去，只见莽莽山岭中，树木蓊翳，花草繁茂，一条曲折山道，逶迤而上，通向两峰之间的山坳。

目睹着这条静静的山道，我心潮起伏，思绪连绵，心情久久不能平静……

因为，这是一条很不平凡的山道啊！

当年，革命先辈、赣粤边军政委员会主席、军分区司令李乐天同志，就是在这条山道上牺牲的！

这是我军三年游击战争中的一个重要人物；这是我国南岳峰峦中的一棵参天苍松！

李乐天同志是广东南雄人，1927 年加入中国共产党，是 1928 年南雄暴动的领导者之一。暴动受挫后，他与战友带领武装队伍转入赣粤边的油山，组建油山游击队。1930 年，编入西河红军第二十六纵队。中央红军长征后，他又奉命在于都小溪参加了中共信康赣雄特委和信康赣雄军分区成立会议。任特委书记、军分区司令员兼政委。随即又率领特委、司令部机关和独立营共七百余人的队伍转移到赣粤边的油山，坚持游击战争。1935 年 3 月底，项英、陈毅突围到油山与李乐天部会合。从此，在项英、陈毅直接领导下，开展游击战争。著名的信丰潭塘坑会议后，他被分派到信南和三南一带开展游击工作。在去三南贯彻特委的指示时，不幸牺牲在信丰县极富乡（现为铁石口镇）的上塘村坳背村小组坳高屋场后的人山仔山上。

然而，作为一个写过三部有关三年游击战争题材长篇小说的我来说，虽然几次都想亲临一下现场，凭吊一下这位三年游击战争的革命英烈，但是一直未能如愿。今天，在老许的带领下，终于如愿了。

“听老人们说，李乐天同志是在人山仔的半山腰上牺牲的！”老许心情沉重地说，“听说他牺牲得很英勇、悲壮。他在负伤后，为了掩护同志撤离，在消灭了好几个敌人后，剩下最后一颗子弹自尽的！”

他的介绍，跟史实基本相符，我查阅过许多历史资料，也基本上是这样记叙这位英烈的英勇壮举的。

山道隐藏于野草荒棘之中，时隐时现，我们拾级攀登。每登一步，我都充满崇敬与景仰；每登一步，我都心存思念与怀想……

“听老人们说，他牺牲后，当地的人们都很怀念他，给他建了墓、修了亭……”老许无限感慨地说。

他讲的也是事实，据我所知，中华人民共和国成立后，在他牺牲地附近的极富圩旁，人们确实给他建了墓，还修了亭。

谈到这些，由于写作的原因，还联想到了这样一个故事：也就是这一次南行，李乐天同志在油山与妻子兼战友的吴丙秀话别。吴丙秀一再叮嘱他这次回来，要买几尺花布给寄养在老百姓家中不满周岁的女儿做件衣裳。因为他们忙得实在没有时间去看望女儿了，心中都很内疚。李乐天答应了，路过小河圩时买了一块花布。当通讯员带回去这带血的花布时，吴丙秀悲痛得难以自制……

我们一步一步，好不容易登上三分之二的山路高处，再往上一小段路更加崎岖难行了，几乎是垂直壁立了。

“就是这里了！”许校长指了指我们脚下的这一小块区域说，“据老人们说，因为山路更加崎岖难行，所以行动较为迟缓，结果被敌人的机枪打中了大腿。他不能再攀爬了，为掩护战友撤离，击毙多名敌人后，便英勇就义了……”

我环视了一下周围，只见苍松肃立，花草如茵：四周宁静，山风阵阵。殷红的映山红像烈士的鲜血一样，一簇簇，一蓬蓬，开满了山山岭岭……

于是，我与许校长采来一束鲜艳的山花，环顾四周，见无墓地，便轻轻地将花束放在了一棵高大、挺拔的苍松下，默默地肃立许久，表达我们无尽的哀思……

良久，我们从默哀与沉思中回过神来，转身遥望山下的宽广大地。

抬眼望去，不远处是汩汩奔涌的桃江河。河上，近年新建了一个电站，给千家万户送去了光明和便利；给企业与广大农村送去了电能和动力，促进了铁石口镇工农业生产的快速发展。

再放眼四处，只见一栋栋漂亮的小康楼星罗棋布，矗立在山山坳坳。道路纵横，车来车往，如诗如画，一幅新农村的美丽图景呈现在我们眼前，让人赏心悦目。

眼见时辰不早，我们循径而返。路边，一簇簇如火的映山红深深地吸引了我们，我们顺手采撷了一捧带回了许校长的学校。此时，正值学校下课，一群蹦蹦跳跳的孩子，洋溢着幸福的笑脸向我们拥来。我把这捧火红的映山红插在了学校的醒目位置，作为礼物，是作为纪念和启迪。

看着这殷红的映山红，看着这些活泼愉快的小学生，我深有感触，心想：是啊，我们今天的幸福生活不正是李乐天这些先烈们抛头颅、洒热血换来的吗？我们应该珍惜这来之不易的幸福生活，永远热爱党，永远跟党走，这样，才能对得起这些长眠于地下的烈士……

载《赣南日报》2013 年 3 月 28 日

陈毅在赣南的两段情缘

人是有感情的动物。人，具有区别于其他一切动物的自然属性，即人性。俗话说，“人非草木，孰能无情?”不管持何种意识形态、观点立场的人，在一定的条件下，都会表现出其自然属性的一面。共产党人也如此，陈毅在赣南表现出了其真挚感性的一面。

其时，正是赣南苏维埃土地革命进入了如火如荼的年代。

当时陈毅奉命在信丰县创立红军干部学校，为创建红二十二军培养青年干部。时值近三十岁、风华正茂、仍然单身的他，在青干班中看上了一名叫肖菊英的学员。

肖菊英是赣南信丰县城人，父亲肖思炳在县城开了一家土布店。她身材高挑，皮肤白净，举止大方，是个人才出众的女学员。她不仅学习刻苦发奋，军事政治训练也很优秀。不仅会吹拉弹唱，还会绘画作文。平日爱唱爱跳，是个文娱骨干分子。因此，很快就进入了陈毅的视野，陈毅有意无意经常与肖菊英接触。肖菊英也很仰慕陈毅的才能和人品，一来二往，相互都有爱慕之情，不过没有表露而已。最终，在彭加伦和钱益民的热心撮合下，俩人才终于定下了姻缘。

一天，肖菊英带陈毅回家见父母，肖菊英父母喜出望外，热情接待。席上摆满了陈毅喜欢吃的辣椒炒小鱼干、红烧肉、水蒸蛋等菜肴，还佐以信丰特有的上好米酒。陈毅高兴之余，也坦诚地对肖菊英的父母说：“我今天来府上，一是看望二老，二是登门求婚，菊英政治思想好，人也能干，我很喜欢她。只是我们年龄相差了些，但我是个留学生，也算还能配得上吧！”

肖菊英的父母思想很开通，陈毅虽然年纪比肖菊英大些，但见他们二人感情很好，也就很高兴地答应了。肖菊英结业后，也调去陈毅任军长的红二十二军军部当了一员机要秘书。

不久，陈毅奉上级指示，率领红二十二军骨干要离开信丰。临行时，他们夫妇一起来到岳父母家中道别。岳父母难舍难分，他们拿出一条红毛毯，作为陪嫁物送给他们说："这条毯子寄托了我们的一片真情祝愿，见物思人，就让它陪伴你们走遍天涯，好运常在，处处胜利吧！"

事后，夫妻恩爱，度过了许多甜蜜时光。然而，天有不测风云，就在他们情好日蜜之时，肖菊英不幸落水而死。这对陈毅无疑是个莫大的打击，每每忆及她的音容笑貌，恍如就在眼前；每每想起她的品性才干，他寝食难安。在万般无奈、思念难禁、难以自拔的情况下，他动情地写了思念爱妻的诗歌《忆亡》：

泉山渺渺汝何之？
检点遗篇几首诗。
芳影如生随处在，
依稀门角见冰姿。

检点遗篇几首诗，
几回读罢几回痴。
人间总比天堂好，
宿愿能偿连理枝。

依稀门角见冰姿，
影去芳踪我不知。
送葬归来凉月夜，
泉山渺渺汝何之。

革命生涯都说好，
军前效力死还高。

艰难困苦平常事，
丧偶中年泪更滔。

诗句字字血泪，每每默念他都不禁要泪流满面，心中悲痛万分。

关爱同志的李富春和蔡畅怕他在悲痛之中过于伤神，影响身体，就给他介绍了另一位伴侣——赖月明。

那是他从有名的水口战役回来，在宁都县地方政府组织的一次慰劳演唱会上。陈毅和战士们观看戏台上两个淳朴的青年女山歌手对唱山歌。其中一个年纪较小的漂亮姑娘歌声特别甜美、清亮，悦耳动听，引发了陈毅的极大兴致。他一遍又一遍起身鼓动战士喝彩，要求“再来一个”“再来一个”！

这个姑娘就叫赖月明，兴国县人，原是个童养媳，十五岁就逃出来参加革命，在少共江西省委儿童局工作。

自那天的慰劳晚会后，蔡畅便把这事放在心里，多次安排他俩在一起工作或打乒乓球，让他们多接触，产生感情。赖月明对蔡畅向来亲热、信任，口口声声亲昵地叫蔡畅为“蔡大姐”，蔡畅也很喜欢这个淳朴、漂亮的山里妹子，亲昵地称她为“田螺姑娘”。

终于有一天，在蔡畅和李富春等人的精心安排下，陈毅与十八岁的赖月明在一家祠堂里举行了简单的婚礼，结成了夫妻。

夫妻生活原本是甜蜜的，然而，不幸的是，中央红军第五次反“围剿”失利。陈毅身负重伤，中央红军长征时被留下来坚持游击战争。此时，已是石城县妇女部长的赖月明也被组织通知回兴国老家留守后方。分别时，夫妻俩难舍难分，情感令人动容。赖月明伏在陈毅肩上哭得死去活来，坚持要留在陈毅身边照顾他。陈毅劝说她服从组织的决定，应对将来更加险恶的环境。

赖月明就这样离开了陈毅，带着眼泪和满腹深情，带着新婚不久的遗憾，带着满怀的牵挂和一颗年轻女人的心……

想不到这一别，竟铸成了他们的终生遗憾。赖月明在白色恐怖下，几经周折，隐姓埋名，被伪保长胁迫，几次转嫁他人。最后，戏剧性地又嫁回到于都山区一个偏僻的地方。

陈毅坚持三年游击战争后，下山谈判时，曾多方寻找过她，但都没有结果。陈毅颇为惆怅与伤感，路过兴国时，悲愤中写下了《兴国旅舍》这首诗：

兴城旅夜倍凄清，
破纸窗前透月明。
战斗艰难还剩我，
阿蒙愧负故人情。

诗中，表达了陈毅对妻子赖月明的一往情深和无限思念。

直到 1958 年，赖月明从一张包糖果的报纸上看到陈毅出国访问的消息后，才知他的踪迹。然而，最终这个“田螺姑娘”来到北京，那时陈毅、张茜已去世，蔡畅在弥留之际，已不能发声，只是一个劲儿地抱着赖月明的头流泪……

爱情，是个美丽而动人的名字。爱情，也是一块美丽而神奇的土地。人性的种子一旦落入这块土地，便能长出人生的奇花异草来。人性，是人的一种自然属性，饮食男女，衣食粟帛，都是人之须臾之所需，不论富贵与贫穷，不论位尊与卑下，它所表现的是人的最本质、最真实的东西。陈毅在赣南的两段情缘，感情真挚动人，情节离奇曲折，看了令人感动。

载《散文世界》2013 年第三期

王母渡情思

浩浩奔流的桃江河，穿过千山万壑，从上游款款而下，来到赣县南部的一个盆地之中，流速变缓，静静地流淌着。这个地方就是我心仪已久的王母渡。

我对王母渡情有独钟，是来自一段重要的革命历史。

那是往昔峥嵘的烽火岁月中，中央苏区经历第五次反“围剿”后，中国工农红军开始了举世闻名的二万五千里长征。留下了身为中共中央分局书记的项英、身为中央政府办事处主任的陈毅等人，领导留守人员开展英勇卓绝的游击战争。

他们在敌人大举进攻中央苏区，实行残酷的杀光、烧光、抢光的“三光”政策下，接受党中央的指示，化整为零，灵活机动地开展游击活动。从敌人重重包围的于都上坪山区突围出来，在革命群众的掩护下，乔装打扮，实施转移。陈毅化名“老刘”，身穿长袍，头戴礼帽，扮成官商模样；项英化名“老周”，扮成店员模样。随行人员各自扮成伙计或仆人模样。

他们一行来到王母渡附近一个叫粒赖的渡口。这天，刚好是河对岸的粒赖圩日，他们几个人一大早便来到了渡口。这时，船还未开，江边挤满了等待过江的人。其间，有卖鱼的、卖鸡鸭的、卖菜的、卖柴的、卖山货的……男男女女，老老少少，熙熙攘攘，好不热闹。大河对岸，敌人早有防范，四处张贴了悬赏捉拿项英、陈毅的布告。渡口和圩头也都派了荷枪实弹的哨兵搜查、盘问。

陈毅见状，觉得情况有点严重，便找了个偏僻处对项英说：“看来，敌人盘查很严，等会儿船过来时，你要后上船，到对岸时才能先上岸。

先上岸的肯定搜查得马虎点。我先上船，到对岸时我就会后下船。我当二十二军军长时，曾在这一带驻扎过，怕有人能认出我来，我要随时做好应急准备……”

项英听了，勉强同意，但还有点不放心地说：“这样，你会很危险啊！”

陈毅笑了笑说：“不要紧，我会泅水，危急时我会往水里跳……”

项英仍担心说：“敌人会开枪打死你的啊！”

陈毅泰然地说：“死怕什么?！我随时都准备着牺牲。但能逃脱我会全力逃脱。我会往下游游去，敌人不认识你们，你们可混过去，到时在油山相会……”

这时，人群一阵骚动，船来了。人们争先恐后拥挤上船，项英等人也按陈毅的意图，一个个上船了。

不一会儿，船到了对岸，项英跟着一个挑柴的人上了岸。挑柴人见项英紧跟着自己，有点发慌。他本想绕过哨兵检查，反被哨兵发现。哨兵犯疑，重重抽了挑柴人几鞭子后，反而检查得更加仔细。项英正等待检查时，不想后边的人一下拥挤过来，哨兵拦不住，趁慌乱之际，项英等人便快步通过了岗哨。

陈毅坐在船的最后，跟着一个卖菜的妇女上了岸。见哨口人多混乱，三步两步，快速超过卖菜妇女，插在一伙人群中从容向哨口走去。哨兵见人多混杂，又见陈毅这一身有派头的打扮，没敢多问，随便在他身上摸了摸便放行了。

陈毅过了哨口，刚到街口，又见有两个敌兵在街口把守。幸好这一带他路熟，马上转入一条肮脏、破败的小巷，七拐八拐地穿过圩头，与早已在那里等候的项英一伙会合。真是有惊无险，直到这时，大家才真正舒了口气，一颗悬着的心才放了下来。……

这一段历史故事，深深地吸引和震撼了我。虽然是一则平平常常的生活琐事，一次普普通通的过渡行动，却体现了老一辈革命家们大智大勇的品格和英勇无畏的英雄气概，也表现了他们为了中国人民的革命事业和幸福美好的明天，敢于自我牺牲的崇高精神！这平平常常、简简单单的一次过渡，后来的党史专家也曾有过评说：如果其间略有失误或不慎，都将给革命造成重大的、不可估量的损失。这样，三年游击战争的历史将会改写，后来的新四军军史也将改写！

由于这段传奇的革命历史，我对王母渡与粒赖这两个地方产生了浓厚的兴趣，早就想一睹其尊容。

今天，终于来到了王母渡。面对着汩汩奔涌的江水，我也思绪连绵，激情难抑。心想，江流和时流，能够冲刷和湮灭许多东西，但永远不能冲刷和湮灭人们心中的红色记忆；永远不能冲刷和湮灭先辈们舍生忘死，为中国革命英勇奋斗的崇高精神！先辈们抛头颅，洒热血，舍生忘死为中国人民的解放事业、为实现共产主义的伟大理想和宏伟愿望，已终于得到逐步实施和实现。

呈现在眼前的王母渡镇就是一个最好的佐证和实例。

昔日的王母渡是一个仅有几千人口、一百多户人家的简陋小镇。仅有二百多米长的古渡街是其唯一的一条街道，街面破烂不堪，坑坑洼洼；街道弯曲狭窄，两旁的店铺低矮，房舍破旧。市场经济萧条，市面冷清，是一个典型的山区贫穷小镇。

如今，一个占地 2.4 平方千米，拥有近五万人口、一万多户人家的崭新的王母渡镇展现在人们眼前：一栋栋高楼大厦如雨后春笋拔地而起；一条条宽阔街道整齐平坦，望不到尽头。街道两旁，商铺林立，货物如山；橱窗毗连，五花八门；装饰豪华，异彩纷呈。

时值圩日，人山人海，人头攒动，熙熙攘攘，热闹非凡。叫卖声、吆喝声、讨价声、机鸣声、犬吠声、笑语声……汇成一片欢腾的海洋！

陪同的镇干部告诉我们，近些年来，在上级有关单位的关心与支持下，王母渡镇的圩镇建设有了较大的发展和变化。特别是在硬件建设方面，圩镇现已建有九条主要街道，五座跨河大桥。电力实施也得到了较大改善，去年新建了一座变电站，并投资了几千万元进行农村低电压改造，彻底改变了王母渡低电压的历史。街道两旁新建了太阳能照明灯，提高了整个圩镇的亮化程度。在教育方面的投入也很大，村级小学全部进行了改建，镇里设立了“爱心基金”，短短三年把全镇 C、D 两级学校全部改建完毕。中学和中心小学都进行了修葺和扩建。如今，一所所学校校舍整洁，校园宽敞，设施齐全。

硬件设施建设的完善与提高，大大促进了全镇经济的发展与繁荣。

为此，根据王母渡镇地处赣州市区边缘的优势，镇党政领导一班人，决心将该镇打造成为赣州城区的“后花园”。具体地说，就是定位成赣州市的菜篮子、果盘子、花盆子。大力发展蔬菜、水果、花卉生产，形成产业。目前已拥有四五个大型的蔬菜基地，十多个占地二十多亩的大型脐橙基地，五六个大型的花卉、苗木基地，力争让王母渡镇一年四季瓜果飘香，翠绿遍野，生机勃勃。

可以预见，一个更加漂亮、热闹、繁荣的王母渡镇，将在赣县南部山区呈现。它像一颗熠熠闪光的明珠，镶嵌在这青山绿水的翡翠之中。

这些现实和愿望，不正是革命先辈和革命先烈们舍生忘死、艰苦拼搏为之追求和奋斗的吗？因此，在已经拥有了美好生活的今天，我们不应该忘掉革命先辈们英勇奋斗的光荣历史。应让红色基因薪火相传，以此来激励我们向先辈们学习。继承他们的遗志，刻苦努力地去创造更加美好的明天，实现我们中华民族伟大复兴的中国梦！

载《海外文摘》2015 年第六期
《赣州晚报》2015 年 7 月 2 日
《赣南日报》2015 年 7 月 7 日

油山松

山里的气候，确实比山外凉爽得多，一进大山，便有这种舒适的感觉。入夜，头一落枕，便呼呼入睡，进入了甜蜜的梦乡。

一觉醒来，不觉天已微明。这时，忽然传来一阵阵呼呼的响声：时如万马奔腾，时如沙沙急雨；时如习习秋风，时如汹涌海潮。这声音，在黎明时听起来似乎特别清晰、特别真切。

我感到奇怪，便问同房的好友。他告诉我，这是松涛。由于黎明清静，这种声音此时听来显得特别清晰、雄浑！

经他一说，我才记起：是啊，进山时，那沿途漫山漫岭确实有许多大大小小的松树。它们或在山上，或在山下；或在道旁，或在沟底；或一棵两棵，或连片成林……凡是能生长的地方，它们都生机勃勃，郁郁葱葱，充满了生命力。特别是在一些崖隙和石缝中，仍能看见它们虬曲着身姿，仍在倔强地生长。它们把细细的根，艰难地挤进崖隙、石缝中。然后，竭尽全力地从中汲取水分和营养，求得自身的生存与发展。哪怕是在一些地势险峻的绝壁与深壑之处，在一些失去重心的垂直之地，它们仍然顽强地生存、生长。正如郑燮所写的诗：

咬定青山不放松，
立根原在破岩中。
千磨万击还坚劲，
任尔东西南北风。

松树，就是这样生存、生长的。自古以来，松树顽强的生命力和不屈不挠的斗争精神，作为一种高尚品德与操守的象征，一直深深地留在了人们的印象里。

“我们油山的松树多着呢！”好友自豪地告诉我说，“嫩的青葱一片，形成了壮观的松树林；老的苍劲挺拔，犹如倚天巨柱，高耸云霄呢！有兴趣，天明我带你去看！”

经他一提，我这才忽然想起，这里确实是油山，是莽莽苍苍的油山，是鼎鼎有名的油山。我这次就是来这里采风和搜集资料的。

油山，地处江西（赣）、广东（粤）两省边区，连接五岭与罗霄山脉。中央红军长征后，这里是南方八省三年游击战争的中心区域，也是中共中央分局的所在地。当年项英、陈毅等一批老一辈的革命家，曾在这里进行过三年艰苦卓绝的游击战争，留下了不可磨灭的历史功勋。

陈毅同志的诗作中，有不少曾形象地表现了这种艰苦的生活，《赣南游击词》里就有不少这样的句子：“天将午，饥肠响如鼓。粮食封锁已三月，囊中存米清可数。野菜和水煮。”“夜难行，淫雨苦兼旬。野营已自无篷帐，大树遮身待晓明。几番梦不成。”“叹缺粮，三月肉不尝。夏吃杨梅冬剥笋，猎取野猪遍山忙。捉蛇二更长。”“满山抄，草木变枯焦。敌人屠杀空前古，人民反抗气更高。再请把兵交。”

然而，直接写油山的《油山埋伏》一诗，就更形象地表现了当时转战在油山时的情景：

走石飞沙大地狂，
空山夜静忽闻狼。
持枪推枕猛起坐，
宛似鏖兵在战场。

第二天吃过早饭，朋友便邀我登上了屋后的大山顶。果真，极目远眺，山山岭岭一片翠绿葱茏。芃芃生长的松树和一些其他的树木，冠盖相瞩，交枝连理，气势壮观。

“这些都是近年种的，高大的古松在一些山壑和各自然村的后垅山才有！”说完，他用手一指远处郁郁葱葱的山壑和不远处的后垅山上，

“呶，那些个就是历经风吹雨打、雷殛电烧、雪压霜冻、风雨百年的苍劲老松！”

我们首先来到上乐小村不远处的后垅山。走到松树前，果见一棵棵松树高大挺拔、结实伟岸、傲然屹立。其中，有不少松树粗壮的树干上，还依稀可见岁月风雨侵蚀的痕迹和刀火留下的创伤：有的有明显的刀斫斧砍的深痕，有的有明显的火烧火燎的疤痕。

朋友告诉我，在三年艰苦卓绝的英勇斗争岁月中，经过敌人多次的烧山“清剿”和砍伐破坏，许许多多的林木灰飞烟灭。唯独这些不屈不挠的青松，挺住了敌人的刀砍火烧，依然昂首傲立，与敌人、与凛冽的西北风相对抗。

青松，不愧是坚强的战士！

朋友还告诉我，在这三年艰难的游击战争中，我们有许许多多的战士，在这漫山遍野的松树林中艰苦奋斗，浴血奋战，直至献出自己宝贵的生命……

接着，他给我介绍了几个刻骨铭心的人物和故事。

他说，巍巍油山不会忘记，当年把陈毅、项英等同志带上油山的曾纪才同志。

曾纪才是油山脚下一个苦大仇深的穷人，父母早年被反动派杀害。党和组织的关心，把他从一个普通的百姓培养成了一个县委书记，曾是陈毅同志的部下。然而，在当时斗争错综复杂的情况下，他被打成了改组派，成了阶级敌人，长时间受着非人的待遇。在红军长征时，他被分派在劳改队里与地主、富农反动分子们一起抬东西。

路上，敌机的轰炸把队伍打散了，劳改人员都趁机逃走了。他却犯难了：回去寻找部队吧，自己是阶级敌人，是革命的对象，处境危难；回到敌占区的家吧，他与敌人又有不共戴天的杀父之仇。思来想去，最后下定决心，还是回到革命队伍里去！是革命队伍培养了自己，自己离不开革命队伍。

于是，他想到了留在游击区的老领导陈毅。他装扮成一个乞丐，沿途乞讨，四处寻找，走了几天几夜，好不容易在大山里找到了正走投无路、境况险恶的陈毅。他见了陈毅就像孩子见了亲人一样，跪在陈毅面前哭得天昏地暗，表示死也要回到革命队伍里来，并要陈毅收留他。在场的人也都被感动得掉下了眼泪。

陈毅收留了他，并向他打探去油山的路途。他听了，自告奋勇地为他们当向导。最后，终于把陈毅、项英他们带出了敌人的重重包围圈。来到了油山，并与陈毅、项英等人并肩战斗。

后来，他不幸被敌人俘获。敌人软硬兼施，要他供出陈毅、项英的下落，他宁死不屈。临刑时，敌人折磨他，在他身上用锥子扎，每扎一个眼儿，插上一根鸡毛，想让他永世变成畜生。就这样，他浑身流血，全身插满了鸡毛。但仍咬紧牙关，半声不吭，直至英勇就义……

后来的党史工作者评说，如果没有曾纪才的这次带路，南方三年游击战争的历史将得改写，新四军的军史也得改写……

曾纪才同志虽然牺牲了，但他就是一棵劲松，他的精神像青松一样万古长青！因为，一个真正的革命者，只有在关键的时刻、在危难的关头才能显现他的本色，表现他的品格与精神！

我们怀着崇敬、感动的心情，抚摸着一棵棵苍松刀砍火烧的树干，犹如抚摸着一个个伤痕累累的人体。抚着摸着，朋友心驰神往，又给我讲起了另一个人——李乐天。

李乐天同志是1928年广东南雄暴动领导者之一，是原赣粤边军政委员会主席、赣粤边军分区司令。他与妻子吴丙秀是苦水里泡大的一对革命伉俪。夫妻俩为了革命工作聚少离多，好不容易生了一个女儿。

然而，还未等孩子满周岁，李乐天在一次外出工作时，被敌人包围。在受伤的情况下，为掩护战友撤退，主动吸引敌人，最后饮弹自尽，壮烈牺牲。牺牲时，手里还紧紧攥着临走时妻子嘱咐买给小女儿的几尺花布。

妻子吴丙秀含泪接过通讯员带回的花布，哭了整整三天三夜。第四夜，她花了整整一夜的工夫，给女儿缝制了一件较完整的衣裳，天一亮，她便又默默含泪把女儿送人了。

从此，她更加沉默了，但工作却更加吃苦耐劳，积极勇敢。掌管游击队财权时，她设法将银圆捆在自己的腰际。在一次突围时，因负荷太重，行动迟缓，被敌弹击中，英勇地献出了她年轻的生命……

在艰难困苦的革命环境中，能够坚持英勇斗争、不怕流血牺牲的一个个革命战士，不都是一棵棵傲然屹立的青松吗？李乐天和吴丙秀同志也是青松，他俩是一棵并蒂松！

朋友给我讲完这两则故事，便带我来到远处的一个山壑。放眼望去，果真看见一棵棵参天古松，高大挺拔，傲然屹立在崖壁深壑之中。它们一棵棵直插云天，撑起巨大的冠盖，与其他的树一起，形成遮天蔽日的浓荫。一棵棵、一片片，紧紧相依，紧密团结，形成了另一片天地和另一番世界。

朋友告诉我，当年的陈毅、项英、陈丕显、杨尚奎等老一辈的革命家正是在这些古松山林的庇护中，在广大人民群众的掩护中，与敌人周旋，开展英勇顽强的斗争，才坚持了三年艰苦卓绝的游击战争的。其间，有不少群众为了革命，抛头颅，洒热血，直至献出自己宝贵的生命。为此，涌现出了许多可歌可泣的人和事。

接下来，他又给我讲述了两则油山群众的动人故事。

首先，他给我讲了朱叶妹的故事。

朱叶妹是油山上乐村人。一次，游击队在上乐村开会，敌人侦知后悄悄开来了一队人马。她背着孩子正去村口的井边挑水，发现敌情后焦急万分。情急之中，她用暗语大声告知游击队：村前牛吃草啊！村前牛吃草！

游击队听到她的暗语，立即从村后逃走了。

敌人扑了个空，气急败坏，当即就把全村人赶到井边逼问。拷打了几个人后，朱叶妹怒不可遏，挺身而出，大胆承认是她报的信。敌人听了大怒，拉拉扯扯要枪毙她。动作吓哭了她背上的孩子。她大喝一声："别吓着了我的孩子！"

说完，她从容地解下背上的孩子，"咚"的一声跪在了自己的婆婆跟前，把孩子交给婆婆说："婆婆，对不起，我先走了，不能再孝顺您老人家了，请您带好孩子！"

说完，她一挺身，离开人群。就在她离开人群三五步的一棵松树下，敌人的枪声响了，她倒在了血泊之中……

我们来到井边的松树旁，抚摸着历经风雨沧桑的树干，看着青翠茂盛、充满生命力的松叶，心潮起伏，久久不能平静。心想，生与死，对每一个人都显得很重要，都是一种考验。然而，面对死亡，却有不同的表情与表现。有的惶恐，有的从容，这是什么在主导着他呢？

回头再抬眼看看这莽莽苍苍、漫山遍野的松树林，浩瀚如海，松涛阵阵，气势壮观。忽然，一个念头打我脑中闪过。心想，我们广大的人民群众不就像这茫茫林海一样吗？一个个革命群众就是一棵棵青松，他们一个个不屈不挠，不怕流血牺牲，紧密团结，汇成了广袤无边的人海，庇护着我们的游击队，保护着我们的革命火种，最终让我们的革命取得了胜利！

想到这里，我不由得对油山的革命群众产生了由衷的钦佩和敬意！心想，无怪乎陈毅同志会在《赣南游击词》里这样满含深情地赞叹道："靠人民，支援永不忘。他是重生亲父母，我是斗争好儿郎。革命强中强。"

谈起这方面的情况，朋友又给我介绍起了另一个人——朱老表（朱赞珍）和他一家感人的故事来。

朱老表一家三口，是油山土生土长的本地人，朱老表是油山有名的游击队员。敌人为了抓到他，在一个乌云密布的下午，把他的母亲、妻子抓到小河边示众。敌人先拷问朱老表的母亲朱娘娘，要她交代出儿子朱老表的下落。朱娘娘缄口不语，敌人威胁她不说就枪毙。朱娘娘大义凛然地说："儿子大了，我相信他的想法是正确的，他走的革命道路是对的，你们要是杀了我，我的儿子会给我报仇的！"敌人听了气急败坏，最终扣动扳机，把朱娘娘枪杀了。

枪声，震碎了躲在树丛中的朱老表的心。他几次都要冲出去与敌人拼命，结果都被战友拉住了。敌人杀了朱娘娘，又威逼朱老表的妻子南安婆，要她交代。

南安婆像婆婆朱娘娘一样坚强，闭口不说。敌人疯了，又向南安婆开枪了：第一枪，扳机响了，但子弹卡壳了，没射出去；第二枪，枪响了，但没打中；第三枪，敌人正准备瞄准时，突然一道刺眼闪电划过，"轰隆"一个闷雷打下来，吓得举枪的敌人胆战心惊，双手发抖。紧接着大雨倾盆而下，在群众的营救下，南安婆最终躲过了敌人的残害……

“朱老表与南安婆后来的结局又怎样呢?”我深为朱老表一家的命运担心，急切地想知道这对九死一生患难的夫妇的情况。

“他们现在都还健在，生活得很好，他们的家就在附近，我可以带你去看看!”朋友欣喜地告诉我说。

我听了，很是高兴。跟着他东拐西拐，走过几条曲曲折折的山道，我们来到油山山坑的一个普通农家。

出门迎接我们的正是朱老表和南安婆这对九死一生、患难与共的夫妇。

这是怎样的两位老人啊?!

他们年逾八旬，寿斑点点，皱纹满脸，活像两棵饱经风雨的古松。朋友告诉我，朱老表三年游击战争中也经历过许多艰险，受过许多磨难，为革命做出过许多贡献，中华人民共和国成立后当过县委领导。离休后与南安婆一起回到油山居住，表现了一个革命者勤劳、朴实的本质。

对于南安婆这段惊险的经历，我们饶有兴致地向她打探起当时的想法。

南安婆平静地笑着回答我们说:“上天有眼保佑我们，说明我们的行为是正确的，死了也值得!”

朱老表更加自信地说:“天时、地利、人和都对我们有利，我们相信，革命一定会取得胜利!像这样献身革命的群众，在我们油山还有很多啊!”

从朱老表与南安婆家中出来，我的心久久不能平静。抬眼仰望这一棵棵高大挺拔的苍松，放眼瞭望这莽莽苍苍的林海。朦胧间，我似乎看见了陈毅等老一辈革命家，在苍松之下，在林海之中，风餐露宿，历尽艰险，转战在这崇山峻岭之中，与敌人正展开殊死的斗争。

然而，定睛一看，眼前却是高楼林立、厂房毗连、阡陌纵横、稻菽涌浪的一派欣欣向荣的景象。我知道，今天这种美好和谐生活，正是这些先辈们英勇奋斗、流血牺牲换来的。

在一个宽敞的屋舍里，我碰上了几个当年跟随陈毅同志一起战斗过的老游击队员。他们一个个都年已古稀，满脸寿斑，活像一棵棵古松。

他们忆起昔日的峥嵘岁月，激动地告诉我们，在三年游击战争期间，他们紧紧跟随陈毅、项英同志流血牺牲，吃在松树林里，睡在松树林里，战斗在松树林里。历尽了千难万险，受尽了种种磨难，终于挣得了这来之不易的今天！

听了他们的话，想想陈老总历经磨难，饱经风霜，依然对革命事业忠心耿耿，鞠躬尽瘁，不禁觉得他也活像油山的一棵青松。心中情不自禁地默念起他那首有名的《青松》来：

大雪压青松，
青松挺且直。
要知松高洁，
待到雪化时。

载《南昌晚报》1988 年 5 月 3 日
《海外文摘》2013 年第三期

皖南散记

正是万紫千红、春意盎然的季节，北京《散文世界》杂志社组织举办全国散文作家赴皖南大型采风活动。我有幸应邀参加，从赣南来到千里之外的皖南。触目所见，感慨良多，特作散文以记之。

瞻仰新四军军部旧址纪念馆

来到皖南，新四军军部旧址纪念馆是个非去不可的地方。当年，震惊中外的“皖南事变”，对中国、对社会、对革命、对历史都产生了巨大而深远的影响，一直深深地留在人们的记忆里并书写在了历史的教科书中。皖南，因“事变”而更为引人关注；“事变”，因皖南的特定环境而定格在人们心中。

我们一行四十多人来到泾县云岭新四军军部旧址纪念馆前瞻仰，随着讲解员滔滔不绝的讲解，我们的思绪也飞向数十年前的遥远岁月。

当年，正是1941年初的国共合作时期。国民党当局眼见我八路军、新四军的力量日益壮大，早有图谋，蓄意限制和打压：1940年10月19日，何应钦、白崇禧以国民政府军事委员会的名义，强令长江以南的新四军，在一个月内全部撤到江北。中国共产党从维护大局出发，答应将皖南的新四军调离。1941年1月4日，新四军九千余人在军长叶挺、副军长项英的率领下，由云岭出发向北移动。1月6日，行至皖南泾县茂林时，遭到国民党八万多人的伏击。新四军奋战七昼夜，终因弹尽粮绝，除两千多人突围外，大部分被俘或牺牲。军长叶挺在与国民党军谈判时被扣押，副军长项英、副参谋长周子昆被杀害，制造了震惊中外的皖南事变！

回到眼前的现实中，眼见一个个鲜活的烈士遗像，眼见一件件当年将士们用过的实物和战斗过的武器，我不禁心潮起伏，浮想联翩。

想想这些英勇的新四军将士，当年北上抗日，是为了民族的大义，是为了国家的存亡，结果被“同室操戈”的国民党反动派视为心中大“患”而彻底“剿灭”了。他们做了日本帝国主义做不到的事，令“亲者痛，仇者快”，他们将永远被钉在历史的耻辱柱上。而这些新四军的将士们，是为了民族大义，为了奔赴抗日前线而牺牲，他们死得光荣，死得壮烈，浩气长存，永垂不朽！

为了纪念他们，当地政府建了“皖南事变烈士陵园”。陵园在泾县城郊的水西山，占地十五公顷，建筑面积七千平方米。进入陵园，沿台阶行约三十米，有一小型广场。正对面挡土墙上镶嵌叶飞题写的“皖南事变烈士陵园”字碑。从小广场右转，经五十米神道，拾级而上，通过两个石阙形成的神门，进入主碑纪念广场。广场由纪念碑、纪念廊、无名烈士墓等组成。从山顶俯视，纪念广场与外围的花圃组成一个献给烈士的巨大花圈；从远处眺望，纪念廊和名人题字廊高低错落，形态各异，白色马头墙簇拥着巨大纪念碑身，上书邓小平“皖南事变死难烈士永垂不朽”题词。碑下方为一个汉白玉雕刻的花环，环周白色纪念廊内，镌刻着新四军军歌及《皖南事变烈士纪念碑碑记》。碑后为无名烈士墓，墓室四壁钢筋、水泥浇筑，中间为墓池。池中有洁白大理石石棺，池后是祭坛，坛上燃烧着常年不息的火焰，象征着先烈们的革命精神永不熄灭。整个陵园庄严、肃穆、凝重。

此刻，我作为来自千里之外的赣南人，前来吊唁他们，却有另一番特殊的感情与意义。因为，项英和陈毅是在我们赣南坚持了三年艰苦卓绝的游击战争，留下了许多可歌可泣的英雄业绩，与赣南人民建立了不可分割的血肉联系。新四军的基本队伍是下山后的游击队改编的。他们成立的“抗日义勇军”就是新四军的前身，因此，我应该算是他们的“家乡人”，感情应该是格外的亲切与深厚！

安息吧，死难烈士们！你们将永远活在我们革命人民的心中。

桃花潭行迹

李白乘舟将欲行，
忽闻岸上踏歌声。
桃花潭水深千尺，
不及汪伦送我情。

这是一千多年前，唐朝大诗人李白写的一首家喻户晓、脍炙人口的古诗《赠汪伦》，其间的桃花潭就在皖南泾县的青弋江上游的桃花潭镇境内。南临黄山，西接九华山，与太平湖紧紧相连。文章记载，桃花潭“潭面水光潋滟，碧波涵空，潭岸怪石耸立，古树青藤纷披，春季绿韬如毡，桃花似火如霞，飞阁危楼隐约其中，犹如蓬莱仙境”。

县志《桃花潭记》称“层岩衍曲，回湍清深”“清冷皎洁，烟波无际”，确是个“千尺潭光九里烟，桃花如雨柳如绵”的好地方。

相传，泾州豪士汪伦听说大诗人李白旅居南陵叔父李冰阳家，欣喜万分，遂修书一封曰：“先生好游乎？此地有十里桃花；先生好饮乎？此地有万家酒店。”李白欣然而来，但境况并不全然如汪伦所言。汪伦便据实告之：十里桃花者，为此去十里有桃花潭；万家酒店者，乃酒店店主姓万。李白听说，大笑不止，并不以为忤，反而被汪伦的深情所感，写了这首人们广为传诵的诗作。

我们来到桃花潭所在的桃花潭古镇，古称南阳镇。以青弋江为界，镇分翟村和万村两地。

我们来到翟村的东园古渡，这里是汪伦踏歌送别李白之处，有明朝建筑的踏歌古岸楼阁矗立江边。登上阁楼，凭窗远眺，果见地势开阔，烟波浩渺，波光粼粼。古岸边桃红柳绿，颇富诗情画意，岸边有一雕塑，汪伦端坐一旁，李白昂首挺胸，高举酒杯，正欲引吭高吟。

渡江后，我们来到万村，上岸后，导游指着街边一处青石门框给我们介绍说，这遗存就是当年的万家酒店的门框。十余年前，万家酒店尚有二层楼房，后倒塌毁坏，后人另砌平房，将所剩门框嵌入，予以保存。

接下来，我们游览了汪伦墓，几尊硕大的石人、石马守护在汪伦墓的旁边，更凸显了墓室的久远及历史的沧桑，联系到李白《赠汪伦》这首诗，更给人一种历史的厚重感。

返回的路上，在“怀仙阁”上小坐了片刻。“怀仙阁”，顾名思义，是怀念“诗仙”与“酒仙”李白的亭榭。其建筑颇具特色，前楼如一倒扣的酒杯。登楼远眺，青弋江如练，古岸生辉，无限风光，尽收眼底，确易让人怀念起当年的李白来。然而，李白这位“仙”翁引我怀念的，是他的一代诗品与诗风，他这首《赠汪伦》，写得如此通俗易懂，情真意切，以至于人们交口流传，成为千古绝唱。这表达出了他对汪伦的一片真情实感，联系他的《静夜思》《望庐山瀑布》等一系列诗作，都通俗易懂，感情真挚，朗朗上口，这不正是我们所需要的文风吗？不难看出，真情一直在他的诗中流露。从中我们也得到启迪，文学作品要有真情才有生命力；真情，永远是文学的生命。

查济村写意

安徽，是徽派建筑的发祥地。皖南，又是徽派建筑保存最完整的地区。因此，游览徽派建筑也是我们这次采风的目的之一。

我们这次去游览的是泾县的查济村。这是徽派建筑保存较好的一个民俗风情村庄。村寨屋宇，具有典型的黛瓦粉墙、风火墙高翘的徽派建筑风格。

查济村四面环山，周围有四门（钟秀门、平岭门、巴山门、石门）、二塔（青山塔、如松塔），三水（岑河、许河、石河）合一，穿村而过。跨河架有平桥、拱桥、洞桥；有一百零八座祠堂、一百零八座庙宇、一百零八座桥梁；有孝子坊、贞节坊、官宦牌坊十八座；有元、明、清建筑一百余幢。

关于查济村的风光，有诗赞曰：“十里查村九里烟，三溪汇流万户间。寺庙亭台塔影下，小桥流水杏花天。”

据说，查济村原是唐朝时，山东一个叫查文熙的官员搬迁而来的。查某当年兼任宣州与池州两地刺史，往来两地时路过这里，觉得此地山川秀丽，风景优美，晚年退休便定居于此。后来子孙繁衍，渐成规模，遂成查济村。

查济村规模很大，似乎建村时未曾规划，整个村子有些零乱，像个迷宫，这正显现出它的古朴与自然。巷如蛛网，密布全村，巷巷相通，道道相连，通通透透，各有出口。脚下清一色的石板路，记录着它的古老与沧桑。

黛瓦粉墙的徽派建筑，雕龙画凤，门梁上的木雕传神、生动、细腻，令人赞叹不已。飞檐翘壁的风火墙显示出徽派建筑的独特个性。为什么徽派建筑里呈现的都是单一的黛瓦粉墙呢？我们有点纳闷。按理，徽商中不乏富商巨贾、家财万贯之人，要粉刷得再绚丽多彩也是容易的。导游告诉我们，这是因为封建社会对色彩的使用有极其严格的等级区分，平民百姓是忌用金碧辉煌的红墙碧瓦装饰的。

我们来到这古老而又年轻的村庄，见到处都有来自全国各地的学生在古村落里写生；农妇在小溪中悠然洗衣，宠犬在深巷中悠闲漫步，老人在门前制作手工，小商贩在门口四处摆卖……

恬静而安详的查济村，如一位阅历深广、饱经沧桑的老人，静卧在绿水青山之中；又像是一颗熠熠生辉的明珠，镶嵌在这万顷绿野的大山丛中，显得特别的明亮、耀眼……

载《散文世界》2014 年第一期

《赣南日报》2014 年 4 月 22 日

于都河上桥如虹

世界上有各种各样的桥，独木桥、溜索桥、铁索桥、高架桥、立交桥、浮桥、拱桥、阴桥、铁桥……名目繁多，不胜枚举。这些桥虽然形态各异，功用不同，材质不一，但大多建造耗时日久，材质精良，经久耐用。有的甚至历经风雨，屹立千年。

然而，于都河的桥，却有其与众不同的特色与功用，在建筑史上也有着不同凡响的经历和意义。

于都河，是流经赣南于都县境的一条河。于都县，是当年中央苏区的全红县，是中央红军二万五千里长征的主要集结地和出发地；是作家魏巍笔下“地球上的红飘带”的起始地；是美国作家索尔兹伯里笔下“前所未闻的故事”的开篇处；也是美国记者埃德加·斯诺笔下“惊心动魄的史诗”的卷首篇。其实，于都河只是汇成赣江的章、贡两支流中，贡江中的一段。因流经于都县境，人们便称流经县境的这一段为“于都河”。

据《于山贡水风情录》记载，于都河原本是有桥的。很久很久以前，于都县城的南门渡口，有一座长长的、窄窄的木桥。那是一座河里竖起若干呈梯形的原木桥脚，桥脚顶端的横木上，照直铺着一节节用三根横贯在一起、朝上的一面用斧头砍出一个粗糙还留有斧砍痕迹的杉木桥板、仅供单人行走的小桥。远远看去，极像一条条联结在一起的板凳，因而名为“板凳桥”。

关于这板凳桥，书中还记载了这样一则故事呢。

据说，当年县城有一个自以为饱读诗书的李秀才。他听人说县城对岸的水南坝有一个张先生，其才学远远高于他。李秀才听了很是不舒服，决定去水南坝与这位张先生一比高低。这天，李秀才踏上板凳桥向水南坝走去。不巧，在狭窄的桥上与挑菜进城的妇女迎面相遇。两人互不相让，争执之余，二人决定各出一个对子，对不上者为人让桥。于是，李秀才自恃饱读诗书，一连出了几个对子，结果都被卖菜妇女一一对上了，而她出的对子却让李秀才好半天都没对上来。李秀才无地自容，羞愧得无颜偷生，一头扎进了滚滚的河水中，溺水而亡了。后来，李秀才的后裔鉴于祖先因吟诗作对而殒命水底，便视攻读诗书为畏途，弃文经商，遂成大富。久而久之，南门渡口的那座板凳桥，也因风吹雨淋，年久失修而摇摇欲坠，成为危桥。城里的士绅富商，聚集商议修桥善举。李秀才的后裔也在，因对祖先葬身桥下一事一直记忆犹新，耿耿于怀，遂提出“废除板凳桥，情愿独资打造两艘渡船，往来南北两岸”的主张。与会者因可免除自己的解囊之忧，均无异议。于是，独具风格的板凳桥便这样永远地退出了于都河。

从此，在相当长的年月里，于都河的两岸百姓，只能依靠两艘渡船往来于两岸，多有不便，有时要等上一两个钟头。汛期时，风大浪高，常常有船翻人亡之险。人们受着隔河之苦，天天想，日日盼，盼望有一天于都河上能架起一座宽敞、平坦的大桥来。

然而，这种状况却传奇般地在一天夜里被改变了。这天夜里，于都河上不仅奇迹般地出现了一座连接两岸的大桥，竟然还梦幻般地一连出现了六七座这样奇特的大桥！

这就是公元 1934 年 10 月 17 日的晚上。

这天晚上，于都河两岸的百姓基本上都倾巢而出。他们从家中扛来门板、床板，有的甚至拿来了自家的棺木板等架桥的材料，熙熙攘攘，摩肩接踵，来来往往，与红军工程人员一道，在于都河上搭建浮桥。他们还临时调来了八百多条船只，供搭桥和摆渡急用。一时间，于都河两岸，人山人海，人声鼎沸，灯火阑珊，好不热闹。人们用了不到半夜的时间，相继搭建好了六七座特制的浮桥，像彩虹般一座座飞架在于都河两岸。这些临时搭建的浮桥，虽然材质五花八门，其间有门板、床板、棺木板、天花板、谷仓板等，造型也很别致、奇特，但全都扎实、稳当，能承受辎重和骡马的重压，能经受大部队的行走。

此时，早已集结等候在附近的中央八万多红军，根据中央革命军事委员会的命令，从10月17日开始，历时四天，分别从于都城的东门、南门、西门、山峰坝、孟口、鲤鱼、石尾、渔翁埠八个主要渡口的十八个渡河点，迈步渡河，开始了具有伟大历史意义的长征！

一时，妻送郎、父送子、娘送儿，百姓送红军的难舍难分的动人场面，在渡口河边演绎了出来：有的送鞋，有的送斗笠，有的送伞，有的送鸡蛋，有的送茶水……一幕幕场景，表现出了百姓们对红军依依不舍的心情。同时，大家也谆谆叮咛，希望红军能早日回来。红军将士们也满含感情地表示一定会回来的。

临时搭建的杂料浮桥，不负众望，承载了一队队的辎重，承载了一队队的骡马，承载了一队队的挑夫，承载了一队队的红军将士！

据说，这六七座神奇的浮桥，像彩虹一样，能聚能散，能拆能搭。人们白天拆、晚上搭。白天于都河风平浪静，波澜不惊。人们都隐藏在附近的村庄或两岸树丛中。一到傍晚，人们从四处拥来，人山人海，热火朝天。这样几拆几搭，忙碌了好几个夜晚。为的是避免敌人发现我军的战略意图和避免暴露目标遭到敌机轰炸。如此神奇、神秘的桥，在建桥历史上也应是绝无仅有。工程如此神速和诡秘，可见当时红军与百姓之间的深厚感情和血肉关系。

对于夜渡于都河的这种热烈、壮阔、动人场面，好几位将帅在自己日后的诗作中都有所描写与表现。

叶剑英在自己的诗中就曾这样写道：

红军抗日事长征，
夜渡于都溅溅鸣。
梁上伯坚来击筑，
荆卿豪气渐离情。

陆定一在他的诗作《长征歌》中也这样写道：

十月里来秋风凉，

中央红军远征忙。
星夜渡过于都河，
古陂新田打胜仗。

萧华在他的《长征组歌》中是这样写的：

红军夜渡于都河，
跨过五岭抢湘江。
……

事隔数十年之后，如今，在当年红军架设长征渡河浮桥的于都河上，在中央和地方政府的关怀下，人们在于都河上迅速地飞架起了七八座现代化的水泥、钢筋大桥。

其间，在当年的南门渡口，建起了一座由江泽民主席题字的“于都长征大桥”；

在当年的西门渡口，建起了一座由张震将军题字的“于都红军大桥”；

在当年的山峰坝渡口，建起了一座“山峰坝大桥”；

在当年的三门滩渡口，建起了一座“三门大桥”；

在当年的东门渡口，建起了一座“渡江大桥”；

此外，在其他渡口，还相继建起了花桥大桥、澄江大桥、寒信大桥、罗江大桥。

这样，于都河上拢共就有八座大桥。这八座大桥，一座座就像一道道彩虹般飞跨在于都河两岸。这些雄伟、壮阔的大桥，大大改变了于都县的交通状况，对于都河两岸的经济繁荣和城乡建设起到了很好的联结作用，促使于都县近几年经济腾飞，各项事业欣欣向荣，城乡面貌大大改善。当年从这里出发长征的邓小平、杨尚昆、罗瑞卿等一批老红军，也未食言，践行了红军当初的诺言，先后回过于都等老区看望，并给予了老区极大的关心和支持。于都百姓也终于实现了盼望了数十年的建桥梦！

然而，极目瞩望，我分明还看见另一座更加神奇、壮美的大桥在眼前浮现：它一头搭建在北京，一头搭建在老区人民的心中。这就是中央和老区人民心连心的“连心桥”！

载《赣南日报》2014 年 12 月 17 日

《散文百家》2015 年第五期

SHAN
SHUI
FENG
WU

山水风物

赣南山岭

据说，人类是从山上下来的，是山上的类人猿走到平原上演化而来的。因此，山是人类的摇篮。人类与山之间有着非常特殊的亲缘关系。相传，古时南美洲的印第安人是要到山顶去祭拜天神，乞求上苍保佑的。我国古代的许多皇帝，也都要到高高的泰山上去举行声势浩大的封禅活动，以求天降祥瑞，恭接天命。人类的这些所作所为，无非觉得山是离天神最近的地方，最能感受到上天的灵性和神气。因此，有不少的寺庙神殿、道观古刹，也都是建筑在高山峻岭之上，以便更好地接上天灵气，修成正果，得道成仙。故引世人纷纷前来顶礼与膜拜。

在现实生活中，也确因一些高山峻岭有它们本身特殊的地势和条件，成了人们生活和活动的重要场所。留下了许多令人不可忘怀的记忆并载入史册。

赣南，是江西（简称“赣”）南部的简称。面积辽阔，有四万多平方千米。20 世纪 50 年代与海南并称为国家的两大特别行政区，管辖十八个县市。在偌大的土地面积中，山林面积就占了百分之七十。大大小小的山岭有名称的就有数千座，故称为“八山半水一分田”之地。在众多大小山岭中，虽然也不乏千米以上的高山峻岭，然而，也有众多的低矮山丘。这些低矮山丘，虽然山势不高，但正应了一句“山不在高，有仙则名”的古语。仔细思忖，在数千座山岭中，经过数千年的历史风雨与人类的频繁活动，确实有些山岭已经涵养出了“仙”气，也滋生出了“名”气和“灵”性，留存下了各种奇异的传说或故事。无论是在我国的文化历史，抑或在人文地理中，都镌刻下了它们不可磨灭的印记。

为此，在大大小小众多山岭中，我们以赣州中心城区为坐标，从东到西，从北到南，随便列数几座典型而独特的山岭，展现一下它们的“仙”气与“灵”性，展示一下它们深厚的历史文化内涵与自然审美特质。你便会觉得它们虽然各具特色，但确实与我们人类有着亲密的关系。

坐落在赣州市中心城区北部兴国县境内的上洛山，是座古老的山岭。山虽然不高，但山地面积辽阔。据说古时这里方圆数十平方千米，森林茂密，古木参天，遮天蔽日，是一个理想的林木采伐地。传说，这里也就是客家山歌的发祥地。

史载两千多年前的秦王朝大兴土木建阿房宫的时候，曾征用过上洛山的木料。大批的伐木工聚集在这里，号称“木客”。他们砍大树，运木料，扎木筏，繁重的体力劳动，激他们呐喊助威；粗重的号子，促他们齐心协力。原始的山歌便起始于这些汗流浃背、终日“吭唷吭唷”的伐木工之口。至今，山歌开头的“哎呀嘞——”就是由当年木客们的喊声演变而来的。直到现在，已发展成多种形式、多种韵律、多种内容的山歌，流传到了两广乃至东南亚一带。你听：

哎呀嘞——
梧桐树上叶婆娑，
一对凤凰来做窝。
凤凰窝里百样草，
农民肚里百样歌。
盘古开天千百载，
唯有农民先唱歌。
……

常在民间传唱的这首山歌，就深刻揭示了兴国山歌的起源与发轫。

宋朝大文学家苏东坡见了，就这种特殊的文学现象写出了“山中木客解吟诗”的诗句。明朝时的兴国知县海瑞，来到这里，见客家山歌如此盛行，不管男女老少，人们都普遍喜欢唱这种客家山歌，也大加赞赏并鼓励推广。这种客家山歌发展到土地革命时期，红军指挥员陈毅别出心裁，组织一些女山歌手专门到前线战壕对着白军士兵高唱。这有血有肉有感情的一首首山歌，如一发发威力无比的炮弹，射向敌阵，瓦解了敌人的士气与队伍。毛泽东同志知道了，高兴地连说：好！唱得好！还要到各个阵地前去唱！

就这样，唱来唱去，最终，唱到了中华人民共和国成立后中央电视台的春节联欢晚会上，被国家命名为“非物质文化遗产”。

与上洛山有着同样古老、悠久历史和美丽传说的是宁都县的翠微峰。

翠微峰位于宁都县城西北约五千米处，立于十二峰之前。远远望去，峰峦高耸，突兀崛起，色如丹霞。峰顶地势开阔，林木葱茏，苍翠辉明，泉水汩汩，风景宜人。清朝著名散文学家魏禧兄弟及清朝“易堂九子”曾在此修舍讲学。魏禧，宁都人，他与当时的侯方域、汪琬合称为“清初散文三大家”，亦有“北侯南魏”之称，他的散文《大铁椎传》被选入中学教材。

在翠微峰一侧的是典型的丹霞地貌“金精洞”福地，这里是全国道家七十二福地之第三十五福地。

相传汉朝时，山下樵夫之女张丽英年方十五，美貌出众。一天，她与母亲上山砍柴，遇见南极仙翁，仙翁送了她两颗仙桃。她给了母亲一颗，母亲因与仙道无缘，仙桃掉地上即消失无踪。丽英自己吃了一颗，顿时忘了饥渴，居洞修炼得道成仙了。长沙王吴芮征战东闽时，路过此地。见丽英美貌动人，欲娶为妾。丽英机智地刁难他说：“此山中有个石屋，另有天地，如你能凿通的话，我就嫁给你。”于是，吴芮连夜发兵，凿了三天三夜，终于把石壁打通。然而，正当吴芮兴冲冲地走进山洞时，只见一股紫气涌动，丽英乘着紫气缓缓飞腾上天了，吴芮只抓住了几缕发丝。丽英飞升后，山民为纪念她，就在山洞里建了一个灵泉观，供奉她的神像。后来宋朝的徽宗皇帝，听说江南金精山灵泉观每逢大旱之年百姓求雨屡求必应，于是亲书匾额一块，敕封丽英为“灵泉普应真人”。自此，翠微峰名声大振，南宋丞相崔与之慕名而来并赋诗一首：“翠壁丹崖倚碧穹，一壶天地画图中。青鸾有路三山远，玉洞无尘万虑空。虚室尚留丹灶冷，灵泉直与海波通。客游到此应忘返，自觉仙丹迥不同。”

由于翠微峰壁立险峻，四周无路可通。只在山峰南端裂有一坼，垂直百米，是唯一登山之路。缝壁凿蹬而上，仅容一人攀爬，魏禧的《翠微峰记》云：“就使于瓮口砌其闸，三尺童子折荆而守之，虽万夫谁敢进者。”说明了坼道之危，确有“一夫当关，万夫莫开”之险。

中华人民共和国成立前夕，国民党军退败之时，豫章山区绥靖司令部中将司令黄镇中，纠集了一个旅的兵力，固守在险要的翠微峰负隅顽抗，妄图阻挡我解放大军南下。我解放大军克服各种困难，采用了多种战术，最终攻克了这一险峰，活捉了黄镇中本人。五六十年代轰动一时，全国热映的《翠岗红旗》就是以这一题材创作而拍摄的一部深受观众喜爱的电影。

如今，翠微峰已辟为国家森林公园，是集风景、宗教、文化于一身的千古名山了，来赣南的人们，都喜欢到此一游。

与翠微峰奇险、高峻风姿迥然不同的，是瑞金市另一座普通、矮小名叫云石山的山岭。这座山岭虽然平淡、普通，很不起眼，但在我国革命史上却是一座风光无限的高峰。

云石山在瑞金市西十九千米处，高不过五十多米，方圆不足千平方米，是平地上凸起的一座小山。山上怪石林立，树木繁多，典雅怡人，四季如春。山上有一座古寺庙，庙门口的一副对联，概括了山上的优美景色。对联曰：

云山日咏常如画

古寺林深不老春

对联高度概括的山上景色一点也不为过。虽然它不很起眼，却在我国历史上让人仰望瞩目。

土地革命时期的 1934 年，正是中央革命根据地硝烟四起，第五次反“围剿”斗争最为激烈的时期。原驻沙洲坝的中央机关，已被敌人发现。为安全起见，所有中央领导机关都迁移到较为隐蔽的云石山，并分散在就近的几个村庄。中华苏维埃共和国临时中央政府，就驻在云石山头的寺庙之中。在这里居住和工作的是中央人民委员会主席张闻天和中央执行委员会主席毛泽东及贺子珍和部分工作人员。在这期间，由于王明、李德推行的“左”倾路线，致使红军非常被动，损失惨重。毛泽东感到痛心，向中央提出了很多正确建议和主张，但都未被采纳。值得庆幸的是，恰好张闻天同志也住在这里。每每闲暇之时，在与毛泽东经常的交谈接触中，张闻天同志逐步认识和接受了毛泽东的许多正确主张。这为后来遵义会议的胜利召开，并做出重要决定起了很关键的作用。

1934 年 10 月，中央红军第五次反“围剿”失利后，中央做出了战略大转移的决定，开始了举世闻名的二万五千里长征。毛泽东与中央机关的领导同志从云石山迈开了长征的步伐，踏上了漫漫的长征路，因此，云石山被称为“长征第一山”。

与云石山一样同属于低矮山岭的会昌山（古称“岚山岭”），却又别具一番风采。它，坐落在会昌县城西北面，高约四百米，是会昌县西北隅的屏障，历来为兵家必争之地。1927 年，朱德率领的八一南昌起义部队就在这里与敌军钱大钧部激战，山顶至今留有战壕和防空洞。半山腰上的半山亭，建于清乾隆二十四年（1759 年）。宁静幽雅，景色秀丽，历来为文人墨客所留恋。登上山顶，能鸟瞰会昌全城，1934 年 7 月 23 日晨，毛泽东和当时的粤赣省委书记刘晓、军区司令员何长工等登临山顶，抬眼眺望，浮想联翩，回到驻地文武坝后，毛泽东同志便写下了脍炙人口的《清平乐·会昌》这首词：“东方欲晓，莫道君行早。踏遍青山人未老，风景这边独好。　　会昌城外高峰，颠连直接东溟。战士指看南粤，更加郁郁葱葱。”

因此，会昌山名扬天下。

与本身低矮，但承载过太多文化历史积淀的云石山、会昌山不同，安远县的三百山却是以风景秀丽、山清水秀、气势壮观、生态系统保存完好而著称于世的。

三百山位于安远县的东南边境，是安远县东南边境诸山峰的合称，是典型的江南灵山秀水。山中有“东江第一瀑”、青山拱翠、俯影沉碧、知音泉、玉兔思凡、双狮逐鹿等景观七十余处。据说，古时山民为躲避战乱，分别在三百山的三百三十个山头上搭建山寮，在这里垦荒种田。三百三十个山寮散落在三百三十个山头，所以叫三百山。这里重峦叠嶂，危崖奇石，峰奇石异，沟谷纵横，溪流密布，断河深涧，水秀瀑雄，三百多平方千米内，森林茂密，古木参天，巨藤倒挂，遮天蔽日。这里是集山势、林海、瀑布、温泉四大自然风景奇观为一体的林石俱美、原始、古朴、清寂、温凉、舒适的国家4A级旅游胜地，也是国家级重点风景名胜区和国家级森林公园。然而，更为引人注目的是，这里又是长江水系之贡江与珠江水系之东江的分水岭，是东江源的发源地，是七百多万香港同胞饮用水的源头，也是全国唯一对香港同胞具有饮水思源特殊意义的旅游胜地。每年都有大批的香港同胞饮水思源，来到这里游览观光，投资兴业。因此，2000年被全国保护母亲河工作领导小组命名为“首批全国保护母亲河行动生态教育示范基地”。

如果说安远三百山是东江的发源地，是东江源源头的话，那么离其不远处的位于安远新龙乡的九龙山，则是另一文化现象的源头——赣南采茶戏之源头，也是古时贡品茶“九龙茶”的出产地。

九龙山峦峰叠翠，山姿雄伟，云雾缭绕，山清水秀，树木茂密，海拔一千多米。

传说，很久很久以前，有一农民上山砍樵。忽见峰顶五条金龙在云中飞舞，时而下潭戏水，时而腾上云空，时隐时现，千姿百态。不一会儿，云开日出，九龙匿形，只见九棵茶树青翠欲滴，遂称此茶为“九龙茶”，山也称之为“九龙山”。仅有九棵茶树产的九龙茶，味道醇香，甘之如饴，十分稀有，被列为贡品。

当初，茶女们为给前来买茶叶的茶商们助兴，常给他们唱“采茶歌”。后发展成采茶戏，声名远播，盛行赣南，流行到南亚一带。九龙山是赣南采茶戏的故乡，以此为内容的采茶戏《茶童哥》(又名《九龙山摘茶》)是赣南采茶戏的祖宗戏。20世纪80年代被改编、拍摄成彩色舞台戏曲片《茶童戏主》，在全国上映。

定南县老城镇的矮塔山，又是另一种富有历史意义的山岭。矮塔山，因明朝建有矮型巽塔而得名。如瑞金的云石山一样，高不过数十米，但却见证了历史上一次举世瞩目的伟大壮举。

时针指向1995年11月16日上午11时35分。

"京九铁路开始接轨!"时任国务院副总理、京九铁路建设领导小组组长邹家华远在江西的九江，一声令下，即刻，分别代表广东方向和江西方向的挂着彩带的两排铺轨机，在鞭炮声、锣鼓声、鲜花中，在全世界人们目光的关注下，相向而开。在十几名工人的操作下，在这里进行了瞬间的对接!

历史，记录了这具有伟大历史意义的瞬间。

这标志着我国当时投资最大的、从北京到九龙的两千五百多千米的京九铁路全线贯通，我国从北到南的又一条交通大动脉开始运行了!

在江西与广东交界的赣粤边区，还有一座巍然屹立的山峰，这便是油山。

油山，地跨赣、粤两省，紧邻湖南，是一座海拔千余米的江南典型山岭。这里山清水秀，古木参天，沟壑纵横，层峦叠嶂。早有民歌赞美这里的风光与地理位置：

百里云天百里山，
百里油山好风光。
千山万壑转不尽，
青山处处有宝藏。

百里云天百里山，
百里油山好风光。
地跨赣粤两大省，
连通井冈与三湘!

从中，可见油山极其重要的地理环境与地理位置。

相传，很久很久以前，油山本无山。据说有一年，油山久旱成灾，人们赖以生存打油的油茶结不了果，花生苗也全枯死了，老百姓没有油没有米吃，一批批地倒下了，活着的也皮包骨头，骨瘦如柴，奄奄一息。有一天，一个仙人云游到这里，体察到了人民的疾苦，大发慈悲，把一颗仙珠抛在了油山的枯井里，顿时，枯井里冒出汩汩的香油，一年四季，香油天天不断，老百姓吃也吃不完，大家把油滴到田里，顿时田里就来了水，禾苗泛青了。这种奇事传到十里八乡，于是犹山也就被人叫“油山”了。从此，老百姓的日子越过越好了，不过，仙人也在庙里留下了一条告示，规定井里的油只能自己食用，不准买卖。不料，后来村里出了一个贪心财主，他勾结官府，霸占了这口井，强迫老百姓用钱来买油，他为人刻薄，定价又高，一担谷子才能买到一两油，老百姓无权无势，只好受盘剥，生活又回到原先般困苦。仙人知道了这件事，就把这颗仙珠取回去了。于是，井里就不再出油了，只留下“油山”这个地名了……

这虽然只是个美丽的传说，但现实生活中，油山确实也曾发生过举世瞩目、为我国革命史书写壮丽诗篇的伟大革命活动——三年游击战争。

正因为油山回旋余地大，系兵家必争之地。1935 年，项英、陈毅率领红军长征后留守的革命武装力量，来到这里，建立了以油山为中心区域的游击战争革命根据地，领导南方八省的游击战争。在艰苦卓绝的三年游击战争中，他们风餐露宿，艰苦备尝，死里逃生，英勇奋斗，最终取得了斗争的胜利。同时，以油山游击队为骨干力量，联合其他各省游击队，与国民党当局谈判，下山组建了“抗日义勇军”，后来改编为“新四军”，翻开了我军革命斗争史上新的一页。

后来的党史专家评论说，如果没有项英、陈毅坚持以油山为中心区域的艰苦斗争，南方三年游击战争的历史得改写，新四军军史恐怕也得改写。

《浴血坚持》《独立大队》《陈毅下山》《红线》就是取材这一时期的影视作品，在全国产生了巨大影响。

与之同属赣粤边斗争活动中心的大余县梅山，又称“梅岭”，却是另一座古老而文化积淀又十分深厚的山岭。

梅岭，坐落在江西大余县与广东南雄市交界处，是长江水系与珠江水系的分水岭，穿越梅岭的古道，就是有名的梅岭古驿道。

早在秦朝时，这条古驿道就有雏形，唐朝开元四年（716 年），始兴籍宰相张九龄奉旨开凿，拓宽路基，可行车马，遍岭种梅，遂称之为“梅岭”，其驿道成为古代中原通往南粤乃至东南亚的交通要冲，是古代南方的一条"丝绸之路"。由于气候不同，同在一岭的梅树会出现"南枝花落，北枝始开"的奇观景象。

由于是交通枢纽，又加上历史久远，往来人士不乏巨商大贾、文人墨客、高官政要，诸如陆凯、宋之问、刘长卿、苏轼、汤显祖、朱熹、戚继光、文天祥等，这些著名人士留下了大量的梅花诗，前后计有两千多篇（首）。据说，杜牧"一骑红尘妃子笑，无人知是荔枝来"诗句中提到当年唐朝杨贵妃爱吃的荔枝，就是经过这古道驿站艰难传递的。

梅岭与油山紧紧相连，这里也是赣粤边三年游击战争的中心区域，陈毅同志几次在这里遇险，留下了脍炙人口的《梅岭三章》：

断头今日意如何？
创业艰难百战多。
此去泉台招旧部，
旌旗十万斩阎罗。

南国烽烟正十年，
此头须向国门悬。
后死诸君多努力，
捷报飞来当纸钱。

投身革命即为家，
血雨腥风应有涯。
取义成仁今日事，
人间遍种自由花。

一个革命者襟怀坦荡、视死如归、充满革命乐观主义的精神跃然纸上。

文艺作品也再现与描绘了这一动人场景：电影《梅岭星火》就是反映这一题材的。

梅岭旁边的金莲山，也是一个树木繁茂的小山岭，却见证了另一位革命者大义凛然、视死如归、英勇就义的情景——这就是当年苏区时期，赣南军区政治部主任刘伯坚的牺牲。

刘伯坚是在突围时受伤被俘的，关押在大余监狱，他拒绝了敌人的多次利诱，受尽了敌人的各种酷刑。最终，敌人押解他往金莲山处决。临刑时，他写下了气壮山河的《带镣行》："带镣长街行，蹒跚复蹒跚，市人争瞩目，我心无愧怍。带镣长街行，镣声何铿锵，市人皆惊讶，我心自安详。带镣长街行，志气愈轩昂，拼作阶下囚，工农齐解放。"

凛然正气，跃然纸上，革命豪情，充溢字间！

因钨的藏量最大、开采历史最早而令赣南被称之为"世界钨都"的西华山，坐落离大余县城十多千米的地方。这是我国钨业开采最早的矿山。早在 1907 年就开始了开采。当时，西华山上黑石到处可见。一天，天主教德国牧师邬利亨为寻幽览胜，沿着盘旋曲折的崎岖小道上了西华山。他发现所到之处，黑石遍地。他感到奇怪，便捡了几块带回了教堂。随后，他便将捡到的黑石带回德国化验。经鉴定，此黑石为稀有金属——钨。

当时，德帝国主义出于战事需要，为发展军火工业，指令邬利亨赶回大余，大量收购。邬利亨便以修建花园为名，大肆收购，然后雇人运至广州、香港，再运回德国。不久，邬利亨干脆背着当地政府，以五百银圆的价码，从西华山庆云寺住持妙园和尚手中买下山权，明目张胆地开始开采、掠夺了。光绪三十四年（1908 年），南安、赣州、吉安、宁都道道台俞明震来大余巡视，得知此事，便命县府收回。自此，西华山钨矿才终于回归国有，乃至后来饮誉全球，成为"世界钨都"。

此外，赣南还有盘古山、岿美山、大吉山、齐云山、九莲山、鸡笼嶂、水鸡岽、竹篙岭、莲花山、五指山、云台山、峰山、阳岭……

这许许多多的山岭，几乎每个山岭都有一段美丽的传说；每个山岭都是一篇壮丽的华章；每个山岭都有一部厚重的历史；每个山岭都曾与人类有着密切的交往……这些大大小小的山山岭岭，熔铸成了赣南坚挺的骨骼脊梁，承载起了赣南千年厚重的文化积淀；这些大大小小的山山岭岭，熔铸成了赣南坚实的钢肩铁臂，将肩负起来日赣南更多的历史担当。

载《千高原》（原《散文世界》）2015 年第二期

赣南水韵

水，叮叮咚咚，涓涓潺潺，汩汩奔涌，浩浩荡荡，滚滚滔滔，汹涌澎湃……组成一曲不绝的音韵。

——题记

赣南，地处江西（简称“赣”）的南部，是“八山半水一分田，半分道路和庄园”的地方。山地面积诸多，河沟湾流密布，形成了庞大的网状水系。这些水系综归为章江、贡江两大河流，最终在赣州城下汇成了浩浩奔泻的赣江。滚滚滔滔，一泻千里，向赣中和赣北流去。所以，赣南是千里赣江的发源地，赣江源是滔滔奔涌赣江的源泉。

据不完全统计，全区集雨面积在十平方千米以上的河流约一千零三十条，分布在全区十八个县（市），分别属章、贡两水系，流入章、贡两江。在各县市内，章、贡两江支流又有本地各自的称谓，最终在赣州城汇合成赣江（古也称“清江”）。

在公路与铁路尚不发达的年代，河流就成了主要的交通与运载工具。由于河沟众多，流域面积广，千百年来，发生在赣南江河上的逸闻趣事不少，成为赣南“水”面上的一页华丽篇章。

我们站在章、贡二江合流的江口前，地理位置由主干到支流，时空距离由远及近，纵目远眺，巡视一些发生在赣南之水上的逸闻趣事。你会感觉到，赣南庞大的网状水系，其实就是一部厚重的文化历史，记录了赣南历经千年的发展变化和风雨沧桑；日夜奔泻、汩汩有声的涛音汇成了赣南一支雄浑的奏鸣曲，鸣奏出一曲大气磅礴、优美和谐的旋律与音韵。

郁孤台下清江水，中间多少行人泪？西北望长安，可怜无数山。
青山遮不住，毕竟东流去。江晚正愁余，山深闻鹧鸪。

这是八百多年前的南宋时期，代表南宋政权的隆祐太后，被金兵追击，落荒而逃，溯赣江而上，在万安造口舍舟登轿，来到赣州。以国家社稷为己任的辛弃疾，护卫“大驾”，壮志难酬而写下的《菩萨蛮·书江西造口壁》这首词，以它突出的爱国精神，而多年被选入中学课本。

这首词，分明让我们看到在黄昏的赣江旁边的郁孤台，一个叱咤风云、文韬武略的将军，翘首远望，深谋远虑，深沉遐思，壮志难酬，踌躇满怀的情景。它深刻地表现出其忧国忧民的爱国思想和高尚情怀，并深深地留在我们记忆里。

八百多年后的又一天，另一个蜚声国内外的著名文豪、学者、科学家、革命家郭沫若同志，来到章、贡二江合流的江口，翘首远望，心潮澎湃，思绪难平，以辛弃疾的词为借鉴，反其意而为之，写了另一首新词：

郁孤台下红江水，人民血汗非清泪。遍地尽苍松，泱泱绿化风。
十年树木计，前景在眉睫。决战胜天公，江流不再红。

同时站在赣江源头的，我们分明又看到另一个深谋远虑的名人，爱国爱民，以建设美好祖国为己任，大力倡导绿化风，表达出另一种情怀与胸襟。

时至今日，赣南的绿化在全国已名列前茅。到处郁郁葱葱，生机勃勃，绿意盎然。走进赣南，仿佛走进了一个绿色的世界。“江流不再红”了！

由赣江追源溯流，来到赣江支流的支流石城的琴江，这是本县的河道，其洋地七岭高桥岽，为赣江源的主要发源地，每年为赣江注入一千万立方米的水源，现已被列为国家级自然保护区。这也是石城县重要的旅游区，其河段的漂流旅游项目颇具特色，风光旖旎，惊险刺激。

在陆路交通不很发达的古代，琴江承载着与外界交流的重要使命。中华人民共和国成立前，船只自上游平山可直达赣南政治、经济、文化中心的赣州。如今，为了保护赣江源头，有关方面加强了对赣江源头的环境保护，植树造林，生态保护，为使赣江能有个丰沛、洁净、自然生态良好的源头！

与之相邻的宁都县的梅江，是赣江另一条支流的支流，是宁都县的主干流。中华人民共和国成立前主要靠梅江水路和外界运输联系，船筏可直通赣州。

四百多年前的一天，一个小官模样的人带着随从，从临川出发，跨经南丰、广昌，来到宁都的梅江码头，然后从这里出发，乘船来到赣州，又从赣州乘船逆章江水而上，来到南安（大余），再翻过梅岭，往南而去。这个人就是被称为“东方莎士比亚”的汤显祖，他是奉朝廷之命去广东徐闻上任的。后来，又调往浙江遂昌任知县。

数次凭借舟楫，借道贡水、章江，并在南安获得了一个发愤怨悱的动人爱情故事，然后创作了轰动世界的名剧《牡丹亭》。

二三十年前的一个傍晚，一个知识青年模样的年轻人在梅江河里游泳累了之后，躺在沙滩的草坪上数星星：数啊数啊，根据他长期私下的研究怎么就多了一颗？他断言：这是一颗新星！两个多小时后，他的发现被北京天文台的科学家用精密仪器观测得到了证实——他的发现震惊了世界！他，就是段元星，他的励志事迹被多年选入中学课本。

这些流经石城、宁都、瑞金等地的网状支流，到了于都县城，才真正被冠之为“贡水”。所以，于都县城所在地的乡镇，被命名为“贡江镇”。

于都河，记载了历史上最为震撼的一次壮举。

十月里来秋风凉，
中央红军远征忙。
星夜渡过于都河，
古陂新田打胜仗。

这是陆定一同志一首著名的《长征歌》，形象地表达了中央红军长征始发时的壮观情景。

1934 年 10 月中旬，中央红军先后从各地来到于都集结。并于 16 日傍晚至 18 日晚，先后从长口山峰坝、花桥渡、重光宝塔脚下、孟口等地渡过于都河，开始长征，所以，于都河口又称“长征第一渡”。

据说，渡河的那几个夜晚，于都河上热闹非凡，气势壮观。原本白天还是平平常常的一条于都河，一到晚上陡然就架起了六七座木架桥，队队红军战士陆续从这六七座桥上走过。一时，妻送郎，娘送子，父送儿，在于都河两岸演绎出了许多动人的场景！

于都河，记录了这壮观动人而又颇具历史意义的伟大见证！

追根溯源，沿着贡江支流的支流而上，来到山峦叠翠、风光旖旎的安远县。安远县地处赣南南部，这里是珠江水系的东江与长江水系的赣江的分水岭。流入珠江水系东江的河流为镇江河，流入长江水系赣江支流贡江的河流为濂江河，两条河流都孕育出了不同凡响的文明。

“江西九十九条河，只有一条通博罗”这句民间俗语，道出了东江支流镇江的独特性。

镇江发源于安远的三百山，经濂江、凤山、镇江、孔田、鹤子等地，流入定南九曲河，汇入广东省的东江。这也是香港七百多万同胞饮用水的源泉。

水，是我们的生命之源，是须臾不可缺的生活必需品。因此，近些年香港、深圳的许多游客饮水思源，来这里瞻仰、探源、投资兴业，表现出极大的饮水思源的感恩之情。濂江，发源于安远的九龙山，流经濂江、欣山、车头、版石、重石、天心、长沙等地。这条水域，是享誉客家各地的赣南采茶戏的发源地。

濂江河上，两个如花的茶姑在荡舟唱晚，这是二姐和船妹二人在行船，她们婉转的歌声，吸引了进山收购“九龙”名茶的朝奉。朝奉色迷心窍，欲调戏二姐，幸亏同是穷苦出身、卖身为奴的茶童机智灵巧才多方保护了二姐。来到茶山后，朝奉又强行压低茶价并要强娶二姐为妻。在危急关头，又是聪明机智的茶童联合茶乡众乡亲，设置重重障碍，最后令朝奉竹篮打水一场空……

这就是赣南祖宗戏、传统戏《九龙山摘茶》后又改为《茶童哥》的故事梗概。此戏后来在 1979 年，由上海电影制片厂拍摄成彩色舞台戏曲片，更名为《茶童戏主》。

流经全南、龙南、信丰、赣县的桃江，是赣江支流贡江上的一条大支流。几个世纪以来，它承载了以上诸地太多的运输重任，以至于发展出了桃江两岸的一片繁荣与文明。享誉全国的“围屋之乡”龙南的关西围屋，就是屋主徐老四，长年在桃江河上运输木排大发之后而建成的。

赣江的另一条支流章江，则汇聚了南康、大余、崇义、上犹四地的水源，然后流泻到赣州城下与贡江汇成赣江。

在陆路交通不甚发达的古代，章江河流的南康与大余河段，是条远古的航道：它与陆路上的古驿道同是当年中原通往南粤的重要通道。许多沉重的货物，陆路运输不便，都是通过水路运输的。长江水系的货物通过赣江至章江，直达梅岭脚下的大余县城，翻过梅岭便转入珠江水系。反之，海外及南粤的商品货物翻过梅岭，便可达山脚下的大余县城，由赣江入长江水系。大余县城的古章河，县志记载：最多时，一夜停泊过二百多条船。

在南康至大余的河段上，还广为流传着一个颇为感人的故事。

相传，在很久很久以前，河岸上有一户穷苦人家，生了一个漂亮、贤淑的女儿，轰动了四邻八乡，说亲的人纷至沓来。其间，有两户有钱有势的人互相攀比，暗中斗富，各自都给少女家送了可观的彩礼，少女的父母不好得罪任何一方，感到为难，一时拿不定主意。少女安慰父母，不必胆怯，她自有办法。接亲那天，双方都备了豪华的彩船前来迎亲，并排停在水潭上，单等少女抉择。出亲的时候到了，少女浓抹盛装，来到两只彩船中间，一脚踏一只船，稳稳地站在那里。两只彩船的主人见了，心想：这好办，只要一开船，少女终会做出抉择，跳到其中的一只船上的。于是立即命令鸣锣开船，谁知，双方一开船，危急时刻，少女并没有选择哪一只船落脚，而是任其自然落入水流中。结果，香消玉殒，直至三天后，人们才在下游百米远的地方发现她的遗体，面容安详如初。人们为她的刚烈、纯正所感，当即为她在岸上立了“贤女祠”以为纪念。

若干年后的一天，宋朝文豪苏东坡被贬惠州，路过此地。他听了当地人的介绍后，深为此女的刚烈、纯正品行所感，特意前去“贤女祠”探访。睹物思人，触景生情，想到自己一生刚正不阿，多次遭贬谪，不禁感慨良多。

自此，该地被人们称为“苏访贤”。如今，已作为一个地名载入了地铭志，标在了南康与大余之间的路段中。

上犹江是赣江支流章江的另一条支流。这条江水源充足，流量丰沛，20 世纪 50 年代中期，国家在江上建成了我国第一座坝内式厂房水力发电站。

电站建成后，形成的陡水湖风光旖旎，水域辽阔，成了国家森林公园，每年都吸引大批国内外游客前来观光、旅游。

由于这里淡水资源丰富，山峦众多，出产一种石鱼。这种石鱼形如玉簪，体长寸许，色如白银，肉质肥嫩，滋味鲜美，每年定销数十吨至江西庐山管理区。庐山管理区经过包装，冠以“庐山石鱼”的商标，作为庐山特产远销海内外。许多赣南人每每到庐山旅游，喜欢买一两袋庐山特产“庐山石鱼”回来。殊不知，这原本就是上犹本地特产，可通过旅游，上犹石鱼又“游”回了自产地。

章江水系和贡江水系就这样在赣州附近形成了章江和贡江。章江和贡江又在赣州城下汇合成了汩汩奔涌的赣江。然后，赣江一泻千里，滚滚滔滔向前流去：跃赣中，注赣北，经鄱湖，汇长江……孕育出了沿江大地的一片繁荣与文明。

由于长江水系的赣南与珠江水系的粤北，山水相依，一个多世纪以来，国内的有识之士曾多次提议开凿运河，将珠江水系与长江水系连通起来，并已有了初步方案。相关图像显示，因信丰离南雄最近，运河是从信丰开凿至南雄的。诚如是，这将成为我国彪炳历史的又一伟大工程。不仅造福人类，节约能源，还能搞活流通，繁荣经济。据说，此事国家有关方面也很重视，报纸媒体已做过大篇幅报道。此计划如能实现，则赣南水业运输又将肩负起一种更具历史意义的重任和担当。

赣南之水，是千里迢迢赣江的源泉，给沿途大地注入了无限生机与活力。

赣南之水，是奔腾不息的赣江的摇篮，给两岸带来了世代的兴旺与辉煌。

赣南之水，是长江水系与珠江水系联结的枢纽，将开启我国航运史上一页光辉的新篇章！

载《文化信丰》2014 年第二期

赣江诗情

赣江，古称扬汉，又名清江。贯穿整个江西的南北，从赣南发源，流经赣中，到达赣北，汇入长江。包括贡水在内全长一千二百多千米，流域面积达全省面积的百分之五十一，是江西乃至我国一条古老的、历史文化悠久的江河。

该江最早记载于《山海经》：“赣水出聂都东山，东北注江，入彭泽西。”足见其文化历史悠久。据说，中国历史上的几次客家人大举南迁，都是从赣江溯流而上，来到闽、粤，直至东南亚各地。因为在我国古代，没有空中交通，陆路交通薄弱的情况下，水路交通是唯一便利的选择。当年从中原到闽、粤，从长江入赣江口后，溯流到上游的赣州城下，经东即八闽之地，经西翻过小梅岭，即是岭南的广阔地域。所以，赣江是我国古代一条“人多物胜，舟车频繁”“千艘万艇，帆影蔽空”的热闹、繁忙江河，也是我国古代南方“丝绸之路”的一条重要的必经之路。历史上，赣江除承载了我国南来北往商业流通、经济繁荣的重任外，由于又是官道和驿道，所以也留下了深厚的历史文化积淀和文明遗存。既有草根百姓的身影，也有富商大贾的足迹；既有官宦政要的咏叹，也有文人墨客的诗章。特别是面对浩浩赣江，文人墨客及官宦政要们，触景生情，寓情于景，写出了不少不朽佳作。让我们循踪撷美，去品味他们的这些诗章吧。

我们沿着先人们的足迹，溯流而上，先来到下游的古城南昌。南昌，古称豫章，又名洪州。赣江的滋润，给这里带来了世代的繁荣与文明。

滕王阁，是赣江下游南昌市区的一个高耸楼阁。早在一千多年前的唐朝，有名的才子王勃在这里写下了著名的《滕王阁序》，紧接着又写了序诗。被唐高宗称为千古绝唱《滕王阁序》中“落霞与孤鹜齐飞，秋水共长天一色”的动人句子，就形象而贴切地描写与表现了赣江的瑰丽景色和优美画面。

王勃（649或650—676年）唐朝诗人，字子安，古绛州龙门（今山西河津）人，出身儒学世家，自幼聪明好学，与杨炯、卢照邻、骆宾王并称“初唐四杰”。

上元二年（675年）秋，王勃从洛阳出发，沿运河南下，于八月中旬到达淮阴，又从淮阴到楚州，继续南下，入长江后折向西行来到江宁，后由江西湖口至南昌。再由南昌溯江而上，经过吉安（庐陵），翻过大庾岭，到达岭南，再到交趾（海南），去看他为官的父亲。他走的这一条路线，正是客家人从中原几次南迁的路线，也是我国南方“丝绸之路”的重要线路。

在南昌时，正赶上都督阎伯屿新修滕王阁，重阳日在滕王阁大宴宾客。滕王阁就雄踞在浩浩奔流的赣江岸边，极目远望，江中景观历历在目，尽收眼底。王勃前往拜见，阎早闻其名，便也邀他参加宴会。阎设宴本意是想向大家夸耀其女婿的才华，让女婿事先准备好了一篇序文，在席间当作即兴写给大家看。阎假意拿出纸笔请在座文人雅士们作序，大家知其用意，都推辞不写。唯王勃以二十多岁的一个青年晚辈，毫不推辞，接过纸笔，当众书写。阎某老大不快，拂袖而去，转入帐后，教人去看王勃究竟写了些什么。听了王写的开头一句，他便说，不过是老生常谈；当听到“星分翼轸，地接衡庐”时，他沉吟不语了；再听到“落霞与孤鹜齐飞，秋水共长天一色”时，终于慨叹道：“此真天才，当垂不朽也！”典籍《唐才子传》也写道：“顷刻而就，文不加点，满座大惊。”

然而，正因了《滕王阁序》的文采和产生的影响，人们对序文有更多的了解和推崇，但对同时写的另一首诗却知之甚少。其实，这首序诗也文采飞扬，颇见功力：

滕王高阁临江渚，佩玉鸣鸾罢歌舞。
画栋朝飞南浦云，珠帘暮卷西山雨。

闲云潭影日悠悠，物换星移几度秋。
阁中帝子今何在？槛外长江空自流。

诗中，写景抒情，浑然天成。头几句描写了当时建阁时的盛况，鸾玲鸣响，歌舞漫奏，画栋云飞，珠帘卷雨；后几句则抒发出斗换星移、物是人非的人生感慨。诗句眼界辽阔，悲悯高远，用词精到，对仗工整，诗情与哲理交织一起，颇具艺术感染力。特别是“闲云潭影日悠悠”与“槛外长江空自流”，两句都是紧扣赣江景色抒情，赋予了赣江诸多诗情。

据说，此诗写完后，王勃故意在“槛外长江自流”一句空了一字，然后交与阎某，返身离开了。阎某接过诗看后，颇为奇怪。一旁的文人学士们也你一言我一语，发表各自的高见；有的猜是“水”字，有的猜是“独”字，阎某听后，都不满意。于是，命人快马追赶王勃，请他将空字补上。来人追到王勃后，他的随从却说：“我家公子有言，一字值千金，望阎大人海涵。”来人返回将此话转告了阎某。阎某起初暗想，以为王勃在敲诈他，甚气。继而转念一想，怎么说也不能让一个字空着呀，不如遂他的愿好了，本官也能落个礼贤下士的好名声。于是，便命人备了纹银千两，亲率众文人学士，赶到王勃住处。王勃接过银子，故作惊讶：“何劳大人下问，晚生岂敢空字？”大家听了不知其意，有人问道：“那所空之处该当何解？”王勃笑道：“空者，空也，阁中帝子今何在？槛外长江空自流。”大家听后一致称妙。阎大人也意味深长地说：“一字千金，不愧当今奇才……”

不想，就是这个奇才，在看完父亲从交趾返回的路途中，因风高浪急，不慎落水惊悸而亡。

离开下游的南昌，再溯流而上，途经丰城、樟树、新干、峡江来到赣江中游的重镇吉安。吉安，古称庐陵，历史悠久，源自七千年前的青铜文化。由于赣江的滋润，这里也孕育出了世代的繁荣与文明，诞生了“庐陵文化”。自古就有“三千进士冠华夏，文章节义堆花香”著称于世。出了诸如欧阳修、文天祥等不少文人墨客和官宦政要，也留下了不少不朽诗章。其间，涉及写赣江的就有唐朝张九龄和南宋范成大的诗作。

唐朝开元四年（716 年），岭南广东始兴籍当朝宰相张九龄，奉旨回乡开拓“丝绸之路”要冲梅岭。乘船途经吉安，写了一首五言古诗，表达对赣江的赞美，同时表现自己的旷达情怀：

归去南江水，粼粼见底清。
转逢空阔处，聊洗滞留情。

南宋时期与陆游、杨万里齐名的本地籍诗人范成大，一次路过家乡，船行赣江。见赣江两岸景色秀美，“清江道中橘园甚夥”，遂吟七言古诗。诗中有“芳林不断清江曲，倒影入江江水绿”“暑风泛花兰芷香，秋日篱落明青黄”等妙句，写了他在赣江沿途看到的景观及感受。

离开吉安（庐陵）继续溯江而上，经泰和县来到万安县。这里河面狭窄，滩多水急，异常惊险。特别是号称十八滩的江段，礁多水急，恶浪滚滚，浪花翻卷，涛音轰鸣，引发许多文人官宦的感慨与思索。尤其是十八滩中的惶恐滩，引发了两位在中国历史上有名的诗人与官宦的感慨，写下了不朽的诗章，这就是苏轼与文天祥。

苏轼（1037—1101 年）字子瞻，号东坡居士，宋朝主要文学家。北宋眉州眉山（今四川眉山市）人，嘉祐年间进士。

宋哲宗绍圣元年（1094 年），宫廷斗争更为激烈，主张变法的新党重新被大宋朝廷起用，元祐旧臣遭受打击。苏轼在河北定州任上，先后被贬到岭南的英州、宁远、惠州。苏轼在赴惠州途中，乘船入赣江，经过万安县的惶恐滩。面对险滩，远离故乡与朝廷，前途渺茫的诗人，百感交集，以达观精神，写下了《八月七日初入赣过惶恐滩》这首诗：

七千里外二毛人，
十八滩头一叶身。
山忆喜欢劳远梦，
地名惶恐泣孤臣。
长风送客添帆腹，
积雨浮舟减石鳞。

便合与官充水手，
此生何止略知津。

此诗在首联两句中，用“七千里外”和“十八滩头”“二毛人”和“一叶身”形成强烈的对比，将诗人晚年被贬谪的凄凉孤苦，生动展示在读者面前。在第二联两句中，诗人用错喜欢铺、惶恐滩两地名，组成工巧的对仗，又语意双关，写了自己四十年前和现在的情况。在第三联两句中，诗人所写的不只是行船的情境，还有象征的暗示。在第四联两句中，诗人仅用了《论语》中的典故，充满自信地说，我一生长途行船，经历多少大风大浪，岂止是知道几个渡口而已。

整首诗，前四句表现自己被政敌迫害、晚年被贬谪的凄凉境况，格调低沉；后四句则描写行船的情境，格调也由凄苦转为豪放，沉重转为轻快，表达再次面对人生劫难，他愿以顽强的意志和达观的态度去生活。

同是这条赣江，同是这个惶恐滩，在事隔二百多年后的南宋。宋瑞宗景炎二年（1277 年）时，有名的爱国将领和诗人文天祥率兵抗元，在惶恐滩附近兵败，后退往福建。这一仗，是文天祥举事抗元关键的一仗，在他后来被俘后的著名诗作《过零丁洋》中还特意提及：

辛苦遭逢起一经，
干戈寥落四周星。
山河破碎风飘絮，
身世浮沉雨打萍。
惶恐滩头说惶恐，
零丁洋里叹零丁。
人生自古谁无死？
留取丹心照汗青。

文天祥（1236—1283 年）南宋爱国诗人，字履善，又字宋瑞，号文山，吉州庐陵（今江西吉安市）人。宋理宗宝祐四年（1256 年）进士。南宋末，全力抗敌，不幸兵败被俘，始终不屈于元人的威逼利诱，最后从容就义。这首《过零丁洋》，就是文天祥被俘囚于珠江口零丁洋的战船中所作。

诗作一、二句回顾了诗人平生，用入仕和兵败一首一尾两件事概括整体。中间四句紧承“干戈寥落”，表明国家处于风雨飘摇中，亡国的悲剧已不可避免，个人命运就更难说起。但面对这种巨变，诗人深深遗憾两年前在惶恐滩自己未能在军事上取得胜利，从而扭转局面，同时，也为自己孤立无援感到格外痛心。诗的最后两句“人生自古谁无死？留取丹心照汗青”则表现了诗人深明大义、视死如归的崇高民族气节和爱国精神，一直为后人所传颂。全诗是诗人被俘后为誓死明志而作。

越过惶恐滩，继续沿江溯水而上，再往上游便来到赣江的源头，千里赣江第一城的赣州古城。

赣州又称虔州，也是赣江上一座历史悠久的文明古城，高耸的郁孤台便屹立在赣江的源头，川流不息的支流章水和贡水便在此台下相汇而成赣江。

作为赣江源头的赣州古城，跟下游的南昌一样，蕴含深厚的文化积淀，留有文人墨客和官宦政要的许多文明遗存。

1129年，金兵分两路大举南下。他们一路从湖口入侵赣江，由洪州溯江而上，追击当时代表南宋政权的隆祐太后。当快到万安造口时，金兵不及而返。隆祐太后一干人也舍舟登轿，逃往赣州，辛弃疾开始被起用。1175年，辛弃疾提点江西刑狱，驻节赣州。当他途经造口，百感交集，壮志难酬，写了一首脍炙人口、流传千古的诗作，书写在赣江岸边的造口壁上，即《菩萨蛮·书江西造口壁》这首词：“郁孤台下清江水，中间多少行人泪？西北望长安，可怜无数山。　青山遮不住，毕竟东流去。江晚正愁余，山深闻鹧鸪。”

词以“郁孤台下清江水”起兴，起笔横绝，郁孤台在赣州城内的田螺岭上，章、贡二水在此台下合流为赣江。登高远眺，当会思绪如潮，激情难抑。“中间多少行人泪”，写出金人侵扰，战争频仍，苍生离乱，民不聊生，江水中流有多少行人的眼泪啊！当然，其间也隐含词人的忧国忧民的悲壮之泪。“西北望长安，可怜无数山。”西北遥望京城，可怜有无数青山阻隔，也喻其报国壮志遇到重重困难，颇为艰辛，表达出词人一种悲愤之气。“青山遮不住，毕竟东流去。”这两句表达了词人的报国决心和信心，也隐含着正义所向，必定战胜。然而，后两句却又表达出词人的另一种心境：“江晚正愁余，山深闻鹧鸪。”在傍晚的深山中，惆怅孤独的“我”只听得鹧鸪一声声呼喊：“行不得也，哥哥！”又感到一怀愁苦、伤感与悲凉之情。

词作抒发了作者对国事艰危的沉痛追怀，对北宋靖康以来失去国土的深情萦念，为南宋爱国精神深深凝聚之绝唱。词中运用比兴手法，以眼前景道心上事，达到比兴传统之意内言外的极高境界。所以，梁启超给予了“如此大声镗鞳，未曾有也”的高度评价。

同是在这个高高屹立在赣江源头上的郁孤台，汩汩奔流的赣江，也引发了我国另外一位著名文人、学者郭沫若先生的诗兴。

1965年，时为全国人大常委会副委员长的郭老来赣南视察。他为赣州人民战天斗地的高尚精神所鼓舞，登上郁孤台，浮想联翩，触景生情，感慨良多，以辛弃疾的词为借鉴，反其意而为之，填写了一首新词：

郁孤台下红江水，人民血汗非清泪。遍地尽苍松，泱泱绿化风。
十年树木计，前景在眉睫。决战胜天公，江流不再红。

此诗抒发了诗人激越赞叹的豪情，高度赞扬了赣南人民“敢教日月换新天”、大搞绿化、改变山川面貌的奋斗精神。

“江山如此多娇，引无数英雄竞折腰。”土地革命时期，毛泽东同志率领红四军，转战在赣江两岸，留下了许多丰功伟绩。他对赣江也有种特殊的感情，多次将赣江写入了诗词中。面对赣江，既引发了作为一个诗人的遐思，也抒发了一个革命者的战斗豪情。

1930年2月7日，红军和地方党委在闽西召开联席会议，决定争取革命首先在江西胜利，然后夺取全省政权；军事上是先攻打吉安，占领后即宣布成立全省苏维埃政府。当时红军还未攻占如此大的城市，2月中旬，毛泽东同志率军从广昌向吉安进发。由于蒋介石急调军队向吉安靠拢，红军中途退回赣南。词作《减字木兰花·广昌路上》就是写这一史实：“漫天皆白，雪里行军情更迫。头上高山，风卷红旗过大关。

此行何去？赣江风雪迷漫处。命令昨颁，十万工农下吉安。”

“赣江风雪迷漫处”，写实，也蕴含有隐喻、象征与暗示，表达了对当时攻打大城市的质疑。

1930年3月，周恩来去莫斯科参加苏共十六大，李立三暂时掌管上海中央。6月，他指派涂振农到闽西召开汀州会议，命令红军趁蒋介石、冯玉祥、阎锡山混乱之机进攻南昌和长沙。会上成立了以毛泽东同志为主席的军事革命委员会，负责此项行动。毛泽东同志率红一军团围南昌而不攻，彭德怀率红三军团进攻长沙，攻克十一天后，又被迫退出。毛泽东与彭德怀在长沙会合，于9月10日再次进攻长沙，战事不利，9月13日毛泽东下令撤围退兵。此时写下了《蝶恋花·从汀州向长沙》词一首：“六月天兵征腐恶，万丈长缨要把鲲鹏缚。赣水那边红一角，偏师借重黄公略。　　百万工农齐踊跃，席卷江西直捣湘和鄂。国际悲歌歌一曲，狂飙为我从天落。”

词中“赣水那边红一角”，就是指红军在赣江两岸开辟革命根据地，建立红色苏维埃政权，进行如火如荼的土地革命运动的高度概括。

1931年夏天，蒋介石认为第一次大“围剿”失败在于长驱直入。因此，第二次大“围剿”则改为“稳扎稳打，步步为营，紧缩包围”。5月16日，红军在吉安县赣江边的东固伏击蒋军公秉藩部二十八师，接着在十五天内，从西向东，横扫七百里，五战五胜，打破了第二次大“围剿”。因此，毛泽东同志又写了《渔家傲·反第二次大“围剿”》一词：“白云山头云欲立，白云山下呼声急，枯木朽株齐努力。枪林逼，飞将军自重霄入。　　七百里驱十五日，赣水苍茫闽山碧，横扫千军如卷席。有人泣，为营步步嗟何及！”

词中“赣水苍茫闽山碧”形象地概括了这次战役的局势与形势，点出了此次战役的地域与区域，“赣水苍茫”，既是写实，也是暗喻红军设下埋伏，为全局胜利奠定了基础。

浩浩赣江，在南国大地一泻千里，孕育了多少繁荣与富庶；滚滚赣江，在亘古时空，一泻千年，积淀了多少历史与文明！

载《海外文摘》2014年第四期

东江源头三百山

香港七百多万同胞的饮用水哪里来？——源自几千千米外的江西省安远县的三百山。

据《辞海》记载：东江，“珠江东支。……东源寻乌水，西源定南水（九曲河），均出江西省南部安远、寻乌两县间……”《二十五史·明史》云：“安远府南有三百坑水，下流广东龙川县。”民间也早就流传这样的民谣：“江西九十九条河，只有一条通博罗。”所谓“通博罗”的这条河，就是东江，源头就是安远县的三百山。

据考证，东江古称湟水、循江，始自江西安远县三百山，一路向定南县、龙川县、东源县、紫金县、惠州市、博罗县、东莞市等地域迤逦而行，洋洋洒洒，沿途汇聚了大大小小的支流，最终汇入珠江。流经深圳时，引水东深供水工程，为香港供水。有史料记载：1964 年根据中央政府安排，广东省修建了东深供水工程（广东东江—深圳供水工程），即从东江引水，沿石马河多级提水，到雁田水库，然后跨越分水岭，流入深圳水库。这是当年中国政府为解决香港同胞饮用水困难而兴建的一项重大工程。从此，改变了香港不能全日供水的局面。

三百山，位于江西省安远县境内，是安远县东南边境诸山峰的合称。地处赣、粤、闽三省的交界处，是全国唯一对香港同胞具有饮水思源特殊意义的旅游胜地，也是国家森林公园。

三百山名称的由来普遍的说法有两种。

一种说法是清朝以前，山民们为躲避战乱，分别来到这里。在三百三十个山头搭建了三百三十个山寮，在这里垦荒种田，得以安生。三百三十个山寮如群星散落在三百三十个山头，所以叫三百山。

另一种说法是，相传在晋朝，当地有陈均望、杨剑、胡山三位高人。三人从小拜师学习武术和法术，用学来的“点豆成兵”的法术帮助当地百姓免受土匪、强盗的侵犯，并寻医问药，杀富济贫，帮助百姓。由于此“三公”为当地百姓做了许多好事，深得百姓拥戴。在他们得道成仙后，当地百姓就在东风湖边建起庙宇一座，用以祭祀，起名“三百公庙”，并将山名改为“三伯公山”，在方言中“伯”和“百”音韵相同，所以叫“三百山”。

其主要游览景点有热泉河汤谷、福鳌塘瀑布、天印奇松、东升围、知音泉等。

热泉河汤谷占地三万多平方米，设有水疗区、健体区、鱼疗区、足疗区、美食娱乐区、洗浴区、主楼休息区等。

福鳌塘瀑布位于福鳌塘之北五百米处。瀑布落差近百米，立于瀑布前的天然观瀑石观看，瀑布悬挂前川，犹如银河泻落，飞珠溅玉，蔚为壮观。

天印奇松景点位于福鳌塘东侧岩脊上。面积约三平方千米，森林覆盖率百分之九十以上。内有同心树、三百山林海、南山积雪、鹰愁崖、剑尖峰、虎卧石等景观。

东升围是具有赣南代表性的客家围屋。围屋占地面积一万多平方米，围内有瓦屋二百多间，是一座具有典型客家建筑艺术特色和地方文化特色的“土围子”。

知音泉位于福鳌塘瀑布下游约两千米处，是密林深涧中一个形如竖琴的巨大石屏，石屏两侧各有一条瀑布，北侧瀑布落差十余米，三坎三曲，南侧瀑布五叠，落差百米，高低大小不同的两条瀑布，从石屏两侧相向汇入石屏前的深潭。

知音泉有一个美丽传说。据说，有位仙女思凡来到人间，在福鳌塘下偶遇一书生，他们一见钟情，并结为夫妻。玉帝知道后，断然反对，便派天兵天将来拆散他们。书生和仙女都不愿分开，天兵天将便将仙女手中的瑶琴抢来，插在他们中间，并将瑶琴化为石琴，把他们隔开。仙女自知和书生以人的形态在一起是不可能了，便把自己和书生一起化成两条瀑布，汇合在石琴下的深潭中，才得以重新结合。

三百山国家森林公园属中山高丘地貌，中山逶迤，重峦叠嶂，危崖奇石，峰险各异。山中沟壑纵横，溪流密布，森林蓊翳，古木参天，巨藤倒挂，遮天蔽日，具有很好的自然生态。

近年，在世界水资源日益紧缺的境况下，安远县人民为了让东江源头的生态资源得到更好的保护，给香港人民输送更多更加洁净、原生态的水源，他们积极采取了“退耕还林”“退果还林”的有力措施，扩大水面容量；大力开展群众性的植树造林活动；经常性开展“清理垃圾，洁净环境”的环保活动，以使源头的水资源得到了有效的保护。

如今，触目所望，东江源头的三百山，莽莽苍苍，绿涛滚滚，碧海千顷，翠色万壑，呈现出一派生机盎然的绿色景象。

当地的一位环保人士对我说，保护好东江源头的生态资源，让香港同胞喝上洁净、环保的饮用水，既是我们的责任，也让我们更放心！

俗话说“饮水思源”，许多香港同胞了解了安远三百山是东江源头，是他们须臾不能离开的饮用水的发源地时，不断有人前来“寻根”“探源”。他们或三五成群，或携家带口，或组团前来，人员逐年增多，他们带着好奇、虔诚的心情而来，经过多日的游览和考察后，带着微笑和满意的心情而去。

我在与一位香港游客的交谈中得知，他们了解了这里是香港七百多万同胞日夜须臾不可缺的饮水源头后，对祖国都有一种神圣的亲情感和归属感，觉得香港真正是祖国不可分割的一部分。祖国，就是香港的母亲。日夜源源不断注入香港的东江水，就是祖国母亲供给香港儿女的汩汩乳汁！

有道是“滴水之恩，当涌泉相报”。然而，曾几何时，香港的某些人一边在喝着祖国母亲甘甜的乳汁，一边却在干着数典忘祖、忘恩负义的悖理之事，让人们的心感到深深的刺痛，让东江源头三百山的人民感到深深的失望！

但愿洁净、清澈的东江水，能洗涤这些人的灵魂；但愿香港七百多万同胞能饮水思源，加深对祖国母亲的亲情感、认同感和归属感！

载《德阳散文》2017年第一期

大江放排人

我的老家在赣江的一条支流上，房屋面水而居，滔滔的江水打村前流过。孩提时，看不尽江中的帆樯舟影，听不够江面的渔歌号子。不过时间久了，最令我不能忘怀的还是那大江上一串串长长的木排和在木排上迎风而立、搏涛击浪的放排人！

每当木排从上游浩浩荡荡下来时，一字排开，迤迤逦逦，连连绵绵，长达千米，蔚为壮观！大人们说，他们这是运去很远很远的大城市用的，去给那里的城市盖高楼大厦、工厂、学校的。

然而，在这当中，更令人注目的，还是站立在木排上，那迎风而立的放排人。他们一个个彪悍结实、赤裸着古铜色的上体，那般健美、那般粗犷，活像一尊尊铜铸的雕像。最引人的是他们那一双双鹰隼般锐利的眼睛，直勾勾地盯着前方，注视着前方水域的每一处细微的变化。就这样，迎着风，踏着浪，绕过暗礁，闯过险滩，一路前行，带走了一江风尘。

放排人的生活是艰辛的。他们在上游含辛茹苦，将一根根木头用篾缆扎成排，然后择日放下。自下水的那刻起，他们便寝食难安，精神百倍紧张。因为每一串排都价值连城，有好几百根木头哪。他们把自己的命运和木排紧紧地联系在一起了。

从此，顶烈日，斗恶浪，风餐露宿，栉风沐雨，闯荡在波涛滚滚的大江之上。他们像大海边赶海的渔民，在波翻浪涌中驾着艘艘渔船扬帆出海；他们又像大草原上的牧民，驱赶着一群桀骜不驯的野马，风驰电掣，履滔踏浪。风高浪急时，他们把握长舵，驾驭木排，碾平一路浪涛；水大滩险时，他们挥动长篙，纵横捭阖，闯出一片新天地！在这战天斗地的日子里，考验和磨砺出了他们一个个非凡的胆略、惊人的意志和不屈不挠的斗争精神，也铸就了他们一个个钢筋铁骨般的健壮体魄。渴了，就掬一捧身边混浊的江水解渴；饿了，就胡乱塞点干粮粗食填填肚子。平日里，因是风里来雨里去，上排、下排都是一身水，又远离人群，汉子们就干脆赤身露体，一丝不挂，露着古铜色的胴体，为的是干活方便省事。即使在平静的河湾歇息时，他们头枕的依然是滚滚的浪涛；耳边鸣响的也是一片排空的涛音。有时碰上滔滔洪水，行程险恶，一连几天也难吃顿饱饭或睡一个好觉！然而，更令他们忧虑和担心的是，水大浪急时，木排遇险，常有排毁人亡之灾；而在水枯滩浅时，木排常常搁浅，又常有滞阻难行之虞。所以，在家乡流传一句妇孺皆知的俗语："放排不累，打老子都没罪。"而在现实中，他们的生活行为也能得到大家的同情与理解。

这里有一则《打赌》的故事为证。

据说，某日，有一瘦子和一壮汉在小城闹市喝酒。酒酣耳热之际，看见街上人来人往，熙熙攘攘。瘦子忽然心血来潮，对壮汉说，你能在大街上赤身露体、一丝不挂，穿城而过吗？壮汉略略思索了一下，随即答应说可以，不过要许以优厚报酬。瘦子当即以五块光洋（银圆）为赌注，并找了证人监督。随后，他们便来到人少的街尾。壮汉从一人家出来，扛了根竹篙光着身子，果然一丝不挂。还没等大家明白是怎么回事时，壮汉早已带了证人，沿街大喊："让开！让开！我的排冲了，我抄近路截住它！"他就这样一丝不挂，光着屁股，露出难看的下体，一路高喊一路跑，屁颠屁颠，直到穿过小城大街，来到终点。街市两旁观望的人群，并不因为他这种怪异举措和装扮而感厌恶和憎恨，也没见有谁说长道短。相反，倒有不少人寄以同情和理解，反为他着急。因为，救排如救火，一串木排关系到几个家庭的身家性命啊！结果，瘦子自认倒霉，白白赔了五块光洋。

事后，有人说，这壮汉年轻时就是个放排人，曾多次这样光着身子，一丝不挂地抄近路去抢救过木排。

有一次，我亲眼见一组木排搁浅在大江的沙滩边。放排人一个个赤身露体，推的推，拉的拉，背的背，拖的拖，一个个都使出了浑身的气力。在这艰辛的拖拉过程中，我听见了他们“嗬——唷，嗬——唷”的粗重号子和撼动山岳般的呐喊。

木排渐渐移动，入水上道时，我又分明听见一个放排人怀着兴奋的心情，唱出了一首尖亮的客家山歌；

阿妹阿妹你莫嫌，
哥哥放排实可怜。
一日三餐猪狗食，
几日几夜难合眼。
衣裳烂了没人补，
裤子破了没人连。
……

歌喉沙哑，歌声粗犷，虽然不算悦耳动听，但哀婉动人，惹人同情，挺透人心。长长的尾音却随木排顺流而下，洒落在一路江天。

大家知道，这是放排人唱给在河边洗衣妹子们听的。大人们说，原本这些放排人也像家乡人一样本分、老实，他们去大城市的次数多了，也学到了城里人不安分的许多“鬼点子”，经常唱情歌，打河边洗衣妹子们的主意。从城里回来路过村边时，还特意带些项链呀、镯子呀、衣服呀什么的，塞给相中的妹子。有好些个洗衣妹子还真的就被他们“迷”上了，跟随他们走了呢。

数十年过去了，放排人这种粗重的号子和粗犷的山歌声，一直留在我人生的记忆里，他们这种吃苦耐劳、不畏艰险、战胜困难、勇往直前的拼搏精神，也时时激励着我。

数十年后，我又生活在赣江的另一条支流上。而且，竟和几个当年的放排客结成了亲戚。自然，我们的话题内容不少都会谈及放排。他们兄弟四人，原本一个个都是放排的行家里手，后来都因故改行了。

他们说，当初，他们把木头一根根扎成排后，从家乡的小河下水，风雨兼程，千折百回，历尽艰辛，将排放到离家几百里外的赣州城。一路上风餐露宿，饱经磨难，备尝艰苦，好不容易将排放到赣州城后，再乘车或徒步回家。其间，他们住在排上，吃在排上，也睡在排上，他们把自己的命运和木排紧紧地联结在了一起。他们说，顺水顺风时还好办，若遇洪水或触礁时，便有排毁人亡之险，他们有好几次都死里逃生，逃过了这样的劫难。然而不几日，他们便又会傲然屹立，搏击在另一串滚滚滔滔、顺江而下的木排上！

如今，由于种种原因，虽然在江河中我再也难寻觅到他们的身影，但是，在市场经济大潮滚滚奔涌的今天，他们那种不畏艰险、迎风破浪、顽强拼搏、不屈不挠的精神，不也值得我们学习和借鉴吗?!

载《海外文摘》2013 年第十期

（此文入选 2013 年《中国最美的散文》一书）

美哉，红花湖

儿子在惠州工作，我们前去看望。想尽点孝心的他们，特意安排我们去游览红花湖。

早就听说红花湖很美，作为一个作家和记者的我，足迹遍及祖国名山大川，阅历风景名胜无数，就不会只限于一般的观赏和游览了。应当会从更加独特的审美视角，去发掘和发现景观和景区的内涵和亮点。红花湖比其他的景区有更加过人之处吗？

来到红花湖景区，映入眼帘的确实是竹树掩映，满眼翠绿。红花嶂绿得如云似雾，将整个山体紧紧围裹；高榜山万木争荣，绿荫似海。红花湖坐落在这碧岭绿嶂之中，犹如一块洁白的脂玉镶嵌在这绿色的翡翠之中。春风徐来，沁人心脾，爽心悦目，确给人“山不高而秀雅，林不染而滴翠，水不深而澄清，树不老而茂盛”的感觉。特别是这些蓊翳荫浓、芃芃生长的树木，给人一种自然生态美。

在去红花湖的路上，我们看见，骑车前来的人络绎不绝。其间，有骑脚踏车的，也有骑电动车的；有骑单人车的，也有骑双人车的。在这当中，一对“红男”“绿女”进入了人们的视野，分外显眼。男的穿件大红运动衫，女的穿件深绿运动衫。他们共骑一辆双人脚踏车，配合和谐默契，给人一种和谐之美。

在上电瓶游览车的时候，我们看见，在熙熙攘攘的人群中，有一对满头白发、颤颤巍巍的老人，他们在儿孙们的搀扶下，行动迟缓地登上电瓶游览车。一旁的人看他们行动不便，也都帮着搀扶他们上车。老人的儿子在一旁见了，一边向大家致谢，一边笑着解释说，老人在家寂寞，想让他们多看看世界，健康长寿。大家都用赞许和称羡的目光看着他们，觉得他们一家幸福和谐，其乐融融。而我更欣赏的，倒是人们尊老爱幼、助人为乐的心灵美！

电瓶游览车沿着湖岸绿道缓缓而行。沿途树木林立，绿叶扶苏，冠盖相瞩。花草繁茂，目不暇接。微风拂面，令人神清气爽，好不惬意！在上一个高坡时，我们又见到了这对“红男”“绿女”。这时，只见他们两人都累得气喘吁吁，下来推车。“红男”为了减轻“绿女”的负荷，将她的衣服和小包全揽了过来，挎在自己的身上。这种体贴入微的行为，车上的人见了都齐声赞叹。这对情侣这样的体贴入微，给人一种人与人之间的情感美。

电瓶游览车沿着洁净的沥青路面缓缓前行，十六千米长的环湖路，就像一条飘动的丝带，或上或下，或左或右，蜿蜒曲折，萦萦绕绕；沿途整洁干净，绿树夹荫，路面不见有果皮、纸屑，令人感到有一种洁净美。

电瓶游览车经过各个风光景点，来到终点站。在终点站下车休息时，碰到四五个少女。她们一起在遮阳伞下休息，青春洋溢，热情爽朗，有说有笑，在一阵大笑之后，有人说话了：

“小周，你的头发齐腰了，可以出嫁了！”一个“苹果脸”冲着一个披长发的少女说。

“哟，你的身段也都丰满了，也可以出嫁了啊！呵呵！”这个披长发的“瓜子脸”回答说。

“你们都成熟了，都可以出嫁了呢！哈哈哈！”另一个大眼睛的少女打趣地说。

“你也是！你也是！”“苹果脸”和“瓜子脸”都不甘示弱，红着脸，抢白说。

“哈哈哈……”

“哈哈哈……”

四五个人都大笑了起来。爽朗、甜美的笑声飘荡在幽林峡谷间，飘荡在柔柔的红花湖上。

红花湖，就像这几个美少女一样，有一股含蓄的纯情美！

美哉，红花湖！我欣赏红花湖的自然生态美，但我更欣赏红花湖呈现出来的人文精神美！

载《惠州日报》2015 年 3 月 28 日

巽寮湾——我精神的港湾

早就听说巽寮湾是个游玩休闲的好去处。当小车快要接近它的时候，我才感觉到它热情洋溢的情感与散发出的特有的体味清香。

一栋一栋巍峨高大的海滨建筑，犹如主人派出的热忱使者，一一在路旁恭候。这既是它向人们热忱伸出的坚实臂膀，也是它向人们敞开的宽阔胸怀，然而，更多的是它人气旺盛、魅力四射的形象体现。

一阵一阵的海风迎面吹来，风中有点咸涩的味道，那是它特有的体味，发出的阵阵诱人清香。来到它身边的时候，正是雾气笼罩的上午时分。美丽的巽寮湾像一个慵懒羞涩的少女，围裹在薄薄的轻纱之中，似隐似现，展示着它朦胧美丽的胴体。

当艳阳伸出长长的金指，掀开这迷蒙的雾罩时，犹如慈爱的长者，撩起了美丽轻纱，显露出少女妙曼秀美的姿容。此刻，呈现在我们眼前的是一个美丽诱人的天然海滨浴场。远远的，天空湛蓝，海水湛蓝，水天一色。一阵阵海风，将海水从远处一波一波地推向眼前的沙滩，激起一朵朵、一排排的浪花，像是给游人们呈献的一条条圣洁哈达。金色的沙滩散布着一簇簇、一群群的红男绿女、老老少少，他们此刻正在等待着统一下水。

久在职场工作，工作责任的压力、人际关系的复杂、不正之风的潜行、社会生活的艰辛……这一切的一切，长时间以来，附在了自己的身上，犹如千斤重担，压在了自己的心头，缠绕与捆绑住了自己的手脚；这些精神的块垒与硬结更如磐石，压得自己几乎喘不过气来。

沉闷的心情、郁结的精神、怨愤的心理、疲惫的精力，长期以来，一直如无形的厚厚污垢，黏附在自己的身上。必须寻找到一个精神的港湾，让它得到洗涤、排解、消融。巽寮湾，无疑是这样一个最好的地方和去处。

买来新泳装，踩着柔软的沙滩，一步一步，向泳场深处走去。

面对着辽阔的大海，每前进一步，都感到精神绳索的一次疏解；每前进一步，都感到心理重负的一分减轻。渐渐地，海水漫过腰际，海水漫过胸前，海水漫过颈项……随着海水的不断加深，精神上的污垢似乎也在不断地消融、疏解，进而达到一种轻松、爽快的感觉。

当用围栏圈裹的浴场达到人山人海时，浴场里充满了欢声笑语，充满了快乐和惬意！孩童们携着各式救生圈，追追打打，活泼蹦跳，水花四溅；青年们仰潜翻飞，履水踏浪，纵情挥洒；老人们则喜笑颜开，尽情洗刷，静静享受。我蘸着柔柔的海水，掬着洁白的浪花，在身上擦拭。想洗涤多年来堆积在身心上的污垢——从身体直至精神。一遍又一遍。每擦拭一遍，都感到一阵无比的轻松与爽快。在这一片欢声笑语里，在这追追打打的闹声中，在这浪花飞溅的场景下，人能达到彻底放松、心旷神怡、宠辱皆忘、无忧无虑、纯洁超然的一种境界。

特别是在与孩子们玩打水战的游戏中，其间所产生出的无拘无束、无所顾忌的心情，所生发出来的舒心与快乐，清除了你头脑中的忧伤与烦恼，冲淡了你心灵深处的一切心垢，稀释了你情怀中的一切惆怅。找回了童真，找回了纯情，找回了青春，找回了活力！

当经过三四个小时的浸泡、冲刷、洗涤、擦拭之后，在暮色的围裹下，我们从海水浴场起身回来，漫步沙滩。此刻，顿感一身轻松，舒适无比。我知道，这不仅仅是海水的洗刷给我肉体上带来了快感，更多的是宽广的大海给了我精神上的陶冶和启迪，给了我精神上的“按摩”与抚慰，让我彻底放松，让我心旷神怡，让我获得新生！

海湾餐厅的菜肴，肯定要比内地餐桌上的更加丰富多彩。自然，近水楼台先得“鱼”，海鲜是餐桌上必不可少的特色菜。为此，家人特意点了一条大海鱼和其他几味海鲜。可惜我是个素食者，没有亲口尝尝这海鲜的鲜美滋味。但从他们一个个吃得有滋有味、满头冒汗的情况来看，个中滋味不能不说美味独特、鲜美可口。看来确实不虚此行了。

我们离开巽寮湾的时候，沿途又见在盖高楼馆所及附设建筑。可以预见，随着时光的推移，巽寮湾将会迎来更多的游人休闲、度假！

载《赣南日报》2016年8月2日

十里绿荫扑眼来

——赣县樱花公园撷景

世上的公园形式有多种多样，但不外乎是块状和条状，或者圆状和带状。所谓块状和圆状，即景观在一大块的土地上，可有较大的规划和设计空间，游客也有较大的回旋余地；所谓条状和带状，即是从这一头迤逦而行，径直走到顶端的那一头，景观都在一条路上或带上，给游客一种三步一景、十步一胜的感觉。赣县的樱花公园就是这样一种条状或者带状的公园。景观连连绵绵，洋洋洒洒，足有十里之距。

然而，这虽然是条状或带状的公园，但却丝毫未对游客产生地域局限。因为，在这近十里的景观带上，设计者因势利导，因地制宜，利用河岸地形，设计了三道相向而行的主题景观：其一是十里樱花，其二是十里绿荫，其三是十里沙滩。这三道景观有机地联结在一起，组成了樱花公园丰富的景观内容。

每当初春时节，十里樱花竞相开放，连连绵绵，迤迤逦逦，形成了花的海洋、花的世界，红红的樱花缀满了枝头，铺满了山岗，染红了笑脸，映红了长空。引来远近八方的许多游客前来赏花，人山人海，好不热闹，汽车停满了几条长街！

我们前往游览时，正值花事已谢，十里花海已变成了浓浓绿荫。于是，我们就干脆徜徉第二道景观，就是靠河岸的绿荫主题景观。

这道景观也是樱花公园的主要景观。一条通道沿着河岸，蜿蜒蛇行，曲曲折折，设计者因势利导，因地制宜，设置成五步一景，十步一胜，给人一种曲径通幽、柳暗花明、豁然洞开的感觉。特别是沿岸错落有致、千姿百态的古榕树，成了樱花公园的一道独特的风景。这些似伞如盖的大榕树，粗大的树干古朴苍劲，如龙似蛇，撑起一片片硕大而浓密的绿荫，给人一种清凉、幽深、古朴、舒心的感觉。配以一路浓密翠绿的樱花树，加之沿途种植的绿色植物，走进这长长的公园小路，边走边看，仿佛有无穷无尽的绿荫向你扑来，让你应接不暇，沉浸在绿色的世界里。此时，耳边响起声声鸟鸣，飘来阵阵花香，沁人心脾，爽心悦目，让人觉得来到了仙境一般。在这长长的绿色公园中，间或辟建有文昌阁、名宦园、宗师园、古名居等，更增加了公园的文化内涵和文化品位。据不完全统计，这长长的一条景观带上，这样古朴苍劲的古榕树共有二三十处。这二三十处古榕树，每处都辟有一处小景园，构成了这樱花公园与其他公园有别的独特景观！

紧伴“樱花景观”“绿荫景观”相向而行的是“沙滩景观”。在长长的十里沙滩上，有放风筝的、有玩充气动物的、有玩玩具枪的、有玩捉迷藏的、有挖沙窝的……打打闹闹，好不热闹。这里大都是大人带了孩子们游玩的地方，也不失为一个独特的游览去处。

十里樱花的花期已过，我们不禁心中略感失意。但是我们在客家文化城的门前，却看到了樱花的另一道风景：那是一大群姑娘们，在争相购买一个个塑料的樱花环。这些花环上的塑料樱花，制作得鲜艳、逼真，栩栩如生。姑娘们一个个都嬉笑着争相往头上戴，有的还互相试戴，热闹成一团。在这里，我感受到了另一种樱花之美。

载《赣南日报》2015 年 4 月 22 日

石城桂花屋

在江西赣南偏远的武夷山下，有一个县城石城。城中有一座飞檐翘壁、造型别致的清朝客家建筑，显得特别的古朴、抢眼，这便是神秘奇巧的“桂花屋”。桂花屋富丽堂皇、雕梁画栋，建于清朝道光末年。是当时石城县的富豪黄性存的私人住宅，占地一千四百平方米。天井式建筑，分前厅、中厅、后厅，两侧则是厢房。屋主建房时因地制宜将房基上的两棵桂花树留下，成为南院进门的一道景观，并在东、西各建花厅一间，房屋为两层，形成五进数十间的布局。虽然这是一座平凡而普通的建筑，但却蕴藏着一个惊天的秘密，铭记了一段骇世的历史。

这个惊天秘密和骇世历史，还得从太平天国运动的历史说起。

1844 年，广东花县（今广州市花都区）人洪秀全，与表弟冯云山、族弟洪仁玕从梁发的《劝世良言》中吸取某些基督教教义，后来自行洗礼，成为基督教的信奉者和倡导者。

是年，洪秀全和冯云山到广西贵县一带传教，广收信徒，打下基础后，洪秀全不久便返回广东。冯云山留在广西继续发展，信徒日增。1847 年，洪秀全和洪仁玕离开广州，前往广西桂平与冯云山会合。1848 年，冯云山被地方士绅以“聚众谋反”罪名逮捕，后又因信徒集资贿赂知县而被释放。1850 年夏，洪秀全发布团营令，要求会众到广西桂平县（今桂平市）金田村团营编伍。1851 年 1 月 11 日，洪秀全生日，拜上帝会万众在金田村“恭祝万寿”，后来世人将这一天定为金田起义纪念日。1851 年秋，太平军攻占广西永安州（今蒙山县）。12 月，洪秀全在永安城分封诸王：封中军主将杨秀清为“东王”；前军主将萧朝贵为“西王”；后军主将冯云山为“南王”；右军主将韦昌辉为“北王”；左军主将石达开为“翼王”。后来，冯云山和萧朝贵先后在攻打全州和长沙时战死。不久，太平军攻克武昌。1853年3月9日，攻克江宁（今南京）。在江宁正式建立了与清王朝相抗衡的太平天国农民政权。此后，太平军经过北伐和西征。北面打到天津附近，西面打下了安庆、九江、武昌、湖南一带，攻破了清军的“江北大营”和“江南大营”，威震四方，形势大好。

然而，就在胜利的曙光刚刚出现时，单一的农民起义、农民自身素质表现的局限和以宗教为宗旨的队伍聚集形式，决定了这支队伍的命运和前途。

1856年，东王杨秀清见当时太平天国形势大好，便另有图谋。他假装“天父下凡”，逼天王封自己为“万岁”。北王韦昌辉知悉后，请求天王诛杀东王。天王初始未许，后有人告东王有弑君篡位之意，天王遂诏北王、翼王及燕王秦日纲铲除东王。

9月2日，众军偷袭东王府，东王杨秀清及其余部众二万多人被杀。史称“天京事变”。翼王石达开自外抵天京后，责备韦昌辉滥杀。韦昌辉不服，二人不欢而散，石达开当晚逃出天京城外。其后，在天王洪秀全的密令下，韦昌辉又杀翼王府中家属及部众。

石达开在安徽举兵靖难，上书天王：请杀北王以平民愤。天王见全体军民都支持石达开，遂下诏诛韦昌辉。11月，石达开奉诏回京，被军民尊为“义王”。

“天京事变”后，太平天国合朝推荐石达开主持朝政，但洪秀全却忌惮石达开的声望、才能，不肯授予他“军师”的地位，只封他为“圣神电通军主将义王”。局势稍好后，又对他产生谋害之意。为免再次爆发内讧，石达开被迫率数千人逃出天京，前往安庆。“天京事变”使三王被杀，翼王远走，大大削弱了太平天国的力量，是太平天国的一个重要转折点。

此后，太平天国便开始走下坡路，中间虽然也有李秀成、陈玉成等人出击得胜，但终归未能扭转衰败之势。

1863年12月21日，天京外围要塞尽失，粮草奇缺。1864年6月1日，洪秀全在多日以野草充饥后病逝，幼天王洪天贵福继位。7月19

日，天京失守，清军蜂拥而入，大肆屠城，血洗天京。

李秀成、洪仁玕护送幼天王突围。李秀成让好马给幼主骑，混乱中与幼主失散，于7月22日在南京城外方山被俘。8月7日，被曾国藩处死。幼天王洪天贵福再率八千太平军，在干王洪仁玕、尊王刘庆汉、昭王黄文英、恤王洪仁政等人的护卫下，突破重围，转战于浙江、安徽和江西。9月，幼天王洪天贵福和旗下四位天王途经江西广昌与石城交界处的杨家牌古岭脑时，遭清军席宝田部伏击，惨败四逃。

据说，那天傍晚，太平军一行疲惫不堪地来到石城县古岭北麓的杨家牌，埋锅造饭，炊烟被因未立战功而被朝廷革除按察使、降补知府之命的席宝田侦知。他邀功心切，在夜幕的掩护下，派兵猝然而至，进行偷袭。太平军丢下饭碗仓促应战，战斗十分惨烈，双方死伤无数，尸横遍野，血流成河。

战斗中，干王洪仁玕、尊王刘庆汉、昭王黄文英、恤王洪仁政等人相继被俘。战乱中，十五岁的幼天王洪天贵福与之离散，侥幸突出重围后，独自徘徊于石城、广昌的山道上。后又流落至石城县城，潜藏在裁缝邓秀芹家厨房的柴草堆中。是晚，邓秀芹做工回家，打算烧水洗漱，却在柴草堆中发现了这个蓬头垢面的少年，在给这个少年洗漱干净后，邓裁缝发现他尚眉清目秀，便打算收他为徒。在邓裁缝的帮助下，洪天贵福得以在他家躲避几日。但最终还是被清廷官员席宝田派来的被俘太平军指认，10月25日，幼天王洪天贵福在石城郊外被俘，并与上述四王一起，被席宝田囚于石城县城桂花屋的西花厅。

事后，四王一个个被害，甚为惨烈。至此，轰轰烈烈、代表太平天国运动的“王权”就在石城正式宣告终结了。太平天国“王权”的终结，也就意味着太平天国农民起义的最终失败。太平军余部虽在浙江、安徽、山东一带还有零星活动，但作为一个真正代表太平天国的政权机构，已经消亡了。

波澜壮阔、席卷大半个中国的太平天国农民起义的“王统”之舟，最后在偏僻的山区小城石城倾覆。“五王”最终被囚禁在县城唯一宽敞、奇特的桂花屋中。联系当时的时间、地点，不禁引发了人们的许多兴趣和思考，觉得无巧不成书，有许多巧合之处，令人惊叹和称奇。

奇巧之处一，地名上的巧合。太平军在“五王”的率领下，自江苏南京突围，一路上途经浙江、安徽多地，历经县城众多，为何单单就在武夷山下偏僻的石城被擒？人们不禁联想起南京的别称也是石头城，隐喻太平军的逃离人员，最终未能逃出石头之城，这岂不是一种天缘巧合？

奇巧之处二，名称上的巧合。太平天国起事于广西桂平，广西的简称又是“桂”，两者可谓是“双桂”，而“五王”被囚于石城县的桂花巷，又因院子里种了两棵桂花树而得名，也是“双桂”，这岂不也巧？

奇巧之处三，称谓上的巧合。太平天国洪秀全是在广西桂平起义，广东花县人，而桂花屋中的大厅也称“桂花厅”，其间暗隐“桂”和“花”二字，也够奇巧。

奇巧之处四，数字上的巧合。桂花屋的主人在建该院时，特意建起了一面五进马头墙，而当时在此关押的正是太平天国最后的干王、尊王、昭王、恤王与幼天王“五王”，不多不少。这可也巧？

奇巧之处五，时间上的巧合。洪秀全自1851年发动金田起义，掀起太平天国运动之始，至1864年幼天王被俘为标志，宣告太平天国运动失败，其间共计十四年。而桂花屋也是始建于1851年，竣工于1864年，整个建设工期也为十四年。建成后，即被当时的县府征用，关押“五王”。似乎，此桂花屋是专为囚禁“五王”而建的，你说巧不巧？

奇巧之处六，民系渊源上的巧合。太平天国洪秀全一脉，系典型的客家人，而石城桂花屋的主人也正是客家人。石城是赣南古代客家人的聚集地，而桂花屋的建筑也是典型的客家建筑风格，似乎也巧。

也许，从佛教“诸法因缘生”，或从道教“万物皆有道”的角度来考量，这些巧合冥冥之中似乎都是上苍注定和有意安排的。但从唯物的角度来看，这不过是一种事物的巧合而已，更多的或许是人们为了有助谈资而牵强附会罗列的一些现象罢了。

后来，有的史学家分析，也许是太平天国所剩诸王及余部，自南京落败后，试图途经江西，到达广东或广西的老巢，以冀东山再起。想不到在途经武夷山下偏僻的石城县时，沉沙折戟，全“王”覆灭。

太平天国运动的失败和覆灭，是由于其带有旧式农民战争的烙印，农民阶级的分散性、守旧性以及眼光短浅等弊病与局限，决定了它的失败与命运。

然而，无独有偶，说来更巧的是，数十年之后，石城作为中华苏维埃共和国临时中央政府的北大门，这里也进行了一场至关中华苏维埃政权命运的殊死战斗——石城阻击战。其规模之大，战斗之惨烈，战役之重要，超乎想象。由于领导这支军队的核心力量，是一个以马克思主义、列宁主义为指导思想的无产阶级政党，最终红军取得了这次保卫中央苏区战役的伟大胜利，达到了阻滞敌人的预期目的。

桂花屋与太平天国的这些巧合，不管是从宿命的角度，抑或是从唯物的角度来看，只能说是神秘奇巧的一种现象而已，无须过多地牵强考究。但这段囚禁太平天国“五王”的有趣见证，却客观上奠定了桂花屋在太平天国运动史上和我国历史上的地位，也成为小城一道不可多得的风景线。

载《德阳散文》2018年第三期

梅岭古道

古道悠悠。

一条蜿蜒曲折的古道逶迤蛇行，穿越在崇山峻岭之间。弯弯曲曲，呈“之”字形拾级而上。一块块历经千年步履磨砺的石板，在炽白的阳光下，泛着幽幽的青光。两旁的梅树虬枝交错，点缀于悬崖坡壑之间。坐落在绿树丛中的各种亭榭的飞檐翘角时隐时现，凸现出古色古香的韵味。

这，就是驰名海内外、历经千年、阅尽时世沧桑的梅岭古道。

梅岭古道，位于江西南部大余县（古称“南安”）境内大庾岭的梅岭山上，全长数十公里。分别连接着江西省的大余和广东省的南雄两地。曾是我国古代中原与南粤、东南亚乃至西洋联结的重要途径。是我国南方的另一条“丝绸之路”。岭上的梅关是江西省和广东省的分界标志，地理位置重要，地势险要，确有“一夫当关，万夫莫开”之险。

千百年来，中国历史上的许多著名官宦政要、文人墨客、富商巨贾过往其间，留下了许多奇闻逸事、不朽华章和胜迹传说，使这短短的一段荒僻险峻的梅岭古道，承载着太多厚重的文化历史，蕴含着深厚的文化积淀。

史载：早在两千多年前的秦朝时期这条古道就有了雏形，唐开元四年（716年）冬，家离梅岭不远的广东始兴籍宰相张九龄奉旨开通大庾岭路。他跋山越岭，沿途踏勘，征用民力，拓宽路基，宽达五米，直至可行车马。然后遍岭种梅，遂曰“梅岭”，也称“梅国”。成为中原通往南粤的交通要冲，也成为我国古代南方的一条“丝绸之路”。由于大庾岭属五岭之一，山险高峻，气候多变，因此，在同一岭的梅树会出现

“南枝花落，北枝始开”的奇观景象。

后来，宋嘉祐八年（1063 年），江西提刑权知南安军蔡挺，于梅岭狭窄的隘口修建关楼，史称“梅关”。

明成化十五年（1479 年），南安知府张弼重修大庾岭路，梅关也修葺一新，并在北面书“岭南第一关”匾额，南面书“南粤雄关”四字，配联曰：“梅止行人渴”“关防暴客来”。

由此，唐宋以来，文人墨客，富商巨贾，官宦政要，途经此道，络绎不绝。比较著名的有陆凯、宋之问、刘长卿、苏轼、朱熹、文天祥、戚继光、汤显祖、田汉、刘伯坚、陈毅、陈丕显等人。而其间，有不少封建社会的官宦又大都是文人，他们大多也因官场失势，被朝廷贬往岭南任职而路过梅岭古道。因此，每每到了梅岭古道，触景生情，有感而发，都会情不自禁，留下诗文来。

其中，北魏的陆凯算是比较早在梅关古道留下诗作的人。陆凯，字智君，张家口人，北魏著名诗人。十五岁给事黄门侍郎，以忠厚见称，身居要职数十年。后来，出任正平太守，被称为良吏；与南朝著名史学家、文学家、《后汉书》作者范晔友好，常以书信往来。

这天，陆凯路过梅岭古道，往岭南而去，恰遇要去长安传送公文的使者。触景生情，他便折了一枝梅花，请他带给千里迢迢、远在长安的范晔，并赋诗一首《赠范晔》：“折梅逢驿使，寄与陇头人。江南无所有，聊赠一枝春。”

诗作虽然寥寥四句，但抒发出了诗人对往昔顺境中亲朋故友的思念之情，表达了对去荒僻岭南的茫然心境。

作为驿使如梭、驿站如林的梅岭古道，到了唐朝时期，更显现出了它的功用和价值。特别是张九龄奉旨开通大庾岭路之后，梅岭古道过往的行人就更加络绎不绝了。

据说，当年唐明皇的宠妃杨玉环爱吃的荔枝也是经过梅岭古道传递的。《新唐书 · 玄宗贵妃杨氏传》曾写道：“妃嗜荔枝，必欲生致之，乃置驿传送，走数千里，味未变已至京师。”因此，也才有了杜牧的“一骑红尘妃子笑，无人知是荔枝来”的诗句。据说，每当通过驿站这样一次传送，中间都要累死好几匹马呢！

唐朝的宋之问，弱冠知名，善五言诗。二十岁中进士，有幸登龙门，进入宫廷做了一名文学侍从。时值武则天时期，宫廷内部斗争甚烈，宋之问被贬到泷州（今广东罗定市）任参军。路过梅岭古道时写了一首《度大庾岭》："度岭方辞国，停轺一望家。魂随南翥鸟，泪尽北枝花。山雨初含霁，江云欲变霞。但令归有日，不敢恨长沙。"

诗中表现了诗人被贬时的沉重心情，昔日的荣华富贵历历在目，但被冷落的滋味却非常难受，并表示希望自己有尽早还乡之日。如有这一天，也不敢埋怨朝廷对自己的贬职流放。诗中"长沙"一词，假借贾谊被贬的典故，比喻自己与之相同的遭遇。

唐朝的刘长卿，字文房，是天宝时期的进士。肃宗至德年间任监察御史，因刚直犯上，760 年被贬岭南潘州南巴（今广东电白）尉。761 年返回后，居江浙。其诗作《却赴南邑留别苏台知己》是路过梅岭古道时所写的一首诗："又过梅岭上，岁岁此枝寒。落日孤舟去，青山万里看。猿声湘水静，草色洞庭宽。已料生涯事，唯应把钓竿。"

此诗表现了诗人的失意心情。特别是后面两句，写道：如果早料到生涯中会发生这样的事，就应该手持一根钓鱼竿，趁早退隐。这表现出诗人因官场无奈而产生出的归隐心情。

作为同样命运与遭遇的宋朝文豪苏轼，在路过梅岭古道时，也表达了这种官场失意与低落的心情。

苏轼，北宋文学家，字子瞻，号东坡居士，四川眉州眉山人，与欧阳修并称为"欧苏"，为"唐宋八大家"之一。嘉祐二年（1057 年）进士，曾任朝廷大理平事、礼部尚书等职。在朝廷内部斗争中，在与反对王安石变法的主政派斗争中，多次受挫，被贬外放，甚至下狱。元祐八年（1093 年）被贬惠阳（今广东惠州市）。1097 年又因"乌台诗案"被贬至海南儋州（古名"单耳"）。几次路过梅岭古道，写过两首诗。其中一首是《赠岭上老人》："鹤骨霜髯心已灰，青松合抢手亲栽。问翁大庾岭头住，曾见南迁几个回？"

诗中，诗人通过对梅岭古道旁开茶店的一个老翁的描写与抒情，表达了诗人对官场斗争复杂、相互倾轧的厌倦，以及对前途吉凶未卜的茫然与伤感，最终发出"曾见南迁几个回"的慨叹。

另一首《赠岭上梅》则从梅岭梅花的花事入手，触景生情，引用《三国演义》中曹操与刘备青梅煮酒论英雄的典故，表达出自己知音难觅、情怀难释、不被理解的惆怅心情，进一步引申到他在政坛被人打击、排挤的艰难孤独心情：“梅花开尽杂花开，过尽行人君不来。不趁青梅尝煮酒，要看细雨熟黄梅。”

虽然遭遇了同样的宦海沉浮，但因思想理念、性格特征、意识形态的不同，南宋的朱熹在梅岭古道所写出的诗句与所表达的感情，与前几个大家就不一样。

朱熹，字元晦，号海庵，祖籍江西婺源。十九岁中进士，曾任江西南路提点刑狱公事，管理赣州、九江一带地方的司法、刑狱、监察、农事方面的事务。是南宋著名的诗人、理学家、思想家、哲学家、教育家，是宋代理学的集大成者。他的《登梅岭》诗句是这样写的：“去路霜威劲，归程雪意深。往还无几日，景物变千林。晓磴初移屐，寒云欲满襟。玉梅疏半落，犹足慰幽寻。”

毕竟是理学家、思想家、哲学家，诗中所表达出来的感情，都是积极向上、豁达敞亮的。诗句情景交融，所撷取的意象也鲜明独到，足以表达诗人的宽广襟怀。

然而，同是南宋时期的著名人物，另一个爱国诗人文天祥路过梅岭古道，写出的诗作所表达的情怀和精神境界与朱熹的却又不一样。他的《南安军》一诗这样写道：“梅花南北路，风雨湿征衣。出岭同谁出，归乡如不归！山河千古在，城郭一时非。饥死真吾志，梦中行采薇。”

文天祥，初名云孙，字天祥，后改字宋瑞，又字履善，号文山。江西吉安人，二十岁举进士第一,三十七岁致仕，官至右丞相，南宋杰出的爱国诗人。文天祥在与元军作战中，不幸于五坡岭（今广东海丰北）被俘，次年被押往大都而路过梅岭古道。目之所及，不禁百感交集、满腔悲愤，当晚在梅岭古道下的南安（现大余县）开始绝食，并写下这首诗。

诗中“饥死真吾志，梦中行采薇”表达出一个爱国者气壮山河的高尚的民族气节。

可是，同是在这一场战争中，同是经过这梅岭古道，作为一个胜利与强势者路过时所表现出的那种得意形态、志高意满的心境，却又从另外一个叫伯颜的人的诗中表现得淋漓尽致。

伯颜，元朝重臣，蒙古八邻部人，忽必烈（世祖）时任中书左丞相，是率兵南下灭宋的主帅。他的《度梅关》一诗中是这样写的："马首经从梅岭归，王师到处即平夷。担头不带关南物，只插梅花一两枝。"

俗话说，"胜者为王，败者为寇"，行李上"只插梅花一两枝"的描写，让我们分明看见一个归来的胜利者，正扬扬得意地骑着高头大马班师而归的形态。

历史翻过宋兵与元军的鏖兵争夺的扉页，来到明朝。

明朝有名的抗倭名将戚继光受命平定浙、闽沿海的倭患，功绩显著。戚继光，明朝抗倭名将、军事家，字元敬，号南塘，又号孟诸，山东登州（今山东蓬莱）人。出身将门，治军严谨。后因万历皇帝只听信佞臣谗言，又把已五十四岁的戚继光调任广东总兵，离京赴任，路过梅岭古道，他写下了两首诗。

其一为《度梅岭·其一》："溪流百折绕青山，短发秋风夕照间。身入玉门犹是梦，复从天末出梅关。"

诗中表现了诗人出入梅关时的复杂心情，也表达了诗人壮志未酬的心境。

其二为《度梅岭·其二》："北去南来已白头，逢人莫话旧时愁。空余庾岭关前月，犹照渔阳塞外秋。"

此诗也触景生情，有感而发。从离开北方来南方时间已很长久，忆起往日的愁事，不禁思绪万千，感慨系之，表达出诗人一种惆怅的心理。

这两首诗中都有了"秋"字的嵌入，都有秋景意象，秋天是多愁善感的季节，自然诗人也触景生情、有感而发了。

与其同朝代的另一个文学名人，是声名远播、蜚声海内外、被称为"东方莎士比亚"的汤显祖。汤显祖，明朝戏曲家、文学家，江西临川人。曾任南京太常寺博士、礼部主事，后贬官广东徐闻。不久，又调浙江遂昌。数次路过梅岭古道，多愁善感，也写下了表达思想感情的诗作《秋发庾岭》："枫叶沾秋影，凉蝉隐夕晖。梧云初暗霭，花露欲霏微。

岭色随行棹，江光满客衣。徘徊今夜月，孤鹊正南飞。”

诗作虽然写得很美，有淡红的枫叶，有秋蝉，有夕阳，有梧桐，有浮云，有轻雾，有明月，有孤鹊……通篇意象的组合表达出了一种优美的意境。但最终还是传达出了诗人被贬的惆怅心理。诗中是借用曹操《短歌行》中“乌鹊南飞”的典故，来表达这种被贬南行的彷徨心绪的。

这首诗，仅仅是他途经梅岭古道时有感而发所写的一首小诗，然而，更加丰富他的文学创作，日后铸成他的文学成就和声誉、奠定他在文学史上地位的，还是在他从梅岭古道下来，到梅岭山下的南安（大余）府衙所，听到的一则故事而创作出的戏剧《牡丹亭》。

一天，他在游览梅岭古道下南安府衙后花园的牡丹亭时，看见有人欲砍一棵梅树。他感到纳闷，便上前探问。那人告诉他，这是因为前太守的女儿曾在这棵树下与情人私会，被太守发现诟骂后，忧愤而死。于是，人们便把她的遗体和画像一起埋在了这梅树下。然而，从此以后，每当月黑风高或夜深人静时，人们都能听到一阵阵的风声，似乎在喊：“还我魂来！还我魂来……”

汤显祖听到这样一个发愤怨悱的爱情故事，震动很大，感触很深。这便成了他日后创作轰动全国的“临川四梦”中的《牡丹亭》（又名《还魂记》）的创作素材与原型。

如今，当年府衙标志性地址的白玉兰树还在，后花园的老梅树也还在。古色古香的牡丹亭，也依然肃立在牡丹亭园中。这发愤怨悱的美好爱情故事，却陶醉了一代又一代的年轻人，吸引了一批又一批寻梦者的足迹……

时间指针转到现代的革命斗争时期，梅岭古道下的赣南大地，开展了如火如荼、轰轰烈烈的土地革命，涌现出许多革命英杰和志士，刘伯坚，就是其中一位佼佼者。他是四川平昌人，曾赴法国、比利时、苏联学习，1930 年当选为中央工农民主政府执行委员。曾先后任红五军团与赣南军区政治部主任，1935 年在战斗中受伤，在梅岭旁边的金莲山上英雄就义。在就义时写了有名的《带镣行》。被囚禁时，还写了一首《狱中月夜》：“空负梅关团圆月，囚门深锁窥不得。夜半皎皎上东墙，反影铁窗皆虚白。”

诗中表现了一个革命者坚贞不屈、大义凛然的斗争精神，也表现出诗人对自由和美好生活的追求与向往。

这种革命精神与情操，在另外一位同时期的无产阶级革命家与军事家陈毅的身上得到了充分的显现与弘扬。他的《登大庾岭》和《梅岭三章》两首诗，就淋漓尽致地表达出了这种精神与情操。他的《登大庾岭》这样写道："大庾岭上暮天低，欧亚风云望欲迷。国贼卖尽一抔土，弥天烽火举红旗。"

这是诗人于1935年闻何梅《塘沽协定》后，有感而发写的一首诗。诗中充分表达了诗人的爱国情怀，表示要革命到底，与卖国贼、反动派进行坚决的斗争。

《梅岭三章》是陈毅另一首脍炙人口的诗作。诗有小引说明："一九三六年冬，梅山被围。余伤病伏丛莽间二十余日，虑不得脱，得诗三首留衣底。旋围解。"

诗的正文为："断头今日意如何？创业艰难百战多。此去泉台招旧部，旌旗十万斩阎罗。南国烽烟正十年，此头须向国门悬。后死诸君多努力，捷报飞来当纸钱。投身革命即为家，血雨腥风应有涯。取义成仁今日事，人间遍种自由花。"

南方三年游击战争，是陈毅"在革命斗争中所经历的最艰苦最困难的阶段"，他与战友们经常活动在梅岭一带的赣粤边，"没有房子住，在野外露宿。大风大雨大雪的日子，我们都在森林和石洞里度过。风餐露宿，昼伏夜行"，"敌人采取搜山、烧山、移民、封坑、包围、'兜剿'等等手段"，随时都有牺牲和被俘的可能。《梅岭三章》就是陈毅在梅岭被围时的真实写照和记录。

诗中表达了一个革命者在困难与死神面前的坚定革命立场和对革命的坚强信念和决心，以及视死如归、对革命胜利充满信心的豪情壮志！

1963年，我国现代戏剧的奠基人、戏剧家、词作家、诗人、文艺评论家田汉来到梅岭古道，有感而发，写了《登梅岭》一诗："等闲越过小梅关，南粤雄城尚可攀。谈罢廿年游击战，夕阳如火照南安。"

诗中表现了一个革命者对艰难困苦的革命斗争，最终能取得最后胜利所表现出的兴奋与喜悦心情，表示要发扬革命传统，争取更大光荣。

除此之外，还有许多有名和无名的诗人、政要在梅岭古道写了许多诗作，这里就不一一列举与评述了。梅岭古道，虽然只有短短的数十公里，但却堆积了世代太多的文明遗存，穿越了历史的千年风雨，是我国一条内容丰富的文化长廊！

载《海外文摘》2014年第八期

《散文百家》2014年第十二期

（此文入选2014年《中国最美的散文》一书）

《牡丹亭》寻迹

明万历二十一年（1593 年）的一天，在随行的陪同下，从络绎不绝的我国南方“丝绸之路”的梅岭古道，走下来一个官宦模样的人。他四十岁开外，清瘦矍铄，风尘仆仆，来到梅岭山下南安府的官方驿馆安顿下来。沐浴梳洗，整理衣冠，然后来到附近的府衙，递交书信，拜访知府大人。知府大人热情出迎，相邀府衙叙谈。这个人，便是日后被世人称为“东方莎士比亚”的明朝戏剧家汤显祖。此刻，他正从广东徐闻典史位上调任浙江遂昌知县，路过广东与江西交界的梅岭及梅岭山下热闹繁华的南安府。一进入江西地界，他的心情和精神一下舒畅了许多。这不仅仅是因为这次调任虽似“量移”，但毕竟是任一个县的知县了，怎么说多少也算是“高升”了；另一方面，江西是他的故乡，老家临川就在赣州过去不远的地方了，一路都顺风顺水，路途通畅。因此，他决定在这里安顿下来，住几天，好好地欣赏一下南安这个古镇的风景名胜和风土人情。回到驿馆，他趁休息的当儿，思前瞻后，审视了自己数年的宦海生活，觉得在官场这些年确实不易。回忆当初，科举由于张居正的把持，他几次都失去机缘，直至万历十一年（1583 年）张居正病逝的第二年，他才中了三甲进士，并留在京城为官。万历十二年（1584 年）秋，改任南京太常寺博士。在南京的任上，由于他生性耿直，刚正不阿，针砭时弊，对官场的一些腐败现象看不惯，给当朝皇帝神宗上了一折《论辅臣科臣疏》。结果，得罪了一大批高官权贵，遭到诬陷与打击。神宗偏听偏信，将他贬谪为徐闻县典史一职。

就这样，他离开了工作五六年的南京，到广东徐闻上任了。在广东徐闻典史任上，工作了不到一年，朝廷又一道圣旨，将他调往浙江遂昌县任知县。

自古以来，中原与岭南之间的往来沟通，主要是经过赣江水路。梅岭，是江西与广东的交界地，也是长江水系与珠江水系的分野。岭上的梅关，是这条南方“丝绸之路”上的一个重要关隘。梅岭古道，是唐朝著名宰相张九龄奉旨开凿的。历代的官宦政要、富商巨贾、文人墨客大都要经过这里。因此，留下了许多的文化遗存和文物古迹。岭下的南安城是县府兼驻地，府辖南康、上犹、崇义、大余四县。这里是中原与岭南的集散地与中转地。从中原来的客人，来到这里，必定要歇息一宿，以便养精蓄锐，第二天更好地翻越梅岭；从岭南来的旅客，刚刚翻过梅岭，来到这里，得好好地住上一夜，缓缓气，消除疲劳，以便明日更好地前往赣州。因此，南来北往的官宦政要、富商巨贾、文人墨客都看重这里，会聚这里。这里也就显得特别的繁华热闹，文化底蕴深厚，风景名胜也甚多。于是，汤显祖便想趁此机会，在这里待上三五天，好好游览这里的风景名胜。

一天，他来到府衙的后花园游览。府衙的后花园宽敞、美观，景致众多，真是“树木离奇，台池掩映，实为南郡名胜之巨”。园内有牡丹亭、芍药栏、绿荫亭、舒啸阁、蕉龙亭、梳妆台、丽娘冢、梅花观、玉池、玉池精舍等十多处景观。他踽踽而行，纵情观览。忽然，在一棵梅树旁，他看见一个人正举刀欲砍倒梅树。他感到纳闷，便上前探问。那人告诉他，这是因为前太守的女儿曾在这梅树下与情人私会，被太守发现诟骂后，忧愤而死。于是，人们便把她的遗体和画像一起埋在了这棵梅树下。然而不承想，每当月黑风高或夜深人静之时，人们都能听到一阵阵的风声，似乎在喊：“还我魂来！还我魂来……”

汤显祖听了这个故事，震动很大，感触也很深。回到驿馆，他的心情久久不能平静，心想：这是一个多么发愤怨悱的故事啊！这个故事就活生生地发生在府衙后花园牡丹亭旁！我必须把它写下来，作为一部戏曲写下来，以告诉大众。继而一想，原来的故事太悲凄了，不足以引起人们的共鸣与同情。必须改编，必须让已死的有情人死而复生，让有情人终成眷属。这样，才能出情，感动世人，产生影响！想到这里，这出戏的思想立意就基本上浮现出来了，决定就以后花园的牡丹亭为戏曲名，题名《牡丹亭》。

经过数年的酝酿与构思，终于，在他弃官归隐临川后，就把《牡丹亭》的创作放在了首位。经过几个月苦心孤诣的修改和定稿，终于，《牡丹亭》大功告成、杀青问世了。

汤显祖的《牡丹亭》写了这样一则故事：

贫寒书生柳梦梅梦见一座花园的梅树下立着一位佳人，说同他有姻缘之分，从此经常思念她。南安太守杜宝之女名丽娘，才貌端庄，从师陈最良读书。她由《诗经·关雎》伤春、寻春，从花园回来后昏昏睡梦中见一书生持半枝垂柳前来求爱，两人在牡丹亭畔幽会，丽娘从此愁闷消瘦，一病不起。她在弥留之际要求母亲把她葬在花园的梅树下，嘱咐丫鬟春香将其自画像藏在太湖奇石石底。其父升任淮阳安抚使，委托陈最良葬女并修建"梅花庵观"。三年后，柳梦梅赴京应试，借宿梅花庵观中，在奇石下拾得丽娘画像，发现丽娘就是他梦中见到的佳人。丽娘魂游后园，和柳梦梅再度幽会。柳梦梅掘墓开棺，丽娘起死回生，两人结为夫妻，前往临安。丽娘的老师陈最良看到丽娘的坟墓被掘，就告发柳梦梅盗墓之罪。柳梦梅在临安应试后，受丽娘之托，送家信传报还魂喜讯，结果被杜宝囚禁。发榜后，柳梦梅由阶下囚变为状元，但杜宝拒不承认女儿的婚事，强迫她离异，纠纷闹到皇帝面前。皇帝感慨二人的旷世奇缘，让杜丽娘和柳梦梅终成眷属。

《牡丹亭》的爱情描写，具有过去一些爱情剧所无法比拟的思想高度和时代特色。作者明确地把这种叛逆爱情当作思想解放、个性解放的一个突破口来表现，不再停留在反对父母之命、媒妁之言这一狭隘的含义之内。《牡丹亭》最突出的成就之一，就是塑造了杜丽娘这一人物形象。她性格中的最大特点就是在追求爱情的过程中表现出来的坚定执着，她为情而死、为情而生。她的死，既是当时现实社会中青年女子追求爱情的真实结果，也是她的一种超越现实束缚的手段。

《牡丹亭》的推出，一下轰动了整个社会，产生了巨大影响。"家传户诵，几令《西厢》减价"。此剧一经上演，就受到民众的欢迎。据载，当时有个少女读了该剧作后，深为感动，以至于"忿惋而死"；杭州有个女演员，在演到"寻梦"一出戏时，感情过于激动，猝死在了戏台上。所以，杜丽娘与柳梦梅的爱情故事，体现了青年男女对自由的爱情生活的追求，显示了要求个性解放的思想倾向。

此后，汤显祖还写了《紫钗记》《南柯记》《邯郸记》，并称为“临川四梦”。

如今，四百多年过去了，南安府与牡丹亭是否安在呢？引发这个美丽故事的后花园还在吗？带着这种好奇，我来到了昔日的南安府，如今的大余县。

在文友的带领下，我来到当年的府衙。据说，当年的府衙在20世纪30年代还保存完好，后来被一场大火烧毁了。遗址如今已成了西华山钨矿的招待所，接待来自四面八方畅谈钨业生意的来客。其他一切遗迹荡然无存，只有当年两棵硕大的玉兰树，枝繁叶茂，旁逸斜出地向世人昭示，它们曾阅历过府衙至今的沧桑巨变，开花时节依然飘散着幽幽的暗香。

后花园早已改成了东门小学。我们去观看的时候，正值放学，一群活泼、快乐的孩子欢呼雀跃，像小鸟一样飞出校门。他们绽放着笑脸，穿着五颜六色的花衣服，表现出一种无拘无束、热情洋溢的精神状态。由此及彼，不由得让我想起，昔日的后花园，幽禁的是像杜丽娘这样的少女的情感与精神，桎梏的是一种人性和自由；现在在旧基上兴建的学校，培养的是一种新时代的新精神，是一种人性自由、解放的人文精神！

听说牡丹亭早已迁移了，迁在县城东南角的章江之滨。这里已成为一个以其亭榭命名的、占地面积十五公顷的牡丹亭公园了。

我们信步来到新辟的牡丹亭公园，这里果真选择了一个好址。一面靠山，三面环水，是一个以名胜古迹、地文景观、风土人情为主的融文化、古迹、建筑、娱乐为一体的文化主题公园景区。

公园内花草丛簇，秀木参天，亭阁雅致，景色宜人。内设入口区、纪念区、后花园、山林幽谷、艳园、生产管理区六大块，以历史文化遗产为背景，以传统造园的手法，再现了明朝园林建筑的风貌，重建了当年府衙后花园的景观，其主要有如下十景：

主题建筑牡丹亭，为十景之最。亭为八角形重檐，下大上小，十六只檐角飞翘，势若凌空。葫芦宝顶分出八道顶脊与檐角相连，重檐之间镶“亚”字形花格窗棂。底层内外各八柱，正门是“牡丹亭”匾额，外八柱四周有字纹栏杆，内外柱之间有隔扇，隔扇上都为“亚”字形花格窗。柱为红色，具有楹联，其一联云：“光照临川笔，春分庾岭梅。”

配套建筑芍药栏，为赏花场所。相传古人观赏牡丹要站在高台上观看，而欣赏芍药花则要坐在栏内慢慢细看。因此，芍药栏为长廊式建筑。“回”字形结构，备有座椅，游人既可漫步栏内，又可歇息。在《牡丹亭》剧中，有对芍药栏的描述。《惊梦》一出中，丽娘在府衙花园游玩困倦，回至闺阁昏昏入睡，梦中与柳生相爱：“（生）小姐，和你那答儿讲话去。[旦低问]那边去？[生笑]转过这芍药栏前，紧靠着湖山石边。”指的即是这一环境。

历史悠久的绿荫亭，原为北宋至道元年（995年）南安知军李夷庚所建，是封建时代的士大夫、官僚们赏竹之亭。它与牡丹亭相比，一以艳花为名，一以绿竹著。《牡丹亭》第二十四出《拾画》中“原来以前游客颇盛，题名在竹林之上”所写即是此景。

高大雄伟的舒啸阁，位于牡丹亭东侧。原有阁楼，颇高爽，可远眺；上为楼，下为厅，东西为门，楼上窗户四面玲珑。旧时，春秋佳日，文人骚客，儒者官绅，常聚会于此，高亢咏唱，撰联赋画，赏景宴会。

神秘奇特的蕉龙亭，位于牡丹亭西。原来生长着一丛辟火蕉，又名凤尾蕉，状如龙形旋于地，十分奇特，极为珍贵，为江南罕见。清同治时，南安知府杨豫成为其题名“铁汉”二字，立碑于左。光绪十二年（1886年），南安知府周浩在铁汉楼旧址上新建蕉龙亭。

寓意深刻的梳妆台，是杜丽娘梳妆之台。传说杜丽娘魂归黄泉后，万分悲恸的杜宝夫妇为寄托对爱女的哀怜之情，在丽娘坟侧建梳妆台一座，把丽娘生前闺房中使用的梳妆用品，依原样摆式放好，好让女儿在冥中享用。

浪漫神奇的丽娘冢，即《牡丹亭》中女主人公杜丽娘的坟墓。坟前有梅树数株，相传丽娘是在梅树下“因春感情，遇秋成恨”的，留下遗言死后要埋在梅树下，“守得个梅根相见”。丽娘冢以极动人的浪漫传奇色彩，享誉海内外，以“天下第一回生墓”而受到世人的关注、惊奇和感叹。

偏僻清静的梅花观，坐落在南安府衙后，为临街的一座尼姑庵。《牡丹亭》故事许多重要的情节都发生在这里。柳梦梅于岭南进京赶考，在途中抒发自己的情感：“孤身赴试南安道，大雪纷飞寒冬到，梅花观好作归巢，幸喜春来到。”所以，梅花观在《牡丹亭》里具有十分重要的地位。

小巧玲珑的玉池，位于绿荫亭的东侧。原称月浸池，池边多柳树，风景甚佳。传说宋朝的周敦颐任南安军司理参军时，常在池边读书。后人出于对周敦颐的敬佩，遂用玉石四周砌筑，池内种荷，更名为玉池。

汗牛充栋的玉池精舍，建于玉池侧，额曰“玉池精舍”。所谓“精舍”，相当于现在的图书馆，贮藏经籍，为官员、儒学等学子查阅经籍的场所。

这十景互相辉映，相映成趣，凸显了牡丹亭公园的文化内涵。游览一趟，能触景生情，让人更加了解并体验《牡丹亭》这一故事内容的深刻含义和意境，从而，加深对这一伟大作品意义的深刻理解与领悟。

载《文化信丰》2018年第一期

这是一片美丽而神奇的土地

（一）

在中国南方，长江支流赣江的源头，有一片美丽而神奇的土地——这就是闻名遐迩的赣南大地。

赣南，因地处赣江源头，江西（简称“赣”）之南部，简称“赣南”，也称“赣州地区”。2000年撤地设市后，全市共有二区十八县（市、区）。面积三千九百多平方千米，人口九百多万，属江西省最大的行政区域。中华人民共和国成立初，与海南并称我国两大特别行政区。

这里东接福建三明市和龙岩地区，南临广东梅州市、韶关市和惠州市，西靠湖南郴州地区，北连本省吉安和抚州地区，系“江湖枢键”“岭峤咽喉”的要冲之地。

这里属亚热带南缘，四季分明，气候宜人；山林茂密，川河充盈；风光秀美，天人和谐；地大物博，交通便利。不仅是个宜居、宜商、宜游的好去处，而且还是个投资兴业、开发空间大的好地方。

这里不仅拥有秀美的自然风光，还拥有深厚的历史文化底蕴和丰富的红色革命资源，是一块阅不尽、看不透、说不完、赞不绝的美丽而神奇之地。

“江山如此多娇，引无数英雄竞折腰。”美丽而神奇的灵山秀水，吸引了众多的国家领袖、革命先驱、高官政要、历史名人、富商巨贾、文化精英、专家学者、志士仁人的青睐与驻足。

我国古代的一些历史名人，如陆凯、刘长卿、张九龄、宋之问、岳飞、周敦颐、苏东坡、辛弃疾、宋慈、朱熹、汤显祖、海瑞、戚继光、王阳明、文天祥、朱耷、石达开等曾在这里为官、鏖兵或游览……

我国现代和当代的一些著名文人，如郭沫若、田汉、张乐平、黄永玉、华君武、黄镇、李瑛、冯牧、邹荻帆、余秋雨等曾在这里留下过生活的记忆、意境隽永的诗画和观光的足迹……

电视剧《西游记》中唐僧师徒四人的扮演者“云游”到这里，曾惊叹地说：“想不到这里的赣州城竟这么漂亮，清洁卫生、绿树成荫……”

电视剧《霍元甲》中陈真的扮演者香港著名演员梁小龙来到这里，也曾真诚地说：“赣州山清水秀，民风淳朴，确是个好地方。”

这里，是客家人的摇篮，是客家人走向世界的中转站与集散地。当年，一批批为躲避战乱的中原人，颠沛流离，溯赣江而上，来到这里。然后，又从这里迁徙到福建、广东、广西乃至海外……

这里，土地革命时为中央苏区，成立了中华苏维埃共和国临时中央政府，成了共和国的摇篮。曾孕育出了“苏区精神”“红色文化”“革命传统”。共和国是从这里走来的……

这里，曾发生过举世震惊的“宁都起义”。一夜间，国民党“围剿”中央红军的第二十六路军一万七千多官兵倒戈参加红军。打乱了国民党的内战计划，壮大了革命力量，在中国革命史上写下了光辉的一页。

这里，曾是中央工农红军进行举世闻名的二万五千里长征，首开第一战，突破第一道封锁线，历尽千难万险，最终夺得全国革命胜利的始发地。

这里，是南方三年游击战争的主战场，也是八省游击区指挥机关中央分局的所在地。项英、陈毅率领红军游击队在这里进行了三年艰苦卓绝的游击战争，陈毅留下了脍炙人口的战斗华章《赣南游击词》。

这里，经过了土地革命、五次反“围剿”和三年游击战争的血与火的洗礼，走出了朱德、陈毅等一大批共和国的将帅。

这里，独特的风土人情，诗情画意般的灵山秀水，陶冶出政治家们内心深处难得的温柔浪漫情感。

这里，有革命先驱孙中山先生的祖先——唐朝东平侯孙俐之墓。孙俐自唐僖宗时迁来赣南，子孙繁衍广布，成赣、闽、粤三省孙氏始祖。

这里，是我国中原通往南粤乃至东南亚的另一条“丝绸之路”。千年的梅岭古道记录了世代的历史风云，雄峙的梅关阅尽了人间的变幻沧桑。大革命时期，梅岭山下的大余县见证了宋庆龄、孙科、鲍罗廷来这里演讲，鼓动民众，宣传北伐。

这里，是京九铁路的接轨处。京九铁路是中国当时投资最大的一条从北京连接香港九龙的大动脉。高高的接轨标识，将举世瞩目的历史瞬间，定格成一道人们永久记忆的风景……

这里，是世界的脐橙之乡，也是中国脐橙的主产区。脐橙种植面积达一百八十多万亩，居世界第一，年产量达一百四十多万吨。百里脐橙带是这里旅游观光的一道独特风景，每年这里都举办“中国（赣州）国际脐橙节”。

这里，是堪舆风水地理文化鼻祖杨救贫（筠松）的“大本营”。他浪迹大半个中国后，见这里山水宜人，环境幽静，遂择三僚为长期寓居之地。他与弟子一起专事地理堪舆文化活动，影响波及东南亚乃至欧美。

这里，拥有国家级文物保护单位 10 个（64 处），国家级风景名胜区 1 个，国家级自然保护区 2 个，国家森林公园 8 个，国家 4A 级旅游区 15 个，国家 3A 级旅游区 3 个。森林覆盖率达百分之七十六。

这里，是长江水系千里赣江的源头。藏量丰沛的水资源，为浩浩奔泻的赣江注入了绵绵不绝的水源，孕育了赣鄱文化，孕育出赣江两岸的一片繁荣与文明。

这里，也是广东珠江水系东江的源头。圣洁、纯净的淡水资源，日夜为香港七百多万同胞源源不断地提供须臾不可缺的饮用之水。

这里，曾发生过许多感人的故事。其中一个凄美动人的爱情故事，诱发了被誉为“东方莎士比亚”的汤显祖的创作冲动，成功创作了一部脍炙人口、成为我国戏剧史上“临川四梦”之一的惊世剧作《牡丹亭》，并流传海内外，产生了巨大影响。

这里，是被称为世界法医学奠基人——宋慈的法医学的奠基地。他中进士榜后，最早在这里入仕为官，并成功破获两宗离奇案件，成为他的名著《洗冤集录》的奠基篇。

这里，是北宋理学的创始人周敦颐观赏莲花出水、触发创作灵感的地方。当丰富的自然物象与人们深邃的文化视角相碰撞时，容易激起文人们的情感浪花，擦出哲人们的思想火花。周敦颐，这个善于把世界本原当作哲学问题进行系统讨论的肇始者，很快写出了脍炙人口的《爱莲说》。此文也多年被选入中学课本。

这里，是当代世界闻名的肉眼发现新星者段元星的故乡。1975 年 8 月 30 日 19 时 35 分，段元星比中国科学院北京天文台早两小时发现了天鹅星座中的一颗新星，震惊了世界。他的励志事迹被多年选入中学课本。

这里，是世界上罕见的带有胚胎恐龙蛋化石的主要出土地。震惊科学界的赣州多个带有胚胎的恐龙蛋化石不幸流失国外，国家花了整整五年时间追回，轰动了世界，中央电视台《走近科学》栏目曾专题介绍。

这里，是世界的钨都，稀土的王国，铀矿的主产地……矿藏资源丰富，为世界的高科技和高精尖产业提供不可缺的稀有原料。

这里，水、陆、空交通便利，旅游设施齐全，旅游景点众多，土特产品丰富，是旅游观光胜地，被评为“中国优秀旅游城市”。

这里，是文艺创作的富矿之地。《牡丹亭》《茶童戏主》《远山》《白鹭谣》《宁都兵暴》《闪闪的红星》《翠岗红旗》《赣南 1934》《红色摇篮》《封锁线上的交易》《毛泽民》《红线》《那时花开》《邓小平在会昌》《兴国，兴国!》《发姑》《老镜子》《梅岭星火》《独立大队》《浴血坚持》《赣水苍茫》《赣南之恋》《围屋女人》等一大批影视作品都取材于这里，反映这里的人和事，大都也在这里拍摄完成。

……

太多太多的“这里”，太多太多的“故事”，组成了这片大地的“绿色景观”“红色景观”“人文景观”和“历史景观”，凸显出了这片土地的美丽与神奇。吸引了一拨又一拨好奇和慕名的境外人士，前来观光旅游、探索考察、学习取经、投资兴业和寻根问祖……

终于，美丽而神奇的赣南大地，像一位楚楚动人的少女，渐渐地撩开了它朦胧而迷人的面纱，让世人睁开了惊诧而奇异的大眼，向它投来深情而热切的目光……

也许，提纲挈领的概述，只能表述它外在的绰约风姿，而细细地品读，才能更真切地洞察到她内在的灵秀气质和深邃的文化内涵。

（二）

赣州，是赣南的政治、经济、文化的中心，坐落在章江与贡水合流的赣江源头上，是有名的“江南宋城”。

自汉高帝六年（公元前 201 年）建城以来，向为郡、府、县的所在地，迄今两千多年。城址和名称也几经变更，直到南宋绍兴二十三年（1153 年），以章、贡二水合流之义，定名为赣州。但真正确立它“江南宋城”地位的，是因有众多的宋朝旧址遗迹和辛弃疾的《菩萨蛮·书江西造口壁》这首词：“郁孤台下清江水，中间多少行人泪？西北望长安，可怜无数山。　　青山遮不住，毕竟东流去。江晚正愁余，山深闻鹧鸪。”

南宋时，代表南宋政权的隆祐太后被金兵追击，落荒而逃。溯赣江而上，在万安舍舟登轿，来到赣州。作为以国家社稷为己任的辛弃疾，壮志难酬写下了这首词。这首词，也因它突出的爱国精神而多年被选入中学课本。

如今，郁孤台虽屡遭兵燹，但依然屹立在城北“山势高埠、郁然孤峙”的贺兰山上。历尽了世事沧桑和风云变幻，供游人们观赏游览。登高遐思，意境深远。

与郁孤台平行并立的是建于北宋嘉祐年间的八境台。台依城而筑，因郡守孔宗瀚筑台后，绘《虔州八境图》求诗于苏轼而得名。据载，台建成后，孔宗瀚在江苏彭城遇见刚卸任的山东胶州太守苏轼，遂将当年在赣营造八境台图示苏轼并求诗，苏轼即按图作八境台题咏和序。苏轼题诗后，历代文人题咏甚多。

蜿蜒逶迤三千五百多米的古城墙，是赣州“江南宋城”的又一道风景。城墙虽在东晋和后梁时已有基础，但宋嘉祐年间和宋绍兴年间多有完善与加固，特别是临江部分。史载“甃以石，冶铁固之”，是江西省唯一有可靠纪年铭文的宋朝古城墙。漫步长长的古城墙，仿佛进入了一个古风古韵的宋城世界。

位于城西十千米的通天岩，属全国重点文物保护单位，由摩砂岩石山组成，有众多石刻造像和石龛，规模之大，有“江南第一石窟”之称。走在这古老的石刻长廊中，一步一景，如走进了一个古典的石刻艺术世界。这里，岩深谷邃，古木参天，环境幽静，风景优雅，为赣南著名避暑胜地，也是国家4A级旅游区。田汉曾为“望江亭”题“群玉阁”。摩崖题记以北宋熙宁六年（1073年）最早，更奠定了赣州为“江南宋城”的历史地位。前来赣州之人，非要到此一游不可。

更为神奇的是，赣州城地下宋朝时建的福寿沟，进一步奠定了赣州“江南宋城”的历史地位。福寿沟，就是地下排水、排污管道。早在唐宋时期，赣州城就根据街道布局和地形特点，采取师法自然、分区排水的原则，建成了两大排水干道系统。因两条沟的走向形似篆体的“福”“寿”二字，故名福寿沟。这是赣州城独有的地下古建筑，一直沿用至今，仍然显现出其巨大的功效。2010年春夏之交，全国许多城市都因暴雨成灾，街道湮没，交通瘫痪，唯江西赣州市在暴雨中安然无恙。一时引来从中央到地方的许多电视台、互联网、广播电台、报纸媒体等前来一探究竟。结果发现，千年的福寿沟功莫大焉！

赣南是客家人的“大本营”，所讲都是客家方言。渊源深远的客家方言，是我国古汉语的“活化石”。有些词根发音现在依然相通，如诗句“青山郭外斜”的“斜”字，古汉语发音就与客家语相同。

然而，初来乍到赣州城的人们，会惊奇地发现，赣州城区出现的却是与客家方言不同的另一种奇特“孤岛”语言，酷似柳州、桂林话。人们都觉好奇，殊不知，这里蕴藏着一个饶有兴趣的历史故事：

史载明朝正德年间，江西南部爆发农民起义，本地兵力不足，大臣们奏请朝廷从广西桂林、柳州调来“狼兵”镇压。正德十二年（1517年），时任赣南巡抚的王阳明奉旨征伐，数万军队驻扎在城墙围裹的赣州城内。为防止农民起义军混进城，规定不会说桂林、柳州“官话”者，一律要严加盘查，不得进城、出城。遂使桂林、柳州话在城内推广至今。这也是赣州城“孤岛”语言形成的由来。

赣州，也是大革命时期国共分裂的直接见证者。在这里，蒋介石先于上海，向共产党放出了分裂的第一枪，工人领袖陈赞贤被害，轰动全国，至今有亭榭和街道以他的名字命名。

如今，赣州已是一座依山傍水、风光秀美、历史悠久、绿化率高的美丽城市。市区面积比原来扩大了好几十倍，已分章贡区和开发区两个行政管理单位。章贡区属老城区，城市建筑飞檐翘壁、青砖碧瓦，巷弄交错，古风古韵；开发区属新城区，高楼林立，街道纵横，霓虹闪烁，车水马龙……一座现代化建筑与悠久历史古城并存的新赣州城，崛起在人们的眼前，先后被评为“中国优秀旅游城市”“中国历史文化名城”“中国园林城市”“江西省文明城市”“江西省卫生城市”等。所处区位的优势与责任，沿海经济梯度发展的需要与必然，一个区域间特大城市的格局，将历史性地落在赣州市的肩上！

无怪乎已故著名诗人、《诗刊》老主编邹荻帆在《浪淘沙·赣州吟》写道：“改革推开窗，星火可燎原，地覆天翻，万户又写新篇。”

在这里，更要佩服郭沫若先生的远见卓识。1965 年 6 月间，郭沫若先生在游览赣州后，对赣州及赣州人民战天斗地的高尚精神感慨良多。他以辛弃疾的词为借鉴，反其意而为之，写过一首新词：“郁孤台下红江水，人民血汗非清泪。遍地尽苍松，泱泱绿化风。　十年树木计，前景在眉睫。决战胜天公，江流不再红。”

几十年过去了，赣州市果如郭沫若先生所言：“决战胜天公，江流不再红。”全市森林覆盖率达百分之七十六，是全国十八大重点林区和全国十大森林覆盖率最高的城市之一。

现在，赣州市正按三江六岸的合理布局进行建设与打造。最近，老城区商业街巷的提升与改造，深化了赣州市的历史文化内涵，增添了赣州市古代风格的韵味，更加凸显出赣州“江南宋城”的历史地位。

此外，逶迤的赣州浮桥、肃穆的马祖岩、秀丽的峰山、深沉的文庙、沧桑的七里古窑、驿动的宝葫芦农庄、民风浓郁的五龙客家风情园等景观，将会增强你对赣州宋城的美好印象。其间，峰山是国家森林公园，宝葫芦农庄和五龙客家风情园都是国家 4A 级旅游区。

可以预见，不久的将来，赣州市作为一座现代化气息与风格和古典韵味与景观并存的新型大都会，将屹立在世人的面前！

这就是赣州市，一个古老而年轻的城市，一个流淌着先祖们血脉而洋溢着时代气息的美丽城市！

……

下面，再让我们把目光，从东到西细细巡视一下它属下的其他县市的曼妙姿容吧。从中，你更能够觉察到它的美丽与神奇！

石　城

用两句诗来形容中国白莲之乡石城县再合适不过了：“接天莲叶无穷碧，映日荷花别样红。”石城，地处赣州市的东北部，南唐建县，以境内山上多石耸峙如城而得名。近年以白莲和烟叶为主产品，年产白莲两千多万吨。

石城还是浩浩赣江的发源地千里赣江的源头。有关科考人员曾多次翻山越岭，逆水而上，穷究其源。石城还是中国民间文化之乡，独具风情的石城灯彩，令域外人士大饱眼福，大开眼界。彩灯的种类繁多，有板桥灯、荷花灯、蛇灯、鲤鱼灯……在乡间走村串寨，翻飞舞动，流光溢彩，令人赏心悦目。

石城的通天寨，位于城东南七千米处，是远近闻名的风景名胜，也是国家4A级旅游区。其寨石山高耸，峰峦崔嵬。寨上古木参天，绿竹婆娑，泉水甘洌，风景幽雅。寨上玉盂寺为江西省重点开放佛教寺院之一。寨石龟背石形态奇异。这些，都是很吸引游客眼球的地方。

此外，更为神奇的是，这里虽然地处偏僻，但竟是太平天国王朝终结的地方！先后有“五王”在这里蒙难。同治三年（1864年）太平天国天京陷落后，玕王洪仁玕，率太平军七八千人护卫幼天王洪天贵福入江西，想追上前队侍王李世贤、康王汪海洋部，企图至广东东山再起。9月初在广（昌）、石（城）边界遭清兵袭击。洪仁玕与昭王黄文英被擒。继而恤王洪仁政被俘，尊王刘庆汉重伤被害。最终幼天王于城郊野外被擒。至此，太平天国幼天王、玕王、尊王、昭王、恤王皆蒙难。现仍留有许多遗迹。石城，见证了太平天国王统的终结。

宁　都

当夜幕的大氅覆盖着整个大地的时候，一条条火的巨龙，随着鞭炮的炸响，在夜空中穿行、腾跃，逶迤连绵数百米——这是中国客家民俗文化之乡宁都县石上的桥梆灯和洛口的竹篙灯。

宁都，是赣州北部的一个县。这里是明末清初文学家魏禧的故里，魏禧与其兄魏祥、弟魏礼号称“宁都三魏”，文学造诣很高。

境内的翠微峰和金精洞系风景名胜，闻名遐迩。峰高百丈，壁立奇险，色如丹霞，风景宜人，系国家森林公园和国家4A级旅游区。峰顶林茂，苍翠辉明，是清朝“易堂九子”的讲学处。金精洞在翠微峰西下侧，洞幽泉美闻名于世。凡来宁都之人，都定会去游览一番。

第二次国内革命战争时期，宁都是革命根据地主要县份之一，著名的“宁都起义”就发生于此，留下许多遗址旧迹。1931年12月14日，国民党第二十六路军一万七千多人在赵博生、董振堂、季振同等人领导下，在这里起义加入红军，组成中国工农红军第五军团。《宁都兵暴》即以此为题材创作和拍摄的一部电视剧。

翠微峰因山峰奇险，易守难攻，解放战争期间，国民党中将司令官黄镇中等一千多人以此为据点，负隅顽抗。解放军历时二十四天，多方努力，终于克敌制胜。后来在全国上映的《翠岗红旗》，即以此为素材创作和拍摄的一部电影。

也是在这里的梅江河畔，傍晚，一个知青模样的年轻人游泳后躺在这里数星星。数啊数啊，根据他长期私下的研究怎么就多了一颗？他断言：这是一颗新星！两个多小时后，他的发现被北京天文台的科学家用精密仪器观测得到了证实——他的发现震惊了世界！他，就是段元星，他的励志事迹也被多年选入中学课本。

孙中山的祖先，赣、闽、粤三省孙氏始祖，唐朝东平侯孙俐之墓就坐落在宁都城南的马家坑。

兴 国

“哎呀嘞——……凤凰窝里百样草，农民肚里百样歌。盘古开天千百载，唯有农民先唱歌。……”——这响遏行云的，是客家山歌的发祥地、中国山歌之乡兴国县民众唱的山歌。在兴国县，从山岭到田间，从城镇到乡村，人们都喜欢唱山歌。兴国山歌被申报为非物质文化遗产，被国家有关方面评为“中国山歌之乡”。兴国山歌具有地方色彩浓郁、内容丰富多彩、题材广泛多样、感情充沛奔放的特点。涉及婚嫁、劳作、祭祀、情爱等许多方面。

史载，两千多年前的秦王朝大兴土木建阿房宫时，曾征用该地上洛山的木料。原始的山歌便起始于这些木客（伐木工）之口，“哎呀嘞——”就是由当年木客们的喊声演变而来的。宋朝大文学家苏东坡发现这一特殊的文学现象，也写出了“山中木客解诗吟”的诗句。明朝知县海瑞也首肯了这一奇特的民间文化现象。苏区时期，兴国曾涌现出如谢水莲、曾子贞等一大批山歌手。他们带着山歌到硝烟弥漫的前沿阵地去唱，像一发发炮弹，在敌阵中炸响。瓦解了敌人的士气，得到毛泽东同志的赞赏，并嘱咐陈毅让山歌手到各个敌人前沿阵地去唱，发挥了很好的效果。中华人民共和国成立后，山歌手谢水莲被邀请到北京，在春节联欢晚会上唱，山歌手刘承达到北京参加全国民间文艺工作者会议，还受到毛主席的接见。

兴国在第二次国内革命战争时期是苏区县份之一，为革命做出过巨大的贡献。全县二十三万人口，参军参战的达八万余人，为革命捐躯的烈士达两万三千人，被当时的中华苏维埃共和国中央政府授予“模范兴国”的光荣称号。也是中华人民共和国成立后全国有名的将军县，走出了陈奇涵、萧华等十几位将军。兴国的将军园将会详尽地给你介绍这方面的情况。

宝贵的革命历史，给文学创作提供了很多有益的素材，电视剧《那时花开》《兴国，兴国！》就取材于此。

兴国不仅是块红色土地，也是块风水宝地。神奇的三僚堪舆文化，声名远播，吸引了海内外众多的世人到该地考察、探究。

三僚，中国堪舆文化的发祥地。中国堪舆的杨筠松、曾文辿、廖禹、赖文俊四大祖师中的前三位都出自三僚，而赖文俊，也是从三僚继承衣钵的。

三僚的始祖及神秘人物之一是杨筠松。杨筠松，名益，字叔茂，号救贫，世人称“救贫先生”。唐朝窦州人，生于唐文宗太和年间。十七岁登科及弟，官至金紫光禄大夫，掌琼林御库之职，管灵台地理之事。时天下烽烟四起，民无宁日，唐僖宗逃四川。杨救贫离开御库时，多得宫廷秘籍，遨游天下，纵观国之龙脉发源昆仑，遂沿龙脉一路南下，来到虔州（今赣州）。后又与弟子来到三僚，觉得“此处果然是我们堪舆人的世居之地”，遂搭寮棚住下。后人改“寮”为“僚”。三僚村后人果世代繁衍，看风水足迹遍布世界各地。

三僚村风水文化，历史悠久，影响广泛，中国香港、马来西亚、新加坡等海内外人士纷纷前来观光、考察、瞻仰。三僚风水文化村，也成为国家 4A 级旅游区。

瑞　金

一个炮弹形的纪念塔，高高地矗立在一片绿色的广场中间，一队队怀着虔诚而崇敬心情的人们，络绎不绝地来这里瞻仰和凭吊。——这是坐落在瑞金叶坪的红军烈士纪念塔。

瑞金，是中华人民共和国的摇篮，是中华苏维埃共和国临时中央政府所在地，是红色故都、革命圣地，是赣州乃至全国红色资源的宝库。

早在 1929 年 1 月间，毛泽东和朱德率领的红四军三千多人从井冈山下来，途经崇义、大余、信丰、定南、安远、会昌，一路受到敌人的围追堵截，几经转战来到瑞金大柏地。为了摆脱被动局面，红军决定利用这里的有利地形伏击敌人。经过十几个小时的激烈战斗，红军一举歼灭围困之敌，缴获甚多。此役成为“红军成立以来最有荣誉之战争”，毛泽东同志异常兴奋，后来写下了有名的《菩萨蛮・大柏地》词一首：“赤橙黄绿青蓝紫，谁持彩练当空舞？雨后复斜阳，关山阵阵苍。　当年鏖战急，弹洞前村壁。装点此关山，今朝更好看。”

这里还发生过许多重大的历史事件，留下过许多珍贵的文物胜迹。

坐落在瑞金东北的叶坪村的中国共产党苏区中央局旧址，见证了中共苏区中央局迁驻此地办公。这里有毛泽东、朱德、周恩来、任弼时、张闻天、王稼祥等中央领导人的办公室兼卧室。

坐落在叶坪村谢氏宗祠的中华苏维埃共和国临时中央政府旧址，见证了 1931 年 11 月 7 日至 20 日，中华苏维埃第一次全国代表大会在此处隆重召开，并宣告了中华苏维埃共和国临时中央政府的成立。

在叶坪临时中央政府广场，除高高矗立的纪念塔外，还有红军检阅台、红军烈士纪念亭、公略亭、博生堡等一些富有纪念意义的革命胜迹。因此，这里和城区的中央革命根据地历史博物馆都成了国家 4A 级旅游区。

坐落在沙洲坝村的红井，见证了 1933 年 9 月，毛泽东同志亲自带领干部、群众挖掘这口井的过程。井边刻写的“吃水不忘挖井人，时刻想念毛主席”的警句，表达出了这口井深远的历史意义。

红井的存在，具有深刻而现实的教育意义，吸引络绎不绝的游人前来瞻仰。人们饮水思源，感慨万千。著名诗人、中国文联原副主席李瑛的诗作《瑞金红井赞》代表了众多参观者的心声：“伏身喝一捧甜井水，赤胆忠心不忘本……”

此外，分布在瑞金的元太屋、下肖村、乌石垅、枣子排、云石山、白屋子、竹头下等地方还有大批的革命胜迹。这些胜迹，记录了共和国从历史的硝烟中大踏步走来的光辉足迹，记录了中国革命的艰辛和战斗的历程！

这些丰富的红色资源，也为文学创作提供了宝贵的财富。电视剧《封锁线上的交易》《毛泽民》、电影《闪闪的红星》《发姑》等都是得益于这里。

如果说，以上这些是瑞金丰富而独特的革命历史景观的话，那么，罗汉岩则是瑞金典型秀丽多姿的自然景观。

罗汉岩系大型石山，内多石灰岩溶洞，怪石景点众多，风景幽雅，气候凉爽，树木蓊翳，被人称为“小庐山”。来瑞金的人，也喜欢到这里陶冶情性，享受大自然的恩赐。

于　都

“一送（里格）红军，（介支个）下了山……”一阵阵雄浑悠长的《十送红军》曲调响彻云空，深情感人——这是中国唢呐之乡的于都县，数十人的唢呐队伍仰天吹奏，声震长空，响彻云霄。于都唢呐，已被列为国家非物质文化遗产。

于都，也是土地革命时期的全红县，更是中央红军长征的集结地和出发地！现有红四军司令部、赣南省委、毛泽东旧居等多处革命旧址和胜迹。其中，尤以红军渡口遗址为最。

1934 年 10 月中旬，中央红军先后来到于都并集结于都河，踏上长征征途。红一军团从梓山长口、山峰坝、花桥渡河；红三军团、红八军团先后在县城西门重光宝塔脚下及孟口等地渡河，红五军团在县城南孟口等渡口渡河，毛泽东同志的中央、中央军委所属机关在县城东门浮桥渡河。于都“长征第一渡”为国家 3A 级旅游区。

于都的罗田岩和石窟寺是赣南闻名遐迩的游览胜地。罗田岩开发于南北朝，兴盛于北宋。在方圆两千米的悬崖上，镌有周敦颐、岳飞、文天祥、王懋德、王守仁等名人和历代文人题刻，近七十品。其中岳飞题刻的“天子万年”为省重点文物保护单位。

岳飞是因战事来到于都的。宋建炎四年（1130 年），虔州人彭友、李满聚众起义，拥众十万，占江西、湖南的八县。绍兴三年（1133 年），岳飞奉旨镇压，遂战于都并题石刻。

这里也是周敦颐文学名篇《爱莲说》的发端地。北宋嘉祐年间，身为中国理学创始人的周敦颐，时任虔州通判。周喜莲花，在府署即挖池种莲，名曰“爱莲池”。一日，与友人沈希颜、钱拓共游罗田岩，有诗刻石。后沈在于都善山建濂溪阁，请周题词。周作《爱莲说》相赠，后盛传于世。其脍炙人口的名句“莲之出淤泥而不染，濯清涟而不妖”成为后人的道德典范。

会 昌

“东方欲晓，莫道君行早。踏遍青山人未老，风景这边独好。　　会昌城外高峰，颠连直接东溟，战士指看南粤，更加郁郁葱葱。”——这是毛泽东同志写的一首驰名中外的词作《清平乐·会昌》。1934 年 7 月 23 日晨，毛泽东和粤赣省委书记刘晓、军区司令员何长工等登临山顶，抬眼眺望，浮想联翩，回到驻地文武坝后，写下了这首光辉词作。从毛泽东同志的词可以看出，苏区时期会昌县也是个主要县份，是当年的会昌中心县委所在地，邓小平曾任中心县委书记。电视剧《邓小平在会昌》就是在这里拍摄的。

会昌山，是“会昌城外高峰”，历代为兵家必争之地。会昌山除了是革命胜迹外，也是会昌县的一大自然景观。半山腰林荫处的半山寺，宁静幽雅，景色秀丽，历来被文人所留恋。登上峰顶，四处眺望，青山历历，川河平畴尽收眼底，会昌城近在咫尺。

汉仙岩是会昌另一处自然景观，相传汉钟离得益于此而获名。景区方圆五千米，山势巍峨险峻，景色秀丽迷人。有胜景数十处，历代名人学士争相游览，留下众多诗词题咏。现为国家4A级旅游区。

此外，会昌还是中国的米粉之乡。会昌的米粉和豆干很有名，优质爽口的米粉畅销国内外，远销东南亚。外来会昌的人，都喜欢品尝当地的米粉和豆干。特别是工艺独特、造型独特、口味独特的豆干，当年还是贡品呢！

近年，会昌的种养业兴旺，猪—沼—果工程搞得好。2003年的一天，胡锦涛总书记在日理万机中，抽空在省市领导陪同下，亲自来到会昌小密乡视察。小密乡半迳村的钟检娣正在自家的果园劳作，见胡锦涛总书记轻轻来到她跟前，笑着关切地嘘寒问暖，询问她家的生产和生活情况。钟检娣很激动，也笑着一一做了回答。这样，在瓜果飘香的果园里，一个国家领袖和一个普通农妇，站着一问一答，好似拉家常，人们见了备受鼓舞。

寻　乌

那一山山碧绿葱茏的橘树上，星星点点地挂满累累硕果，人们竞相采摘，欢歌笑语。——这是中国蜜橘之乡寻乌的蜜橘园地。

寻乌县在赣州南端，是闻名遐迩的蜜橘之乡。近年以种植蜜橘和脐橙为主。连片的蜜橘和脐橙，浩如绿海，蔚为壮观。电影《赣南之恋》里有不少镜头是在这里拍摄的。

寻乌也是土地革命时期的中央苏区组成县之一，具有丰富的红色资源。毛泽东同志的《寻乌调查》和《反对本本主义》就是在这里写出来的。1929年下半年至1930年上半年，党和红军中“左”倾思想和“左”倾政策有所抬头。为此，毛泽东决定在寻乌做一次全面调查。在县委书记古柏陪同下，他采取开调查会的方法，包括综合调查、专题调查和总结调查，并亲自主持和记录，与到会者展开讨论。有时，还深入实际，一边劳动一边调查。最终写出了上述两篇光辉著作。这次调查，为制定我党的商业政策提供了可靠依据，同时，阐述了土地革命的战线、政策和方法，具有重大的历史意义。

调查旧址坐落在城南马蹄岗，现已属省重点文物保护单位。

安　远

一阵阵鞭炮炸响，一家家、一户户在鞭炮声中喜贴上一副副楹联——这是中国楹联之乡安远县的人们，在春节期间摆开阵势，在街头义务为千家万户的人家书写楹联的情景。风气之盛，赢得了“中国楹联之乡”称号。

安远，也是革命历史和文化积淀较深厚的地方。早在1927年，朱德、陈毅率领的南昌起义军，在广东三河坝受挫后，几经周折，来到这里的天心圩。为肃整纪律，召开了排以上军官会议，向大家说明了革命的前途和继续革命的道理，坚定了官兵们的革命信念。这次肃整，为起义军在赣南有名的“四整”之一。

森林茂密、风光秀丽、鸟语花香的三百山，是境内一个举世瞩目的原生态绿野圣地，是赣南唯一一个国家级风景名胜区。同时，又是国家森林公园、国家4A级旅游区。除这里的自然风光美丽怡人外，更重要的是因为这里的水流入广东，是广东东江的源头，也是香港七百多万人饮用水的源头。水，是我们的生命之源，是须臾不可缺的生活必需品。因此，近些年香港、深圳的许多游客饮水思源，来这里瞻仰、探源，表现出了极大的感恩之情。

古木参天、峥嵘险峻的九龙山（嶂）是当年贡品茶“九龙茶”的出产地，也是盛行于赣南的采茶戏的发源地。

传说，很久很久以前，有一农民上山砍樵。忽见峰顶五条金龙在云中飞舞，时而下潭戏水，时而腾上云空，时隐时现，千姿百态。不一会儿，云开日出，九龙匿形，只见九棵茶树青翠欲滴，遂称此茶为“九龙茶”，山也谓“九龙山”。仅有九棵茶树产的九龙茶，味道醇香，属于贡品，十分稀有。

当初，茶女们为给前来买茶叶的茶商们助兴，常给他们唱“采茶歌”。后发展成“茶蓝灯”或“三脚班”，进而发展成采茶戏。声名远播，流行赣南，成为一个剧种。九龙山是赣南采茶戏的故乡。以此为内容创作的采茶戏《茶童哥》(又名《九龙山摘茶》)是赣南采茶戏的祖宗戏。20 世纪 80 年代被改编、拍摄成彩色舞台戏曲片《茶童戏主》，在全国上映。

定 南

一座高高的纪念塔坐落在定南老城镇的铁路旁。天天注视着一列列南来北往的火车呼啸而过——这便是京九铁路接轨点纪念塔。

京九铁路接轨点纪念塔铭记着一个庄严而神圣的时刻——这就是 1995 年 11 月 16 日 11 时 35 分。

这一刻，海内外乃至世界的广大人民，都聆听到了一个声音，看到了一个历史的瞬间。

这声音，就是来自国务院副总理、京九铁路建设领导小组组长邹家华通过麦克风，发布的激动人心的命令："京九铁路开始接轨！"

分别代表广东方向和江西方向的挂着彩带的两排铺轨机，在鞭炮声、锣鼓声、鲜花中，在十几名工人的操作下，进行了瞬间的对接！

这标志着我国当时投资最大的、从北京到九龙的两千五百多千米的铁路线全线贯通；标志着我国从北到南的又一条交通大动脉开始运行了！

如今，这富有历史意义的纪念塔就坐落在一脚跨两省、亚洲第一大 S 形铁路特大桥的旁边。与周边的明朝巽塔、迎春亭、中央领导题词碑林等景观组成了一个纪念公园。

风景秀丽、青山绿水的九曲度假村，是一个游览与休闲的好去处，是国家 4A 级旅游区。这里气候凉爽、水流清澈、幽雅僻静，吸引了大批游客。在九曲河泛舟，你会看见清水和蓝天一色；在原始森林中漫步，你会感受到大自然的温柔情怀。

龙 南

一座座古老而又独特的围形建筑，散落在龙南县（今龙南市）的山岭大地——这被世人称赞并誉为"东方古罗马城堡"的，是龙南的客家民居围屋。龙南，是客家围屋分布和留存最多的地方。诸如关西围、栗园围、燕翼围……星罗棋布。这些围屋见证了客家人南迁创业的艰辛，也体现了客家人团结协作的精神。围屋独特的造型、设施、布局、结构，又体现了客家人的聪明与才智，展示了客家人丰富的建筑文化，吸引了一批又一批的游客前来游览、观光、欣赏。其间，关西围已属国家4A级旅游区，栗园围和客家酒堡属国家3A级旅游区。

九连山，是龙南县的另一道绿色的风景，也是国家森林公园和国家自然保护区。这里莽莽苍苍、绵延数百里的原始森林，庇护着许多野生珍稀动物，也是天然的氧吧、天然避暑胜地、天然森林浴池，吸引了众多的游人。

小武当山是近年开发的旅游景区：高、趣、险是这一景点的特色。交通方便，地处105国道旁，引来游人络绎不绝。

全　南

全南县的青龙山脉和大大小小的其他山脉，莽莽苍苍、逶迤连绵。这些山脉，构成了全南一道绿色的风景线。

全南县，为江西省林业重点县之一。在大山深处的竹山乡佛岭背，居有全省唯一一个聚族而居的瑶族。近年，瑶民们努力发掘本民族的文化资源，展现瑶族风情，吸引游客，产生了较大影响。

信　丰

“那一片一片像朝霞像彩虹，那一坡一坡像星星像灯笼，那一堆一堆像火苗像红云，那一车一车像飞丹像流星……”——这是中国脐橙之乡信丰县的果农们，在喜摘脐橙时欢唱的丰收景象。

信丰，是赣南脐橙的发祥地，是最早引进和栽种脐橙的地方。如今，脐橙栽种已成规模并推广到全市各县。如今脐橙园在全县已星罗棋布，遍及各个乡镇，创新的各种示范生态园地、科研园地、农民休闲园地比比皆是。

脐橙的发展和推广，为赣南经济支柱产业的形成，为规模化、集约化生产发展的形成奠定了基础。为此，中央领导尤为重视。

当年，江泽民总书记来到果农施崇友果园中简陋的家，嘘寒问暖，问果业开发情况，并教导施崇友自己富了不要忘记帮助周围贫困的群众。施崇友都一一点头答应了。总书记听了，满意地笑了。爽朗的笑声，至今还在人们耳边回荡……

温家宝总理也关心赣南的果业，曾亲笔复信信丰果农袁守根，指导脐橙的生产与发展。在中央领导的关怀下，信丰乃至整个赣南脐橙得到了较大的发展。

信丰同样还是一片革命的沃土。

土地革命时期是苏区的重要县份之一。长征时，红军是在这里的新田、古陂首开第一战，突破了第一道封锁线。为此，陆定一同志还特意写了一首《长征歌》："十月里来秋风凉，中央红军远征忙。星夜渡过于都河，古陂新田打胜仗。"

信丰西牛镇的百兰村黄家祠堂，见证了当年的南昌起义部队在朱德、陈毅、王尔琢的领导下，在这里进行了第二次"整肃"，是著名的赣南"四整"之一。

土地革命时期，陈毅奉命在这里组建红二十二军，在黄泥排创办了红军干部学校。其时，聪明、漂亮的肖菊英是第一批学员。在这里，演绎了陈毅与肖菊英的一段浪漫、真挚的爱情故事。

境内的油山，是赣粤边三年游击战争的中心区域。赣粤边特委、特委交通总站和特委油印室均在这里，项英、陈毅、陈丕显、杨尚奎等常在这一带领导军民与敌人英勇斗争，直至取得最后胜利。然后下山整训改编，奔赴抗日前线。故此，这里留下了许多革命旧址和胜迹，可供游人瞻仰和观赏，也留下了许多创作的素材和题材。《独立大队》《浴血坚持》《陈毅下山》《红线》就是选取这一时期的素材而创作的影视作品，在全国产生了巨大的影响。

信丰，还是被称为世界法医学奠基人——宋慈的法医学的奠基地。他中进士榜后，最早在这里入仕，任信丰县主簿官职，并成功破获两宗离奇案件，成为他的名著《洗冤集录》的奠基篇。前些年，在全国热播的电视剧《大宋提刑官》就是歌颂他在法医学方面功绩的。

大 余

一条山路，在深壑与峻岭之间穿行，曲曲折折，一直延伸到高高的山坳，像一条巨龙在丛林中腾跃——这，便是大余县的梅岭古驿道。岭上的关隘，就是闻名遐迩的“梅关”。这山岭，便是有名的国家森林公园“梅岭”。

这里，是长江水系与珠江水系的分水岭。梅关，就是江西与广东交界的重要关隘，也是古代中原连通南粤的重要关口。

早在秦朝时，这条古驿道就有雏形，唐朝开元四年（716 年），始兴籍宰相张九龄奉旨开凿。拓宽路基，可行车马，宽达五米，遍岭种梅，成为中原通往南粤的交通要冲，也是中国古代南方的一条“丝绸之路”。由于气候不同，同在一岭的梅树出现“南枝花落，北枝始开”的奇观景象。

由于是交通枢纽，又加上历史久远，往来人士不乏巨商大贾、文人墨客、高官政要。诸如陆凯、宋之问、刘长卿、苏轼、汤显祖、朱熹、戚继光、文天祥……一些著名文人写下大量的梅花诗词，前后计有两千多首（篇）。

梅岭与油山紧紧相连，这里也是赣粤边三年游击战争的中心区域。陈毅同志几次在这里遇险，留下脍炙人口的《梅岭三章》：“断头今日意如何？创业艰难百战多。此去泉台招旧部，旌旗十万斩阎罗。南国烽烟正十年，此头须向国门悬。后死诸君多努力，捷报飞来当纸钱。投身革命即为家，血雨腥风应有涯。取义成仁今日事，人间遍种自由花。”

一个革命者襟怀坦荡、视死如归、充满革命的乐观主义精神跃然纸上。

文艺作品也描绘与再现了这一动人的场景，比如电影《梅岭星火》。

梅岭旁边的金莲山，见证了另一位革命者大义凛然、视死如归、英勇就义的情景。——这就是当年赣南军区政治部主任刘伯坚的英勇就义。

他是在突围时受伤被俘的，关押在大余监狱。拒绝了敌人的多次利诱，受尽了敌人的种种酷刑。临刑时，写下了气壮山河的《带镣行》：“带镣长街行，蹒跚复蹒跚，市人争瞩目，我心无愧怍。带镣长街行，镣声何铿锵，市人皆惊讶，我心自安详。带镣长街行，志气愈轩昂，拼作阶下囚，工农齐解放。”

凛然正气，跃然纸上，革命豪情，充溢字间！

当年，朱德、陈毅率领的“八一”起义部队在这里进行了第三次“整肃”，这是著名的赣南“四整”之一。

当年，中央分局领导的赣粤边游击队，也是在这里的池江改编成抗日义勇军第一支队，然后奔赴抗日前线的。

当年，民国十五年（1926 年）第二次北伐，国民革命军第二军第五师进驻大余。11 月中旬，宋庆龄、何香凝、孙科和苏联顾问鲍罗廷一行路过大余，在县城桑园里召开民众大会。鲍罗廷发表演说，孙科翻译，对民众影响很大。

这里，还发生过一件轰动和影响我国文学戏剧史上的一件大事。

明万历二十一年（1593 年），被后人称为“东方莎士比亚”的戏剧大师汤显祖，从朝廷贬官广东徐闻后，调任浙江遂昌知县，前后两次途经大庾（南安）。

一天，他正在游览府衙后花园牡丹亭时，看见有人欲砍园中一棵梅树。他感到纳闷，便上前探问。那人告诉他，这是因为前太守的女儿曾在这梅树下与情人私会，被太守发现诟骂后，忧愤而死。于是，人们便把她的遗体和画像一起埋在了这梅树下。然而，每当月黑风高或夜深人静时，人们都能听到一阵阵的风声，似乎在喊：“还我魂来！还我魂来……”

汤显祖听到这样一个发愤怨悱的爱情故事，震动很大，感触很深，成了他日后创作“临川四梦”中的《牡丹亭》(又名《还魂记》）的素材与原型。

如今，这古老的白玉兰和老梅树都还在，古色古香的牡丹亭也依然肃立在林园中。这发愤怨悱的美好爱情故事，却陶醉了一代又一代的年轻人，吸引了一批又一批寻梦者的足迹……

高高的丫山，是大自然赐予大余的另一道美丽风景。环境优美，绿水青山，悬泉飞瀑，曲径通幽，犹如世外桃源一般。属国家 4A 级旅游区，吸引了不少来往游客。建于唐朝的丫山寺，坐落在高高的山顶，显现出了它的气势和神韵。

除有丰富的红色资源和深厚的历史文化积淀外，大余还是世界有名的钨都。电视连续剧《远山》就是反映这一题材的作品，热播后，影响很大，反响很好。

此外，大余还是中国花卉之乡。南安板鸭肉香骨脆，中华人民共和国成立前就驰名海内外，是人们酒席上的美味佳肴。

南　康

那一棵棵绿如烟云、那一坡坡翠绿葱茏的，是中国甜柚之乡南康的甜柚。南康甜柚有斋婆柚、村头柚、狮头柚、沙田柚、江坝柚、蔡家柚等名目繁多的品种，具有表皮香、外形美、色泽鲜、汁味浓的特点，畅销国内外。

南康，还是我国著名经济学家、名著《资本论》的翻译者郭大力和我国早期的工人运动先驱陈赞贤的家乡。乡间，仍留有他们的许多逸事和传说。

南康也是恐龙蛋化石出土较多的县份，曾多次出土过恐龙蛋化石，对科学研究提供了许多有价值的实物。

上　犹

青山巍巍，流水潺潺，四季如画，鸟语花香……这是正在努力打造成为港澳乃至广东诸地后花园的上犹县的风光。

上犹县自20世纪50年代中期建成我国第一座坝内式厂房水电站上犹江水电厂以来，形成的陡水湖风光旖旎，是国家森林公园。这里水路广阔，河汊众多，又被称为“小千岛湖”。加上境内群峦叠嶂，沟谷纵横，处处回清倒影，景观宜人，确是一个旅游、休闲、娱乐的好去处。其中，又以五指峰为最，森林茂密，生态和美，也被列为国家森林公园。

除拥有我国第一座坝内式厂房水电站外，上犹还有两件神奇事。

一件是，因这里淡水资源丰富，山峦众多，出产一种石鱼。这种石鱼形如玉簪，体长寸许，色白如银，肉质肥嫩，滋味鲜美，每年定销数十吨至江西庐山管理区。庐山管理区经过包装，冠于“庐山石鱼”的商标，作为庐山特产远销海内外。许多赣南人每每到庐山旅游，喜欢买一两袋庐山特产“庐山石鱼”回来。殊不知，这原本就是上犹本地特产，可通过旅游，上犹石鱼又“游”回了自产地赣南。

另一件是，虽然上犹地处偏僻，却出过影响赣南历史的两个人物：卢光稠和谭全播。

这两人于唐光启元年（885 年）在双溪聚众起义。后唐僖宗文德元年（888 年）授检校工部尚书，进而后梁时封百胜军防御使兼五岭开通使，直至封为开国忠惠广利王。统辖广东、韶州、潮州、虔州、吉州、梅州等地，成了“小皇帝”，皇城设赣州。重权在握，在任内对赣州诸业，尤其城市扩建功业甚大，为后人所称道和纪念。

崇　义

那一山一山翠绿葱茏，那一片一片绿叶扶苏的，是中国竹子之乡崇义县漫山漫岭的翠竹。崇义是竹的海洋、竹的世界。

崇义县是赣南的山区县，也是省重点林业县。森林资源丰富，全县森林覆盖率约为百分之七十，整个县沉浸在一片绿色的海洋里。所以，这里的齐云山是国家自然保护区；这里的阳岭是国家 4A 级旅游区和国家森林公园，是天然的氧吧和森林浴池。

崇义也是一块人杰地灵的风水宝地。由于山高地险，形成了许多溶洞。聂都溶洞就颇为奇趣：一平方千米内山下有洞，而且洞洞相通，五步一景，十步见奇；脚下流水潺潺，头上“天窗洞开”。洞中有些怪石酷似“仙鹤”“石燕”“金鸡”“雄狮”等。洞中石壁至今还留存有明末清初有名书画家朱耷（即“八大山人”）的墨迹。

思顺街上的王尔琢烈士墓可以做证，当年任中国工农红军第四军参谋长兼第二十八团团长的王尔琢，因追击叛徒袁崇全，在思顺街头壮烈牺牲。电视剧《井冈山》里活灵活现地表现了王尔琢那种威慑敌胆、英勇无畏的革命精神。

偏僻的上堡，见证了“八一”南昌起义部队在朱德、陈毅带领下，在这里进行了第四次“整肃”，这就是我军建军史上有名的“上堡整训”。这次整训，使部队走向了统一团结，纪律性加强了，战斗力提高了，具有十分重大的意义。

这里如火如荼的革命斗争，还造就了邓子恢等我国一批革命前辈。

赣 县

1941 年 1 月间，当震惊中外的“皖南事变”的血雨腥风还未散尽，党中央根据全国抗战形势需要，很快就组建了以刘少奇为政委、陈毅为军长、赖传珠为参谋长的新的新四军领导机构。赖传珠就是赣南赣县大埠人，早年参加革命，功勋卓著，1955 年授上将衔。

赣县（今赣县区），是赣州市就近的一个县。境内的宝华山，位于田村乡苏山村。唐开元年间，马祖禅师到山传授禅法，后历代高僧在此传经诵佛，为赣南名山。寺庙在群山怀抱之中，清静幽雅，风景独秀。寺旁古木参天，银杏蔽日。寺内有江南名塔“玉石塔”，与寺外的万人库、千人锅、千人龙王井、出木井、四方竹、千年柏、白果树、千年棕、倒栽葱（松）合称“宝华十宝”。近年香火旺盛，游人甚众。

赣县县城的客家文化城，内涵丰富，属国家 4A 级旅游区，也常游客不绝。

（三）

也许，天地造化的偏爱与垂青，让赣南这片大地才变得如此山灵水秀，如此美丽；也许，经过了太多的血与火的洗礼，赣南这个地方才变得如此人杰地灵，如此神奇！

最近，党中央和国务院为了加快我国经济的全面发展，提出了振兴发展老（苏）区经济的口号。为了关怀和振兴赣南苏区，党中央委派国家四十多个部委的一百多位领导莅临赣南调研。紧接着中央媒体百名记者编辑来赣采访，特别是新近《国务院关于支持赣南等原中央苏区振兴发展的若干意见》的出台，给了赣南难得机遇，形势大好，前景广阔。省市领导正因势利导，运筹帷幄，抓住这一大好契机，积极谋划赣南老区的发展与振兴。

我们深信，不久的将来，在党中央、国务院和各级领导的关心与关怀下，在赣南九百多万人民的努力下，一个更加现代化的大都会——赣州，将会闪亮地屹立在世人的面前！赣南大地，将会发生巨大而深刻的变化，变成更加宜居、宜商、宜游、宜发展的土地；这片土地也将会变得更加美丽与神奇！

载《今朝》2013年第三期

WANG
SHI
GOU
CHEN

往事钩沉

风雨虔城越千年

泱泱神州，有数千个城市。每个城市都是一部书，都有自己的历史和故事。然而，每个城市的故事和历史都不尽相同。各有各的人文景观和文化遗存，各有各的不同经历和传奇佳话。

作为江西南大门、千里赣江第一城的赣州，古称虔州。自汉高帝元年（公元前 201 年）建城以来，向为郡、府、县的所在地。据《赣南概况》记载："隋开皇九年（589 年）为虔州治，城随之名虔州。"距今已有一千多年时间。历史悠久，文化积淀深厚。

由于远古时代没有空中交通，陆路交通也多有不便。于是，水上交通便成了人们唯一便利的选择。赣南，由于紧邻粤、闽和南越，比之湘、黔地势稍为平缓。因此，赣江自古便成了人们由中原入粤、闽和南越的最佳路径，也是中国古代南方"丝绸之路"的重要途径。又因赣州在千里赣江的源头，所以赣州就是人们进入粤、闽与南越路途中的重要一站。历史上，客家人几次从中原大举南迁，都是溯赣江而上到达赣州，歇息后，再往右进入南粤，往左进入八闽。因而，赣州是古代客家人南迁的中转站，也是客家人的摇篮。至今，留有许多客家人南迁的历史遗存和文字记载。

自秦汉以来，特别是唐宋以后，许多文人墨客、富商巨贾、官宦政要，前往南粤和八闽，都必须在赣州驻足停歇。其间，有陆凯、宋之问、刘长卿、苏轼、岳飞、朱熹、辛弃疾、文天祥、戚继光、汤显祖、周敦颐、王阳明、刘伯坚、项英、陈毅、陈丕显、田汉、叶剑英、伍若兰、陈赞贤等名人来过这里。辛弃疾、文天祥、周敦颐、王阳明等还在赣州从政为官。因此，他们与赣州结下了不解之缘，留下了许多动人的故事和胜迹。赣州的许多名胜古迹也都留下了他们的足迹和诗文。

北宋嘉祐年间（1056—1063 年），当时的赣州知军孔宗翰，将赣州土城墙改为砖墙，并在城墙上建起楼台，曰“八境台”。十几年后，孔宗翰调离赣州，他将八境台及周边的七个景观绘制成图。在彭城恰好遇见刚卸任的山东胶州太守苏东坡，因仰慕苏的文名，遂请苏在自己绘制的《虔州八境图》上题诗。苏这时虽还未到过赣州，只是看了孔所绘制的八境图，于是，按图浮想，题了八首诗，咏了八个景，这就是流传至今的《虔州八咏》。十七年后，苏氏谪迁岭南路过赣州，登览八境台。亲临其境，深感前诗未能道其万一，于是，再作《八境图后序》。如今，八境台虽几经兵燹，但新的建筑更加雄伟地屹立在当年的旧址上。

赣州城郊有一名胜为“通天岩”，因崖壁上有一穹直天，故命“通天岩”，也通称为“江南第一石窑”。此处隐居着一个当地名士，叫阳孝本。阳孝本，字行先，虔州人。年少时勤奋好学。三十多岁时游学于京城上痒（学馆），才华出众，被时任左丞的蒲宗孟聘为西席（家庭教师，两年后告归）。回乡后隐居于通天岩，过着恬淡寡欲的生活。苏东坡路过虔州时，听说当地有个“学富行纯”的阳孝本，于是专程前去拜访了这位隐居的学者。也许是志趣相投，他们一见如故，都“深讶相遇之晚，遂为刎颈之交”。此后，阳孝本又多次来到苏东坡下榻的慈云寺回访，彻夜深谈。

“夜话亭”是城中的一处亭榭，顾名思义，是人们夜话的地方。地址在原光孝寺的廉泉旁，这里记录了苏东坡和阳孝本彻夜长谈的故事。一天，阳孝本进城回访苏东坡，二人一同游了祥符宫（文庙）后，又到光孝寺的廉泉夜话。廉泉，是光孝寺中的一眼清泉，为彰显当时赣州政要的清廉而命之为“廉泉”。苏与阳彻夜长谈，品廉泉水泡制的香茗，双双谈兴甚深，东坡还即席赋诗，后人为纪念其情，遂建夜话亭于其侧。后知府窦忻进行改建，悬有“章贡第一泉”匾额，亭中有苏、阳二人夜话的图像。至今，该亭立于赣州一中学校内。

赣州城东有一天竺寺，香火旺盛，苏轼的父亲苏洵，也是“唐宋八大家”之一，早年曾南游虔城与邑人钟棐交好。钟棐，字子翼，是一个道德高尚、学识渊博的人，为当时文坛领袖欧阳修和曾巩所知，苏洵与钟棐建立了深厚情谊，钟棐领苏洵游览了水东天竺寺。苏回四川家后，对年方十二岁的苏东坡提及此事说："近城山中天竺寺，有乐天（白居易）亲书诗云……笔势奇逸，墨迹如新。"四十七年后，苏东坡被贬谪至岭南，途经赣州，拜谒天竺寺，见"诗已亡，有刻石存耳，感涕不已"。七年后，苏轼从岭南回归，路过虔城，拜访钟棐。岂知钟棐已故，见其二子，感慨万端，相持痛哭一番，并倾情抚慰。

离八境台约一千米另有一台郁孤台。据清同治《赣县志》记载："郁孤台，在文笔山，一名贺兰山。其山隆阜，郁然孤峙，故名。"唐朝代宗时，已有记载，至少也有一千二百多年历史。

就这么一个楼台，却引无数文人墨客驻足游览，其间苏轼、辛弃疾、文天祥、郭沫若都相继留下了脍炙人口的诗章。

北宋绍圣元年（1094 年）苏轼路过虔州时，来到郁孤台游览，写下了《过虔州登郁孤台》一诗：

八境见图画，郁孤如旧游。
山为翠浪涌，水作玉虹流。
日丽崆峒晓，风酣章贡秋。
丹青未变叶，鳞甲欲生洲。
岚气昏城树，滩声入市楼。
烟云侵岭路，草木半炎洲。
故园千峰处，高台十日留。
他年三宿处，准拟系以舟。

多愁善感的诗人，站在高高的郁孤台上，饱览了虔城四周的如画风光，抒发了自己的激越情怀。

南宋的辛弃疾，任江西提点刑狱时，适逢金兵分兵南下，一路从赣江溯江而上，追击代表南宋政权的隆祐太后。

金兵追至万安地界后，未果而返。隆祐太后也舍舟登轿，仓皇来到虔城。辛弃疾目睹了金人的猖獗和国运的衰弱，壮志难酬，事后再路过万安造口时，写了《菩萨蛮·书江西造口壁》：

郁孤台下清江水，中间多少行人泪？西北望长安，可怜无数山。
青山遮不住，毕竟东流去。江晚正愁余，山深闻鹧鸪。

词中，表达了一个爱国词人忧国忧民、壮志难酬的惆怅情怀。

同是这个郁孤台，一百多年后的南宋咸淳十年（1274年），时任赣州知州的文天祥来到郁孤台游览，抒发的却是另一种情怀，他的《郁孤台》诗是这样写的：

城郭春声阔，楼台昼影迟。
并天浮雪界，盖海出云旗。
风雨十年梦，江湖万里思。
倚栏时北顾，空翠湿朝曦。

此时的北方，金已被元所灭。南宋政权在岌岌可危的风雨飘摇中，作为爱国诗人与地方官员的文天祥，对国家的前途和命运深抱忧患意识，是另一种惆怅心情。

时隔六七百年之后的1965年6月间，著名文学家、历史学家，身为全国人大常委会副委员长的郭沫若同志来到赣州，游览了各地之后，为赣州人民战天斗地的精神所感，登上郁孤台后，以辛弃疾词为借鉴，反其意而为之，也写了一首词：

郁孤台下红江水，人民血汗非清泪。遍地尽苍松，泱泱绿化风。
十年树木计，前景在眉睫。决战胜天公，江流不再红。

此时的郭沫若先生，是从另外一个角度，忧国忧民，赞美赣州人民为保护自然生态而做的努力。

离八境台不远的地方，有一处官邸，那是历史上著名的理学家周敦颐办公的地方。北宋嘉祐六年（1061年），四十五岁的周敦颐（号濂溪）来到赣州，时任赣州通判。作为教育大家，他大力兴办书院，招收弟子，传播理学思想。据《赣县志》记载，自周敦颐过化赣州后，“自此郡人士悉重理学”。赣州因周敦颐而文化昌盛，教学成风。他所倡导的理学学说，也在此弘扬，远播华夏以及世界，赣州也因此被尊为“理学祖地”。

周敦颐本人性情高洁，独爱莲花，心性修养极好。公务之余，喜欢到居室外观赏溪水中清新的莲花。他对莲花有种特别的偏爱和喜好：他爱莲花出淤泥而不染，濯清涟而不妖，中通外直，不蔓不枝，香远益清，亭亭净植，可远观而不可亵玩，是花之君子，于是写了脍炙人口、千古流芳的名篇《爱莲说》。

周敦颐爱莲，是因为莲花所象征的君子们洁身自爱、超凡脱俗的高尚品质，这也是千百年来中国人所追求的君子品格与风骨。

四百多年后，另一个理学家王阳明来到赣州为政。王阳明（1472—1529年）名守仁，字伯安，浙江余姚人，世称“阳明先生”。明正德十一年（1516年）王阳明任右佥都御史，巡抚南安、赣州、汀州、漳州四府。他坐镇赣州，在赣州主政三年期间，率领军队，平叛赣、粤、闽、湘边境的诸路农民起义，为明朝廷消除了四省地方的隐患，求得了一方平安。同时，他还在赣州修建城市，大兴书院，倡导理学，著书立说，弘扬国学，在赣州乃至赣南产生了巨大而深远的影响。他的《通天岩》诗作，早已镌刻在通天岩的崖壁上流传至今：

青山随地佳，岂必故园好。
但得此身闲，生寰亦蓬岛。
西林日初暮，明月来何早。
醉卧石床凉，洞云秋未扫。

至今，以王阳明命名的阳明路，和其他有关他的文化遗存，仍然留在赣州的胜迹中。

八境台下八境公园内的赞贤亭，是革命烈士陈赞贤牺牲的地方。陈赞贤，中国共产党早期工人运动领袖。1927年初，蒋介石派倪弼来赣镇压工人运动，赣州总工会委员长陈赞贤正领导赣州的工人运动如火如荼开展。3月6日晚，陈与工人领袖们正在开会，国民党反动派将他绑架在市里的赣县县署，强迫他签字解散工会。陈斩钉截铁地说："头可断，血可流，解散总工会的字我不能签！"话音刚落，敌人丧心病狂地开了枪。陈赞贤英勇就义，倒在了血泊之中。这是当年国共合作之际，国民党反动派向共产党开的第一枪，事件影响全国，产生了巨大反响。

在赣州古城中心的卫府里，是人们始终不能忘怀的地方。因为那是朱德妻子伍若兰英勇就义之地。1929 年 1 月 14 日，红四军离开井冈山向赣南转移，2 月 1 日，部队在寻乌吉潭与尾追的敌人激战后，转移到圳下休息。次日黎明，军部突然被刘士毅部包围。朱德正指挥部队突围，伍若兰为掩护朱德，带了一部分红军战士从另一方向袭击敌人，让朱德突围。伍若兰不幸负伤被俘，旋即被押到赣州。经严刑折磨，伍若兰威武不屈。蒋介石亲自下令砍头示众，伍若兰时年二十六岁，任红四军政治宣传队队长。

此外，历史上还有马道一、杨筠松、卢光稠、洪迈、岳飞、汤显祖等名士来到赣州，留下过许多诗文和胜迹。

有道是，斗转星移，"往事越千年"，当年以赣州命名的赣州地区已改为赣州市，下辖十八个区县。当年的虔城，如今的赣州市中心城区，已发生了翻天覆地的巨大变化。城区面积已扩大了十多倍：一条条宽阔街道纵横交错；一栋栋高楼大厦拔地而起；一个个漂亮橱窗琳琅满目；一家家斑斓霓虹耀眼闪烁；一行行街道树绿荫婆娑；一处处休闲公园鸟语花香……一个现代化大都会的雏形已初步形成。这样，作为赣州市的中心城区，既有高楼林立的现代化气息，又有古代文化内涵的古风古韵，是一个真正形神兼备的文明城市。

作为赣州市政府所在地的章贡区，是原赣州市的前称。赣州地区撤地设市后，改为章贡区。因其地理区位的优越，有很多政治、经济、文化方面的内容与赣州市中心城区有所交集。俗话说"近水楼台先得月"，因此，能够更好地利用区位和地理优势，大力促进经济的飞跃发展，大力弘扬和繁荣优秀传统文化，大力推进物质文明和精神文明建设。如今，全区在十八大精神的鼓舞下，在"学习梁家河、当好村支书、打好攻坚战"的热潮中，通过区委区政府一班人"精准扶贫"的艰苦努力，章贡区将会发生深刻而巨大的变化，出现一个更富有时代气息的崭新面貌！地处章贡区的虔城，也必定会相得益彰，将会出现更加惊艳世人的崭新风貌。

虔城的明天一定会更美，具有丰富历史文化内涵与现代精神文明风貌的虔城一定会更美！

载《文化信丰》2018年第五期

深　情

金秋十月，我来到毕业已五十多年的母校信丰中学，庆贺她的七十华诞。

五十多年，是个漫长而悠久的年月。其时，正值青春年少的我，怀揣着对未来世界的美好憧憬，肩负着为母校、为社会、为人民做贡献的崇高使命，带着老师们的谆谆教诲和殷切期望，凭着老师们认真传授和自己勤学苦练的本领，参加了全国数十万人的高考角逐，并取得了令人满意的成绩，顺利地进入了大学的学习与生活，直至走上社会后，历经风风雨雨，阅尽人间沧桑，最终成为一名作家。

五十多年后的今天，迎来了母校七十岁的华诞，怎不叫人兴奋而激动呢?!当接到鲜艳的大红请柬时，我就似乎听到了母亲亲切而慈祥的叮咛和呼唤，倍感温暖与舒心，以至于兴奋了好几个日夜。

于是，怀着对母校的感激与崇敬，我来到了毕业五十多年后的母校校园。

此时，披着节日盛装的母校，就像一个焕发了青春的慈母，张开了她那健硕有力的双臂，热情而温馨地拥抱我们这些来自全国各地的学子。

据说，为了搞好这次以“回顾光荣历史，展示丰硕成果，团结广大校友，凝聚建设力量，合力推进转型，实现科学发展”为宗旨的校庆，学校早就做了充分的准备。去年就开始了各项工作的酝酿与筹备，并得到信丰县委、县政府的重视，最终升格成为由县委、县政府主办，县教育局协办、学校承办的高规格的一次校庆活动。县委、县政府也为此动员了社会各界力量，大力支持和支援这次活动。除交通工具外，还包下了好几个大宾馆来接待八方来客、远方亲人。

为了联络感情，办好校庆，学校专门成立了校庆办公室，多次研究校庆事宜，并组织专门小组，分赴北京、上海、武汉、广州等全国各地，走访历届校友，表达母校的一往情深。一时，各地校友像游子见了家乡亲人一般，纷纷聚集，成立校友会。给母校献计献策，捐物捐款：有的捐赠仪器，有的捐赠衣物，有的捐赠书籍，有的捐赠款项。有的校友竟一次捐赠了二十多万元，以表达他对母校的深厚之情。

相逢的场景是令人动容的。

张灯结彩的校园内，报名处、接待处、联络处等各种机构早已设立。几支迎宾队伍排列有序，随处可见的志愿者和导游彬彬有礼，母校为迎接这次校庆和校友的到来，早做了精心的组织安排、人员培训和布置设计。一进大门，便给人一种宾至如归的感觉。

七十年的岁月，时间跨度很大，母校先后拥有成千名教职员工，培养了四万多名校友：有身居高位的省部级政要；有功勋卓著的科学专家；有著作等身的文化名人；有商海搏击的精英巨子；有一线奋斗的先进劳模……

今天，大家从全国各地来到母校的怀抱：有的白发苍苍，步履蹒跚；有的微胖发福，一脸风霜；有的青春洋溢，意气风发……

校园内，到处是人群，到处在拥抱，到处在握手，到处在寒暄，渲染出一派热烈、真情、友谊的气氛来。

一大群老校友在志愿者的引领下，在校园里轻松漫步，时而兴奋，时而惊奇，时而赞叹，时而大笑，真是感慨万千！这是他们被母校的巨大发展变化深深打动所表现出的种种情状。母校情，是人生感情中最深沉的情谊。

一辆轮椅缓缓地进入了人们的视野。轮椅上端坐着一位面容清癯的老人，他就是九十七岁的罗老师。罗老师在母校从教数十年，为学校奉献了大半辈子。如今老了，生活在千里之外的儿女处。听说母校校庆，不顾年迈力衰、行动不便，依然坚持要来。可见他对母校的感情之深。一大群老校友见了，立即围了上去，嘘寒问暖，敬佩有加：追忆当年的峥嵘岁月，感激之情溢于言表。师生情，是人生感情中最深厚的情谊。

一群年轻的校友相见了，他们拥抱、握手，又是跳又是笑，互相问候，互相探询，互相倾诉！同学情，是人生感情中最真挚的情谊。

我也怀着一颗感恩之心，在校园里观瞻。

我遇见了当年的班主任王老师，遇见了教体育的李老师、教音乐的杨老师、教美术的梅老师……我一一紧握着他们的手，诚挚地向他们问候、致意。见他们一个个已白发苍苍，老态龙钟，我也泪眼蒙眬，感慨良多：是他们教我们知识，教我们为人，引我们走上人生的正道；是他们呵护着校园，坚守着岗位，送走了一批批的校友；是他们给了我们温暖，给了我们爱，为我们奉献了青春！如今，他们衰老了，已进入了垂暮之年。但他们的人格力量和奉献精神，依然像烛光一样，闪耀着灼眼的光亮，照耀我人生的前行之路。

我见到了当年的同班同学老甘，他曾是鞍山钢铁集团公司的一名副厂长，不远千里回到母校。多年不见同班同学，双方内心都不禁一阵激动与狂喜。紧紧握手之后，即刻互相倾诉、互相问询起来。我们回忆了“恰同学少年”时的学习与生活，回忆了我们俩在一起畅谈理想、畅想未来的难忘时刻……谈不完的话语，叙不完的旧情，诉不完的衷肠！

隆重、热烈、盛大的校庆庆典大会开始了。

县市各级领导和来自全国各地的校友、各方前来祝贺的宾朋及本校的全体师生，共计八千多人，挤满了整个大会会场。但会场布置华美，布局合理，秩序井然，安排得当。足见母校为这次大会召开独运匠心，也足见母校对校友们的一片浓浓深情。

大会安排了有关人员的献词、致辞、致贺、表彰和讲话。

校友们听到母校肖校长在报告中提到，学校秉承“严教、勤学、团结、进取”的校训，倡导“尊师崇德、励学笃志、务实求真、自强不息”的校风，确立“为幸福人生奠定扎实基础，为文明社会培养优秀公民”的办学宗旨，提出以“创办优质品牌高中，办人民满意学校”为办学目标的理念。近年来，学校教育教学质量稳步提升，跻身全市一流行列。学校荣获首批国家级“绿色学校”“江西省教育先进单位”“江西省文明单位”“赣州市教育系统先进单位”等数十项荣誉称号。顿时，会场响起了校友和师生们阵阵热烈的掌声。大家都为母校荣获如此众多的殊荣而感到骄傲。

大会最后由市委常委、副市长陈晓春讲话。他高度评价了这次校庆的重要意义，肯定了学校七十年来所取得的重大成果，勉励师生们再接再厉，争取更大的进步！

接下来，丰富多彩的文艺节目，精彩动人，从形式到内容也都体现了母校的精心安排和充分准备。这是母校给校友们准备的一份精神大餐，表达了母校对校友们到来的一片深情。

下午开展了多项活动。我被邀请给学生们举行作文讲座。鉴于母校对我的培育之恩，鉴于大会给我的期盼与信任，鉴于师生们与我难以割舍的浓厚深情，我也就义不容辞地接受了这项任务，精神饱满地给他们认真地讲了一课。结果，获得了校友们的一致好评。

入夜，本是休息的时间。然而，好几个大酒店的校友们都不愿过早休息。他们都在互相串门。大家都想趁这宝贵的时间，纵情地交流与抒发相互之间的可贵深情……

载《赣南日报》2012年10月20日

乡 情

若不是眼前浮现出的一个个熟悉面容，耳边回响起的一声声亲切的乡音，我还真有点不敢相信已回到了阔别四十多年的第二故乡——半坑村。因为，事隔数十年后的变化实在太大了。除了山更绿了，水更清了，路更直了，更多的是房屋和人的巨大变化，简直让人不敢相信这是真的：原先破败烂漏的土坯房，变成了一栋栋的小康楼；原先坑坑洼洼的路面，如今干净整洁，村庄的面貌焕然一新；人也变了，小的变大了，大的变老了，老的去世了。最让我吃惊的是原大队书记牛拐子，当年还是个俊朗、结实的后生哥，现在也已是满头华发的中年人了。触目所见的一切，既让我感到新鲜，又让我感到吃惊，更唤起我当年的记忆来……

那是在全国轰轰烈烈的“上山下乡”运动期间，我作为一个国家干部，携家带口被下放到了这偏僻、遥远的小山村。

那天，从生产队来了好几个青壮汉子，带了扁担和绳索，帮我们挑家当回村。遗憾的是，在那个年代，所有家当也只不过是几只纸壳箱子。因此，他们轻轻松松就把整个家当挑回了村。

来到村里，天已傍黑，乡亲们早已给我们打扫好了房屋，准备好了必需的生活用品。好几个乡亲还当即送来了自己种的蔬菜和制作的杂粮食品，并一再叮嘱我们，缺什么东西尽管对他们说。一时间，屋里进进出出，人来人往，好不热闹。让人感觉到了人间的温暖和真情。

不久，生产队又给我们分了菜地，并指派人员给我们犁好、整好，让我们自己种菜。一时间，乡亲们又拿菜籽的拿菜籽，送秧苗的送秧苗，还手把手地教我们栽种。碰到技术性较高的农活，他们干脆就给我们包干了。

闲暇时间乡亲们带我们上山砍柴，手把手教我们怎样用刀，怎样使斧。他们亲手给我们破好捆柴的篾条，并告诉我们什么柴好烧，什么柴好砍。他们热心地给我们介绍说，铁杆柴、荆棘树、红心钻是上好的选材。这些柴既耐烧，火屎炭又好卖。挑柴回家时，翻山过岽，我们体力不支，他们还给我们分担重量。那次我跟老狗砍柴回来，他见我满头大汗，挑不动，一下分了我一大半的柴到他柴担里，顿让我感动得说不出话来。

记得初来那年蒸烫皮过年，那是一项技术活，也是我们第一次试做。没有把握。我们便想到了下屋的娘娘，她向来对我们很关照，于是想借用她家的大锅大灶蒸做，更多的是希望得到她的指导。然而，不巧的是，在这节骨眼儿上又适逢她的儿媳妇临盆待产，靠她一个人照料。本来她应守着儿媳妇寸步不离的，但是，她一直都在亲手帮我们蒸做，直到内屋传出婴孩哇哇的啼哭声时，她才离开灶台，洗手进屋去。

参加生产队里的劳动也是如此，村民们经常耐心细致地教我们，有时还亲自示范，一遍又一遍，使我们很快就掌握了一些基本的生产技能和技术。

最令我感动的，是临近年关的时候。

山村的年关是异常热闹的，家家都在赶制年货：打糍粑、炸油果，村子上空飘散着一片浓浓的油香味，家家户户厨房的灯光从黄昏直亮到深夜。

我们因是吃商品粮，又是白手起家，油盐柴米都要算着吃，自然没米没油去准备年货了。我和妻子只好熄灯而坐，闲聊家事。

我们聊了一会儿，打算洗漱就寝了。不想，就在我们准备起身时，突然，黑暗中有人推开了我们的房门。有个老乡装了满满一大盆子油果和糍粑给我们。他来得很急，走得也很仓促，一边走一边说锅里的油还热着，抽不开身。还没等我们回过神来，紧接着，第二家、第三家、第四家……大家好像原来就说好了似的，你走他来，穿梭一般，络绎不绝。有的提篮，有的拿勺，有的用桶，有的端钵……不一会儿，我们就装了满满一大箩筐的油果和糍粑。这样，我们虽没有炸油果却像炸了一样。

面对这满满的一大箩筐油果和糍粑，面对乡亲们的盛情，我仿佛回到了自己的家一般，感到特别的温馨与温暖！此种感受，一直深深地烙印在我的心间，不敢忘怀。直至数十年后，我总觉得必须有所感恩。于是，便择了个假日，在当年的大队书记牛拐子的陪同下，带了当年在村里出生的女儿和女婿一行，一起回去看望当年的乡亲们。

今天，终于如愿以偿了。带点什么去看望这些昔日的乡亲们呢？糖果和饼干自然是最好的表达心意的东西。因为，我们感激的并不是少数几个要好的乡亲，而是整个村庄的所有乡亲们。因为他们当初都曾给过我们帮助和温暖。于是，全村二十几户人家，逐家逐户，都由女儿派送一包糖果和饼干，聊表心意，俗话说“礼轻情意重”。乡亲们听说我们来了，也都一个个走出家门来笑脸相迎，争相把我们往他们家里拉。

二英与东北佬夫妇，是我们离村时一对年轻的新婚夫妇，如今已是儿孙满堂、头上染霜的中年人了。他们家的新房就在村口，我们抬脚便来到了他们家。二英热情地拿出花生、瓜子、烫皮等土产果点来招待我们，摆了满满的一桌。紧接着，房前屋后的木匠嫂、春姣妹、老狗、老眯眼等乡邻也都笑着端来了自家的果盘，有的还提来了酒。桌子上放都放不下，只得摆上了另桌。我们一再感谢他们的热情招待，他们笑着说，这几年农村形势好多了，家家日子都好过了，不要说你们这些老乡亲回来了，算是村里的稀客，就是一般的过路客来了，我们也能有东西拿出来招待了。

在二英家还未坐多久，王雪姣家又来喊了。于是，我们一行又只好来到王雪姣家。

王雪姣与我的妻子同姓，当年我们进村时，她便亲昵地称我的妻子为“姨娘”，一下子把关系拉得非常亲近，让人感到心头热乎乎的。那时，她的丈夫桂生牛是生产队的记分员，也是生产队里的一把好手。夫妻俩把一个家拾掇得顺顺当当的。现在，儿女都大了，家中盖起了小康楼，样式还跟城里的一样新颖、别致。她从螺旋梯的楼上拿来烫皮、花生、果品等，又热情地给我们倒水递茶，嘘寒问暖，非常热情。我们笑谈了好一阵子，正当兴浓之时，牛拐子书记看看天色不早了，催促我们起身去他家吃午饭。听说我们马上要走，眼看留不住，王雪姣又赶忙用塑料袋装了满满一袋花生、烫皮等食品让我们带回去。刚刚走出门，这边，二英又急匆匆提了一袋烫皮、花生，赶来送我们，盛情难却，我们只得收下了。

在大队书记牛拐子的家中，我们看到了一个富裕起来的新型农民家庭的生活。漂亮、别致的小康楼里，彩电、冰箱、空调、沙发、抽水马桶等设施一应俱全，装饰与摆设都跟城里人家的一模一样，毫无二致。

牛拐子书记告诉我，他家除了其他收入外，还办了一个脐橙果园，一年收入几十万，因此盖了房还买了车，日子过得挺滋润的。他还告诉我，当他听说我要来时，还特地请了一个厨师来家中做菜。足见其热情程度。

在牛拐子书记家里，我们见到了他的妻子宗英。当年我们进村时，他们还刚好新婚宴尔。如今已是儿孙满堂、合家幸福、其乐融融了。

既然特意请了厨师，菜肴肯定非常丰盛。果真，吃饭的时候，盆盆钵钵摆了满满一桌。我知道，这固然是农村富裕了，家底殷实的表现，但更多的是一种乡情，一种对我们浓浓的乡情蜜意！

自然，对牛拐子书记一家的盛情接待，我们也不能无动于衷，便将我们带来的好酒与糖果、饼干一起送给他们。

在觥筹交错中，我们一再向牛拐子书记表达对他及半坑村乡亲们的深沉谢意，感谢他们在那六年中给我们的关照与温暖。牛拐子书记也代表乡亲们向我们一家表示了祝福与祝愿，并一再叮嘱我们，只要有时间，就要多回“家”看看。我们也欣然点头答应了。

宴席在欢声笑语中进行，大家频频举杯，相互祝愿，表达出一种浓浓的乡情！

载《赣南日报》2015 年 10 月 15 日

高高的画眉跳架

画眉跳架是一座大山，是我下放所在地信丰大塘黄陂村的一座大山。

它，坐落在黄陂坑的中段，像一尊威严的守护神，静静地守护着黄陂坑这个长长的山坑；它又像一位慈祥的老者，呵护着散落在它膝下的大小村寨。为什么称其为画眉跳架呢？我没有深究，想来也许是山高的缘故吧。据说，它是从信丰城直至龙南这一长长地段的制高点。天高云淡时，站在山顶还隐约能看见信丰城的大圣寺塔呢。

我第一次听到它的名字，恰是来到黄陂坑的当天晚上。这天，大塘圩散圩后，我携家带口，与帮我挑行李的老乡们一起来到了下放地黄陂村。当晚，就在生产队胡队长家吃饭。碰巧，一起吃饭的还有几个解放军的测绘官兵。席间，胡队长指着窗外高高的大山问官兵们，今天是否到了山顶的画眉跳架，其中有战士回答说上去了。胡队长问是从哪条山路上去的，战士回答说是从兔子望月上去的。胡队长说，这是一条最偏僻荒芜的小路，平日人们不知道，只有像他这样打猎的猎人才知道。从此，画眉跳架便带着神秘莫测的色彩印在了我的脑海里。

第二天一早，我在屋外洗漱。抬眼望去，果见画眉跳架像一道绿色的屏障一样，莽莽苍苍，横亘在人们的眼前。山梁道道，沟壑深深，似乎蕴藏着万千奥秘，确实有点神秘莫测的感觉。加上当天雾气重，画眉跳架在云雾中半遮半掩，时隐时现，更增添了几分神秘色彩。

家安顿好后，我又陆续听说了有关画眉跳架的一些故事。据说，画眉跳架原是一片原始森林，生活着许多稀有的飞禽走兽，诸如豹子、山牛、野猪、麂子、马鹿、白鹇等等；生长着许多珍贵树木，诸如红豆杉、楠木、水杉、栎木樟、栗树等等。可以说它是一个大聚宝盆，是乡亲们衣食住行赖以生存的大仓库。我一来就听说过乡亲们口中流传的一句口头禅："一天不上山，就没有家中这三餐。"因此，每天都有络绎不绝的乡亲们，在它的怀抱里进进出出，来来往往。春天，人们到它这里拾菇掰笋；夏天，人们到它这里割草伐薪；秋天，人们到它这里摘果采蜜；冬天，人们到它这里烧炭取料……

画眉跳架像一位厚道的老人，敞开胸怀，慈爱而大度地接纳了他们，并向他们奉献出一切。

来来往往、进进出出的人多了，碰到的奇闻逸事也就更多了。

老屋下村的石林扛了铳进山打野鸡，走到山下时，只见从山上径直冲下一只惊慌失措的水鹿来。按常理，水鹿见人后应逃之不迭。然而，这只水鹿却打着哆嗦直往他胯下钻，好像向他求救似的。他起了怜悯之心，抬头一看，只见两只豺狗躲在不远的树丛中露出凶恶的目光。石林立刻明白了是怎么一回事。当即举铳"呯"的一声，向两只豺狗放了一铳。声音奇响，山鸣谷应。想不到随着声音，"唰"的一声，躲藏在各处的二三十只豺狗，一阵风似的向山顶上跑去了。

山下村的丁明，一早将自家的老水牛赶进山壑吃草。山里人习惯利用山里封闭安全的地理条件，早上把牛赶进山壑吃草，傍晚再去牵回来。当天下午，他便去山壑里找自家的老水牛。他习惯性地"哞——""哞——"地叫了几声。远处灌木丛中枝动叶摇，他以为是自家的老水牛回来了，忙走了过去。然而，意想不到的是，从树丛中钻出来的不是他家的老水牛，而是一条像水桶一般粗的大蟒蛇！吓得他魂飞魄散，落荒而逃。

半坑村财英嫂的家就在画眉跳架山下。一天傍晚，她收工回来后正在大厅里吃饭。吃得正香时，猛见从大门外进来一个什么东西。她诧异地凑前一看，原来是一只小山麂子正一瘸一拐地向她走来。她仔细地察看了小山麂的腿，只见其中的一条腿流着鲜血，伤得不轻，估摸是跌伤的。财英嫂见了，赶紧找来草药、纱布，给它包扎好，并留它在家养伤，直至伤好后，才把它放回了画眉跳架……

发生在画眉跳架山中的故事还有很多很多。我来到黄陂村接受贫下中农再教育的第一节课——砍柴，也是在它这里开始的。老表们耐心地教我怎么识别树种，怎么选择柴料，怎么使刀弄斧，怎么捆扎柴草……他们边讲边手把手地教我，直到我学会为止。我真切地感受到了老表们的真诚与淳朴。

画眉跳架山脚坡地有几块油茶林地，这是老表们赖以生存的油料“仓库”。这也是画眉跳架大山奉献给人们的玉液琼浆。每当油茶成熟的季节，老表们都带着背篓、荷担，成群结队，热热闹闹地来到这油茶林里，边摘油茶，边唱歌说笑。我在这油茶林里，又一次感受到了老表们的真情与热忱。就在大家摘油茶摘得起劲儿时，忽然，喜欢唱山歌的春姣唱开了：

哎呀嘞——
天空放晴有祥云。
喜鹊登枝报喜讯，
今天来了下放人，
等于队里又添亲！

春姣刚唱完，想不到秋姣又接着唱道：

下放同志莫客气，
我们都像亲兄弟，
若有不便哇一声，
大家都会来帮你！

听了她们的山歌，我与妻子都顿觉心里热乎乎的，似乎有一股暖流涌遍全身。我们深深为老表们的热忱和真情所感动！虽然来到这异乡，却没有一点为异客的感觉，倒像回到了自己的家一样。特别是刚来那两天，我们只有几个破纸壳箱，不像个家，物资奇缺。结果，这家送菜，那家送物，让我们的“家”一下子就有了个家的样子。

采完油茶打完油后，家家都分到了油，于是老表们又都欢欢喜喜地炸起了油果。看见我们食油不多，没炸油果，老表们便一家一家，络绎不绝，提篮端盆，往我们家送油果。结果，送了满满一桶油果，充分体现了老表们的淳朴、热情、大方！

往后，在老表们的带领与指教下，我又到画眉跳架山里掰过竹笋，捡过松菇，挖过草药，摘过拿果，敲过油桐，扎过竹扫，烧过火屎炭……

在山中，最有趣的还是烧火屎炭。这是种又累又脏又有趣的活儿：先要在山上砍好木柴，挖好深坑。等一切准备就绪后，用茅草、干柴做火引，将木柴架在深坑里烧。等烧到一定火候时，再把细泥盖上去，让木柴憋成火屎炭。这种火屎炭就是街上铁器店里打制铁器最受欢迎的东西，所以卖价很好，老表们都很喜欢烧，能为家里增加点收入，改善生活。他们也常带我去实践与体验，并耐心地帮我教我，让我懂得了许多。

在农村的四五年来，我像老表们一样，基本上天天要进画眉跳架的大山里采撷与索取。我们在它的襟怀里追追打打、戏耍笑闹。画眉跳架像一位宽厚、仁慈的长者，给予我们很多很多，以至于离开它数十年后，我一直还会惦念它、想起它。与此同时，我也会想起这些热情、大方、宽厚的老表们来。他们也给予了我们好多好多。想着想着，蓦然，我觉得老表们就像画眉跳架这座巍峨的大山，他们无私、仁厚、大度、淳朴、善良，有着崇高的德行，有着大山一样的精神高地！我爱大山，更爱这里的老表们！

最近，听说已建起了一栋栋小康楼的老表们，生活大大改善，他们寄信要我回去看看。我也决定择日去看看他们，也看看这高高的画眉跳架！

载《赣南日报》2016年4月30日

荒坡，那片绿色的丰碑

这里，原本是一片起起伏伏的荒坡野地，人称“江南小戈壁”的信丰县同益乡（今嘉定镇）水南村的荒野。抬眼望去，这些起起伏伏的坡坡岭岭上，寸草不生，乱石遍地，满目疮痍，一片荒凉。早有民谣形容这里恶劣的自然环境：

天晴石如星，
下雨水四流。
老鼠不愿去，
蚂蚁不愿留！

因此，人们都厌恶这里，鄙弃这里，甚至诅咒这里，把这里看成是死亡谷地。更有甚者，有的好事者还编些离奇、恐怖的故事吓唬一些胆小的大人和孩子。所以，平日里，人们都很少去光顾这些地方，有事路过也总是绕道而走。

然而，据老一辈的人说，这里原先也并不是这样一般荒凉的光景。在好些年前，这里也曾是山清水秀、鸟语花香、土地肥沃、花草丰茂的地方。人们在这里放牧，在这里耕种，在这里游玩。

后来，不知从什么时候起，人们开始砍伐坡上的树木，败坏坡壑的花草，挖掘坡下的沃土。渐渐地，坡上的流水少了，坡下的土地也干了；渐渐地，坡上的石头多了，坡下的土地荒芜了……最后，成了光秃秃的寸草不生、雨水四流、石头如星的戈壁之地。

从此，再也听不见悦耳的鸟鸣，再也闻不到沁脾的花香，再也看不见涌浪的稻菽……

就这样，时光荏苒，日复一日，年复一年，这片原本水草肥美之地，变成了一片被人们遗弃的江南戈壁……

终于，时间到了20世纪90年代。

一天，有一个敦厚、壮实的中年汉子来到了这里。他站在满目疮痍之地的高处，抬眼巡视了周围一番，心头涌动起了一种异样复杂、激越的感情，心情久久不能平静。他不禁暗自想道：多好的一片土地啊！连连绵不绝，多姿多彩，原来也该富有灵性，为人类孕育过多少植物的生命，滋养过多少牲灵，做出过巨大的贡献。结果，被岁月的凄风苦雨摧残、糟蹋得不成样子，已经失去了生命的活力和特有的灵性，变得死寂一般了。这是在作孽啊，这是对上苍的不尊，这是对大自然的亵渎，这是对生灵的践踏，这是对子孙后代的失责！我们必须用人性的温情去重新唤醒它！让它“凤凰涅槃”“浴火重生”，重新焕发出青春的光彩，重新显现出土地的特有灵性，重新激活它孕育和催生花果草木的特有活力！

于是，他毅然决然地分别于1990年和1994年先后与当年的同益乡政府签订了承包这片近七十公顷的荒山戈壁的合同。采取以种植脐橙为主，种植桃、梅、李、果为辅的方略，试图唤醒这片土地的生命力，激活它的灵性，让它扬起绿色的生命风帆。

然而，与世界上任何一件事情的发展过程一样，开初都并不是一帆风顺的。坎坷艰辛、困难挫折总是事物成功前的序幕。同样，他虽然有过种田耕地、打工烧窑、开车运输和当生产队干部的丰富历练，是一个硬铮铮的铁汉子，也是一个通过烧窑首先富起来的人物，但当一个个挫折和困难接踵而来时，他也差一点被击倒。

首先，碰到的是开挖和整地的艰辛。

经过几代或十几代水土流失的土地，表面松软的腐殖质土层早已冲刷殆尽。剩下的是坚硬如铁的岩质土层，铁镐挖下去，也只能凿开一点凹陷的印痕，溅起星星点点泥土。更何况漫山遍野的鹅卵碎石，如繁星密布，铺天盖地，每下一镐，都能碰撞得火花四溅，震得握镐的手发酸发麻。可想而知，其工程进度和难度是何等的艰辛！最终，经过一百多个民工几个月风里来雨里去的艰苦努力，才终于开挖出了近七十公顷的一片果业基地。当一条条按严格规格开挖出的标准沟渠呈现在他眼前时，他才深深地嘘了口气，似乎已经看到了荒地开始起死回生，一条条沟渠就是一条条脉管，土地开始有了一丝丝微微跳动的脉搏……

接下来是种植果苗，给这片荒坡植肌换扶，唤醒这片土地的生机。

然而，就是这个过程，也充满陷阱和杀机，让他备受煎熬，焦头烂额，受伤不轻。

当年，他从银行贷款几十万元，从龙南换来几百车谷糠，从大余拉来几十车鸭片管；从南康、安远等地买来几十吨麸饼做底肥和基肥；又到县果茶站买来几万株苗木，制作营养袋。然后，率领全家老小及部分民工，像呵护襁褓中的婴儿一样，呵护着这些苗木营养袋。不时去看看，甚至晚上也要披衣起来去瞅瞅，关心备至，时刻牵挂。

定植的时机到了。几十公顷的土地，几万株果苗，要同时一株一株、一穴一穴、一行一行地种植下去，其费时费工费力，是可想而知的。于是，日干夜干，加班加点，便成了他们的“家常便饭”。

然而，偏偏这时天公又不作美，一连数十天干旱无雨，骄阳似火，大地被炙烤得龟裂冒烟，苗木无水，将无法存活，怎么办?

挑！到一千米外的山塘水库去挑水！——他暗下决心道。于是，一场忙忙碌碌、肩挑手提、车拉牛驮运水的序幕又拉开了。

他亲自率领妻子儿女、场里民工开始了日夜奋战！这样来来去去，在崎岖的山路上奔忙了数十天。数十天下来，他们一个个黑瘦不堪，腰酸腿疼，肩破脚瘸，疲惫至极。最终，把这几万株果苗种植了下去，并让它们都扬起了绿色的生命之旗!

然而，俗话说“天灾人祸”，天灾，往往是伴着人祸来的。他的命运也是一样，没有逃脱这一窠臼和覆辙。

就在苗木定植不久，长势喜人、气势壮观时，另一场潜藏的危机又悄悄地向他袭来了。

一些人看见荒坡上出现了如此规模宏大的果园，出现了如此壮阔的情景，嫉妒的心理促使他们散布流言，说他挖去了他们家的“龙脉”；他的果园吸去了他们家的“财气”……于是，一夜之间，将他的一大片苗木拔了个干干净净。

天哪，这是怎么一回事啊?！这无异于雪上加霜！刚刚经过干旱天灾的他，此刻又面临着人为的祸水！他的心感到了一阵阵的刺痛！

他痛苦而又彷徨：人啊，怎么能够这样?！怎么能够糟蹋土地，亵渎大自然，践踏生灵呢？他百思不得其解。思来想去，最终觉得心病还得心药医，还得自己亲自登门，一村一村、一家一户、一个一个，前去做解释说服工作，表明自己的态度：自己富了，一定会带领他们一起致富，改造这些穷山恶水，保护好土地，为子孙后代造福。如果一次不行就两次，两次不行就三次，直至工作做到家。

就这样，他走村串户，不辞劳苦地东奔西跑。精诚所至，金石为开，最终，附近的村民们在他反反复复的劝说下，终于消除了对立情绪，愿与他一起改造荒山野地，共同致富。

然而，一波未平，一波又起。

就在他刚刚做好附近落后村民的思想工作不久，洒尽全家汗水，熬过数载冬春，终于迎来了关键的第三年。这一年是试果期，如果试果期的收成良好，将会获得大丰收。于是，一家人天天想，日日盼，几乎是望眼欲穿。盼了好几十天，终究还是没见枝头长出几只果来。他百思不得其解，请来专家一看，结果人家回答所买的苗木全是假的（假接穗）。这简直就是晴天霹雳。他平日只听说过有假烟假酒，根本没想到栽种的苗木也有假的！沉重的打击几乎让他病倒。幸好，多年丰富的历练，培养出了他坚定、坚强的性格。他没有气馁，也没有消沉，当机立断，请来专家，到县脐橙场买来接穗，采取高接换种的办法，又将接穗逐株种上。这样折腾一番，既费时又耗力，还损失一百多万元。

接下来，他的果园还经历了红蜘蛛等种种病虫害的袭扰，他日夜煎熬，处理了一波又一波的危机。最终，这些困难都被他一一地克服和战胜了。

俗话说，阳光总在风雨后。数年后，他的果园获得了一次又一次的大丰收。他成了远近闻名的果业大户，骄人的成就渐渐惊动了全国。他决心再扩大三百多公顷的种植面积，与附近村民一道，将远近的荒坡野地都改变成沃土良地，都变成花草果园。

然而，就在他准备大显身手、再大干一场的时候，也许，过度的辛劳透支了他的健康。他积劳成疾，身染沉疴，一病不起，最终在果园丰收的岁月里，离开了人世。离开了他洒尽汗水经营的瓜果飘香、蜂飞蝶舞的果园，永远地走了。

虽然他已经走了，但人们永远记得他的名字，他就是信丰县有名的“脐橙大王”——施崇友。

斯人已逝，绿色长存。

这片大地，又重新获得了生命，又有了盎然的生机！

虽然他已经走了，但他却留下了一个绿色的世界，千千万万棵果树就是他的丰碑；虽然他已经走了，但他唤回了这片土地的生命，每一棵绿树都是他生命的延续！

清风徐来，每一片绿叶在飒飒作响，那是大地生命的律动；姹紫嫣红的季节，万千硕果在枝头摇曳生姿，那是大地唤回了孕育生命的活力；无边的绿色滚滚翻涌，那是大地蕴藏的巨大而特有的灵性！

但愿人们永远尊重大地的灵性！

但愿人性与大地的灵性息息相通！

载《赣南日报》2016 年 6 月 6 日

铁蹄·惊魂

——记我幼年的一段经历

1945年，是抗日战争关键性的一年，也是日本侵略者垂死挣扎的一年。这一年，我年仅三岁。

一天早上，人们正忙于做早饭。忽然，听见远处传来“叭！叭！”两声枪响。在这兵荒马乱的年代，家中的大门向来开得迟，关得早。人们忙用梯子搭在围墙上，看外面究竟发生了什么事情。

房屋外面，是一个大草坪，草坪的前方是一条弯弯曲曲的大河，大河前方是一条直通县城的大路。站在楼梯上，人们看见从县城方向来的路上，密密麻麻地疾跑着一支队伍。

“日本人来了！日本人来了！”年龄稍大的堂兄边看边惶恐地嚷嚷道，“哟，像蚂蚁连线一样！像蚂蚁连线啊！”

他这一嚷，家里的大人们顿时乱了手脚，翻箱倒柜，捡拾东西，准备逃命。父亲远在他乡教书，不在家中。母亲正在做饭，听说日本人来了，也顾不了蒸饭，捏了几个饭团，回身从衣橱里拿了几件衣服和一些值钱的东西，用装米的叉口袋装了，不由分说，拉了姐姐和我就匆匆往上屋走去。

上屋里，有我至亲的叔伯们，人员较多，更有主见。上屋也更大，是我们家的老屋，这里有好些厢房和厅堂，还有菜园和厩园。厩园是园中园，原是用来围囚牲畜的，多年废弃，早已草木丛生。

母亲拉着我和姐姐来到上屋，上屋早已挤满了叔伯兄弟和堂嫂姑姨，大家急得像热锅上的蚂蚁，团团乱转。此时，只有二伯母还在赶织布匹，准备下架，因为一匹布就是她一家的口粮啊。她想织完最后几寸布，下架后再去躲藏，二伯母因为有二大伯在身边陪着壮胆，才壮着胆子在抢织。二大伯是个莽汉，当过乡丁，做过屠夫，打过长工，有点憨胆。他站在二伯母旁边，想等二伯母织完这匹布一起走。

然而，正在这时，大门外巷子里的卵石路上，响起了铿锵的马靴声。随即，进来一个高大粗壮的日本鬼子。

人们瞥见日本人进来，大惊失色，四散躲避。年仅三岁的我，不知害怕，从后门溜出去偷偷察看。

这时，只见粗壮的日本鬼子哇啦哇啦地向二大伯比画着，要什么东西。不知是刚才泅河时湿透了衣裳，还是日本人习惯了传统的相扑装束，这个日本鬼子也没有穿衣服，只是在裆下兜了一块大白布，裆间捆绑得比较严实罢了。

母亲发现我走散了，赶紧从后门来找我。见我在偷窥日本鬼子对二大伯讲话时，吓得不行，赶紧拽过我躲了起来。一边躲她还一边将两块银圆塞在我的烂裤筒里。按她的想法，坏人见了衣衫褴褛的人更不会逞凶。想不到烂裤筒褴褛，银圆一不小心便“咣当”一声掉在了石阶上。这下，更把母亲吓坏了，她颤抖着把我用力拉到暗角里去，等待日本鬼子与二大伯交谈的结果。

日本兵哇啦哇啦地向二大伯讲了一通后，见二大伯似懂非懂。急了，又用手指蘸着水在台面上写了些什么，写完后冲着二大伯瞪了一眼，板着面孔走了。

等日本兵一走，二大伯赶紧到后厅告诉大家说，你们得赶紧躲藏起来或设法逃走。日本人要我今天晚上交出二十个女人、十几只鸡、几头猪、几担米来，不然，就要放火烧房子、杀人。

大家听了，慌得不得了，但一时半会儿，不明情况，又不知往哪里逃好。最后，大家商定暂时躲藏到菜园里面的厩园去，那里草木繁茂，一时半会儿敌人也找不着。等中午敌人休息时，再设法逃出去。于是，大家便偷偷来到厩园中藏好。

厩园荒芜多年，草木茂盛，荆棘丛生，大家伏在其中，蚊叮虫咬，全然不顾。其间，有带着婴孩的，只要稍有声音，便会受到大家的呵斥与责备，因此，大家都显得格外的小心谨慎。当母亲的，死死用乳头堵塞住婴孩的嘴巴，免得发出些许声响。

大家匍匐在杂草丛中，不时能听见厩园外的菜园边上有沉重的靴子碰撞鹅卵石发出“咣咣咣”的响声。大家知道，这是日本鬼子打这里经过的脚步声，于是一个个都屏息静气，不敢发出半点声响。

好不容易挨到中午，外边杂沓的脚步声少了，大家忖度日本鬼子大概累了，休息了，于是，便惊惶地从厩园里一窝蜂似的冲了出来，狼奔豕突地四处逃散。

母亲背着叉口袋，牵着姐姐和我，飞快地朝她山口的娘家走去。幸好，中午时分，想必日本兵确实已睡下休息，路上几乎没有行人，我们好不容易东拐西躲，来到母亲娘家。然而，母亲娘家早已人去屋空，周围死一般的寂静。我们不敢停留，母亲又背着叉口袋牵着姐姐和我继续往山里走去。

天黑的时候，我们终于来到一户人家，这家也只留下一个又驼又聋的老婆婆，年轻人早已跑光了。我们比画着向老婆婆表达了又累又饿，想弄点吃的，借宿一晚的意思。老婆婆最终弄懂了，给了我们一钵红薯，安排我们在牛栏板上睡了一晚。

第二天一早，我们又急急赶路。在大路上，遇到了从圩镇上惊逃而来的大量百姓。他们传说日本鬼子在圩镇上开始了奸淫掳掠，他们是趁乱逃出来的。我们夹杂在人流里面跌跌撞撞向前走去，不久，便来到一条大河旁。此时，正值汛期，河水猛涨，滚滚滔滔的洪水像千万匹猛兽咆哮着疾进。

河中，只有用两根小杉木拼凑起来的三截木桥，宽如两个巴掌大小，这是南方乡下典型的简易小木桥。人们都拥挤着争相过去，河中还有只小渡船，人也挤得满满的。大家都争先恐后地想早点渡过河去，担心后边的日本兵追过来。

母亲把叉口袋放在桥头，让我坐在上面，她牵着姐姐的手一步一步、颤颤巍巍、小心翼翼地踏桥而去。桥上人来人往，蹒行如蚁，不时有人不小心掉下河去，但人们自顾不暇，无人理会。渡船上也因挤的人太多，不时有人掉入水中，但也没有人大惊小怪，人们只是一个劲儿地抢着过河、过河……

母亲牵着姐姐过了河之后，在远远的河对岸桥头，面对着拥挤不堪的小桥，她再不敢回身接我了。一直在那里徘徊，犹豫不决。我见后，幼小的心里似乎也懂得害怕，不由得大声地哭喊起来。然而，在这人心惶惶、争相逃命的时刻，又有谁来理会你呢？只能任我一个人在桥头旁撕心裂肺地哭喊了。正在这时，又猛听到“砰！砰！”两声震耳欲聋的大炮声响，犹如晴空霹雳，震得大地颤抖。想是不远处的公路上日本兵正在开炮，炮声如此剧烈，如此沉闷，听来似乎就在附近。顿时，人们更加慌了，桥上有人当即被吓得腿软，“扑通、扑通”掉下水去了；拥挤在小渡船上的人也有几个被吓得掉下河去。滚滚滔滔的混浊江水，迅即将落水的人群吞噬得无影无踪。人们顾不得施救，也顾不得问津，甚至连看一眼的时间也没有，各顾各地在争相逃命。

面对这一情况，眼看着在对岸的母亲一筹莫展，像热锅上的蚂蚁，我似乎感到了绝望，孤零零的一个人哭得更加悲戚了。

蒙眬中，忽然看见母亲在跟一个壮汉比画着什么，哀求着什么。壮汉点了点头，扛着一根扁担，挑着一对绳套，一步一步地踏着木桥，与过往的行人拥抱似的擦肩而过，向我这边走了过来。好不容易来到我身边，他把我连同叉口袋一起用绳套套好，再返身随着人流一步一步地走过桥去，把我交到母亲身边。母亲含着泪拿了几块银圆，对壮汉千恩万谢。壮汉没有接，只憨厚地点了点头，谢绝了母亲后离开了。后来据母亲说，壮汉姓雷，是这一带的打鱼捕兽之人，常年在河边来往，过桥涉水非常利索。母亲的母亲——外婆，也姓雷，是这一带人，母亲是以沾亲带故的由头央求壮汉营救我的。

过河后，我们随着失魂落魄的人流向大山里逃去。事后，听人说，我们过河不久，日本兵就来到了河边，听说还杀了好些人。我想，如果不是碰到这位大胆的壮汉，我也就成了日本兵枪刺尖上的玩物了。

我们在大山里躲了好些日子后，才回到圩镇旁的老家。相隔才十数日，老家已满目疮痍。到处是死狗烂猫的皮毛、头颅，垃圾遍地，苍蝇乱飞。家中的锅碗瓢盆被砸得稀巴烂，家中的醋坛与酒罐被拉了许多屎尿。父亲的书房也被当成了马厩，书籍被当成草垫铺满一地，马粪成堆，臭气熏天。整个村庄死一般的寂静，呈现出一片破败荒凉的景象。

这段遭遇和记忆，一直镌刻在我幼小的心灵里，成为我人生中一段抹不去的阴影；自此，我幼小的心灵里也开始滋生出强烈的爱国热情，滋生出一股痛恨日本侵略者的愤懑情绪。

载《赣南日报》2015年8月19日

远去的乡渡

赣南地形复杂多样，属丘陵地带，俗有“八山半水一分田，半分道路和庄园”之称。由于地形复杂，形成河流众多、溪沟遍布的状况。有道是“一江十数渡”，由于河流众多，渡口也相应较多，几乎遍布了赣南各地。在这些众多的渡口上，大都沿袭着古老而传统的渡河方式：用简易的木船作为运载器具，用竹篙和木桨作为驱动工具，靠人力一篙一桨地来回运载。这种原始而古老的运载方式，既费时又费力，而且存在很大的隐患和风险。每逢洪水暴涨泛滥之时，就有舟倾人翻之险，酿造出许多悲惨的事故来。后来虽然有了机帆船渡运，但依然艰难费时。然而，纵然是这样，在经济困顿的年月，人们也很难逃离与回避这种艰难与风险，很难摆脱与舍弃对这种落后交通工具的依赖。因此，每当赶集、进城或圩日，你若坐上直升机在赣南的乡村各地巡视，定能发现，在许许多多的渡口，人们都成群结队地聚集与滞阻在那里，焦急难耐地在等待这样的乡渡。

正因了这种乡渡的广泛与普遍，已在一些地域逐渐演绎成了文化：渡口路、渡江亭、渡江乡、渡口街等因这种乡渡应运而生的名称，也就不胜枚举。据说，赣县王母渡称谓的由来，就是因为在很久很久以前，在王母渡这个地方，经常有很多人聚集在这里待渡。他们在渡口边经受着漫长的等待，有一个姓王的老婆婆，见大家久等疲乏，烈日之下焦渴难耐，便在此地摆摊卖茶，兼营小吃。久而久之，人们便称此地为王母渡了。可见，这种乡渡，作为一种交通现象，作为一种历史见证，承载着繁荣经济、流通商品的作用。

然而，这种古老落后的运载方式，也具有较大的局限和弊端，一定程度地影响和阻滞了人际的交往和经济的繁荣。林林总总的艰难情状，历历在目，难以从自己的印象中抹去。

幼时的家乡就在一个渡口旁。这是赣南一个比较大的集镇，地处交通枢纽上，几条大路在这里交会。汩汩奔涌的犹江恰好将公路拦腰切断。来往车辆都要靠特制的渡船运载。每当这时，车辆都要小心翼翼地驶到船上，然后十几个精壮的汉子，手握撑篙，将载着笨重车辆的渡船慢慢朝对岸撑去。由于负载过重，渡船行进缓慢，犹如蜗行。十几个精壮汉子，一个个青筋暴起，憋足了劲儿，涨红了脸，咬着牙，将渡船一步步往前推进。有时，为了聚集力量，形成合力，他们会用撑篙顶着自己的胸肩，喊起粗重的号子，“吭唷吭唷”地往一处使劲儿。激越时，号子声震云天，情动两岸。岸边的人们都在暗暗为他们鼓劲儿、呐喊。载着车辆的渡船，终于在他们的艰难努力下驶到了对岸。据说，由于天长日久，这些精壮的汉子们一个个胸肩上都有碗口大的印痕！

据史料记载，当年于都河边的于都县城也是靠渡船来运载的。可想而知，当年人们要往来县城有多么的不便！每天肯定都有大批大批的人群，聚集在两岸的渡口焦急地待渡。当年红军长征时，为了克服渡船运载的困难，连夜在河上抢修了六七座临时的浮桥，过了几天几夜，人马才终于过完……

时光荏苒，星移斗转，时代在进步。这种既费时又费力的乡渡，虽然也对商品的流通、经济的繁荣起过一定的作用，但毕竟古老而落后，原始而沉重。与经济腾飞、快速发展的社会已不相称。随着社会经济的发展，随着市场经济的繁荣，随着国力的壮大与增强，随着科学技术的改革与创新，人们逐步用桥梁取代和置换了它的功用。一时间，在广大的城市和乡村，人们建起了一座座宏伟宽阔的大桥。特别是改革开放后，城乡面貌发生了日新月异的巨大变化，城市面积不断扩大，城市建筑越来越雄伟，城市桥梁也越建越多，造型也越来越新颖别致，像一道道彩虹，飞跨在一条条江河之上。作为中心城区的赣州市区，已由原来的一两座桥，发展成了现在拥有的七八座大桥。每座大桥都雄伟壮观，造型独特。当年的渡口，已不再是人群滞阻、翘首待渡的地方了，早已“一桥飞架南北，天堑变通途”了。只留下渡口路的名称，作为历史遗存，留在了人们的记忆里。当年只靠渡船运载，一夜之间架起六七座浮桥的于都县，在送走红军后的今天，也已建造起了七八座大桥，座座宽阔宏伟，车辆往来穿梭，人流上上下下，再也不见渡口人群云集的景象了。家乡的精壮汉子们，再也不需要艰难地为沉重的车辆摆渡了。一条宽大、结实的钢筋水泥桥飞跨犹江，任行人过往，任车辆飞驰。广大农村，通过经济体制改革，特别是在新农村建设热潮的推动下，出现了村村通公路、处处架桥梁的喜人景象。当年的王母渡口，早已是大桥飞跨、人来人往、车辆飞驰的地方了。姓王的老婆婆当年只身摆摊卖茶的地方，现今已商贾云集，人头攒动，成了一个热闹繁华的圩镇了。只留下一个人们待渡的故事，流传在民间的传说中。

乡渡，作为一种古老的交通运载，它逐渐淡出了历史舞台，渐渐远去了，就像一个年迈力衰的老者，要逐渐隐退一样；作为一段历史的见证，它记录了社会迟缓发展的步伐，它必将被新时代先进的交通工具所取代。这是时代的变迁，也是社会的发展。新时代的桥梁运输，将接替它书写更加辉煌壮丽的社会新篇章！

载《赣南日报》2月24日

一条大河

一条大河波浪宽，
风吹稻花香两岸，
我家就在岸上住，
听惯了艄公的号子，
看惯了船上的白帆。
……

每当我听到这悦耳、动听的歌声，不禁感情激越，心潮澎湃，勾起我对家乡的眷恋与思念，回忆起家乡往昔的美好与秀丽，追思着当年的童趣和乡情……

我的家乡，也在一条大河上。村庄坐北朝南，汩汩奔涌的大河打村前滚滚流过。这是条从井冈山南麓的崇义、上犹发源而来的河流，大河在这里拐了一个弯，弯出了一个宽阔的草坪和一片长长的细沙滩。也许是得益于河水的滋润，青草坪每到春夏，青草芃芃生长，绿茵如毯，青葱一片。鲜花盛开的时候，也能香飘两岸，引来彩蝶纷飞，百鸟鸣唱。

记得小时候，我们最感兴趣的是那大河中上上下下的木排和白帆。木排是顺流而下的，白帆是逆流而上的，它们成了大河的主宰与骄子。有了它们，大河才显得热闹而富有生气。

井冈山南麓的崇义与上犹有许多高山峻岭，森林茂密，古木参天，是我国的林业大县，为下游广大平原地区的城市和乡镇提供了大量的木料和用材。

大量的杉木用材被砍伐之后，在山下就被人们捆扎成一个个木排，然后由放排客们将木排用篾缆捆扎成一个长串，顺河而下，驾放到下游的赣州、南昌，直至南京、上海。

因此，常常有木排打村前的大河中顺流而下。这些放排客们的生活是艰辛的。他们在山下扎成木排后，顺流而下，冲漩涡，闯险滩，栉风沐雨，履滔踏浪，一路前行。他们吃在木排上，睡在木排上，全部的心思和精力也都放在木排上。这些逶迤相连、绵长千米的木排，就像一匹桀骜不驯的野马，左闯右突，最后在他们的奋力驾驭下，才驯服地按照放排客们规定的路线行进。

有时，放排客们为了上岸去村边的市镇上打牙祭，他们也会把木排拴在大河码头边的河湾，让它静静地躺在那里，然后上岸去逛街市。然而，也就恰恰在这时，趁着排上没人，是我们这些孩子们上排拾刮杉树皮的好时机。一个个提了畚箕，飞快地来到木排上，用早已准备好的镰刀，在一根根杉木上使劲儿地刮刨起来。一块块杉树皮从我们手中剥离。这些被剥离的杉树皮，就充当了我们一家家用于烧火做饭的燃料。这对我们这些前不巴岭、后不靠山、燃料缺乏的村庄来说，还是很管用的。

待这些放排客们吃饱喝足之后，在微醺之中回到排上，我们这些孩子早已溜之大吉。他们全然不知，乘着酒兴，解开缆绳，急急地放排赶浪去了。

这些放排客一个个彪悍、结实，浑身乌黑锃亮。天晴一身汗，下雨一身水，经常上排、下排水淋淋，于是，他们干脆一丝不挂，赤条条地站立在木排上。

你别看这些放排客们一个个都相貌挺敦实、憨厚的样子，可一个个心里也都挺“鬼”。他们打我们村前过的时候，常常唱些情歌，撩拨我们村的女人，打我们村洗衣妹、挑水姐的主意：

木排日夜哟水上行，
哥想妹妹哟又一春。
……

然而，日子久了，确实也有些洗衣妹和挑水姐看上了这些放排客。她们说，这些放排客虽然平常、朴实，但他们很能赚钱，手头大方，也很有人情味。每次放排回来后，放排客都会给相好的洗衣妹、挑水姐送些首饰、衣料之类的东西，讨她们喜欢。因此，有不少洗衣妹和挑水姐跟着放排客走了。

每当风大水涨时，也是行船的好时机。一艘艘装货的大船，打下游的城市里来，逆水而上，满载着山里急需的布匹、食盐、日用品，缓缓向上游驶进。

逆水行舟，路途是困难而艰辛的。因此，船工们有时要凭借手中的长篙助力。船工们的长篙也很有特色，一根根颀长笔直，顶端还安装有一个铁钉样尖利的铁簇，锃亮锃亮。许是特为撑插河床或抵顶异物碰撞船只而设计的。船工们紧握着手中的竹篙，顶在自己的左或右肩胛前，脚踏船舷，一步一步，用大脚的摩擦力，将船往上游寸寸推进。他们就这样，周而复始，一遍一遍用肩胛顶着长篙，让船只缓缓前行。据说，由于长期用肩胛顶篙，一个个船工肩胛上都有深深的篙印痕。在这艰辛、繁重的劳作中，船工们有时也会发出粗重而尖亮的号子。号子里，有时也会夹杂几句简单而咏叹的词句，但多是祈求平安、吉祥一类的：

长年哟行船大河上，
祈求哟上天保平安。
……

俗话说“好风凭借力”，每当天好顺风时，一艘艘大船扯起白白的风帆，向上游驶进。气势壮观、宏大、优美，远看，像一只只粉蝶在河中翩翩起舞。

然而，有时也会碰上水浅滩险的河段，这就需要船工们一个个下船背纤，充当纤夫。大河上纤夫的活计也是相当辛苦的，他们一个个赤身露体，背着纤绳，一字排开，一步一步，向上游匍匐行进。履沙滩、攀岩壁、踏岩石、涉深潭，汗水洒一路，足迹印河岸。有时，为了助力，他们也会喊起时而粗重时而尖亮的号子。号子声声震云天，在长峪峡谷中，山鸣谷应，洒在了一路江天。大船，在他们艰辛的号子声与沉重的步履中缓缓行进……

大河边上的沙滩，是大河赐给我们的天然娱乐场。这片细软、壮阔的沙滩，足有四五个足球场大。小时候，我们在沙滩上戏耍、追逐，玩“老鹰抓小鸡”“母鸡护蛋”等游戏，打打闹闹，嘻嘻哈哈，留下了多少笑声和童趣！

大河边的沙滩，也是大人们的风水宝地。他们在沙滩上晾晒衣服、被子和各种物品，因为沙滩聚热、散热较快，各种物品在沙滩上晾晒，既干燥得快，又很卫生，是天然、原始的太阳热能场所。

然而，沙滩最能给人们提供方便的，是大人们可在沙滩上挖“沙窝窝”，方便舀取饮用水。

“沙窝窝”就是用器具在沙滩上挖出的一个个能聚水的小窝窝。因直接从河里取河水饮用不卫生，于是乡民们便在沙滩上挖出一个个能取水的“沙窝窝”。这些“沙窝窝”被挖开后，不一会儿便有河水渗透进来，这些渗透进来的河水，经过了层层沙砾的过滤，既卫生又清洌，是上好的饮用水。于是，乡亲们便用一种特制的大铁勺，一勺一勺地将水舀进木桶，担回家中饮用。

大河旁边的麻石码头，是船只靠岸的地方，一级一级，用麻条石砌成。这里是船只靠岸搬运货物的地方，也是女人们放飞自我、释放天性的地方，更是媳妇、妹子搬弄口舌、戏谑调笑的场所。每当黄昏临近的时候，这里便叽叽喳喳，热闹非凡，挤满了前来洗衣的妇女，成了独特的“女儿国”。

因为都是清一色的女人，大多是一些嫂子、媳妇、大姐、妹子，没了家婆家公、兄弟叔伯的管束，显得有恃无恐、无拘无束、自由活泼起来。她们一边洗着自己的衣服，一边用特制的木质擂捶，“啪啪啪”地拍打着浸满肥皂的衣服，白白的肥皂泡沫随着河水一串串地向下游缓缓流去……

因了这条大河，离码头不远的地方，建有一个大型造船厂，主要建造大型木船。虽然材料都是从上游的山里运来的，但这里河面宽阔，水量丰沛，是一个建造船厂的好地方，可谓“近水楼台先得‘船’”了。

每隔十天半月，这里都有大批上好的香樟木从山里运来，码在码头边。

每天，这里都会响起凿、锯、刨、钉的奏鸣声。这些声音交织在一起，组成了一首雄浑热闹的交响曲。

这个造船厂，也是我孩提时经常光顾的地方。每天下午放学后，我便会提了畚箕，到这里来捡拾刨花、锯末、树皮之类的东西，回去充当燃料，为原本贫困的家庭节省点开支。

然而，最激动人心、最吸引人的莫过于“推船”这一盛事。

“推船”，是大船造好后，扶推下水的一件重大事情。在机械工业尚不发达的年代，没有机械手臂和吊装设备，大船造好后，只能靠人力去扶推下水。

这是件盛大而隆重的事情。

在这之前，船主要选择好黄道吉日，向十里八乡的人们发出告示，言明准备在某月某日请船下水，欢迎大家踊跃参与。届时当场撒钱，票额可观，有望获财。十里八乡的人们获悉后才会前来积极参与。这是很重要的一招，为的是招募人员，聚集人气，大船才能被推下水。

“推船”这一天，船主先要秉烛敬香，燃放鞭炮，祭祀一番。祈求平安和上苍的保佑，大吉大利，顺风顺水，图个好彩头。

然后，在油光锃亮、散发出浓浓桐油味的高高船头，立着两个人：一个是鸣锣鼓劲儿的司锣手，一个是提着钱袋准备撒钱的“撒钱手”。

高大的新船下，是密密麻麻前来“推船”的人群，只听又一阵鞭炮声响过后，司锣手立即“叮当！叮当！”敲着手中的金锣，示意人群开始推船。于是，众力之下，船体慢慢在船底的枕木上滑动：一尺、两尺……当推到丈余远的时候，人们停了下来，既是息气，也是期待“撒钱手”撒钱。于是，“撒钱手”便从大提袋中掏出一把把小钱，撒向船体两边的人群。霎时，人头攒动，人们你挤我撞开始捡钱。一阵混乱过后，捡钱完毕，司锣手又开始鸣锣，示意大家推船。人们又开始齐心协力，将船体缓缓往前推去。当到了丈余远之后，人们又停下来歇息并等待“撒钱手”撒钱。“撒钱手”撒钱后，又引起一阵接钱、找钱的骚动与混乱。就这样，周而复始，直至把船体从一根根枕木上推至河岸下的水中。然而，遇到有的船主小气刻薄，最后一程的推船钱不撒了，人们气愤不过，便会在他们离开时，抓起一把把沙粒甩向他们，用“啊嘘——啊嘘”的吆喝声揶揄他们。

大河岸边的青草坪，是孩提时另一个充满情趣而令人难忘的地方。

据说，村前的青草坪原本就是大河的河床。正应了“十年河东，十年河西”这句话，不知什么时候，这里的泥沙堆积厚了，河道便改迁外移了，于是，这里便成了一个宽阔平坦的青草坪。

青草坪是个人们向往而热闹的去处。大人们喜欢在这里歇息、晾晒；孩子们喜欢在这里追逐和打闹。每逢村里有什么重要的大会，人们也都会在这里搭台召开。所以，偌大个青草坪，还是很聚人气的。

每年的正月十五，是“送神”的日子，也是河边青草坪最热闹的日子。这一天，十里八乡的龙灯都要在这里“送神”。“送神”前，都会在这里热热闹闹地表演一番。那阵势，真是龙腾虎跃，热闹非凡。每一场龙灯表演，都鞭炮炸响，鼓乐齐鸣，烟雾缭绕，龙灯翻腾，煞是好看。每一支龙灯队表演完之后，都要到大河边点烛上香，祭拜一番，然后在跪拜礼仪与鞭炮声中烧掉龙灯。小时候不懂，眼看着一只只漂亮的龙灯被白白烧掉，觉得颇为可惜。大人们解释说，这是“送旧迎新”，旧的不去，新的不来，人们在祈求新的一年有一番新的气象呢。

由于青草坪宽广、平坦，能容千军万马，便于出操训练，因此也成了军队青睐和看重的地方。国共两方面的军队都先后来到这里，也让我从小就见证了两支军队不同的军容、军纪。

国民党军队在这里驻扎时，我亲眼见过他们是如何体罚和打骂士兵的。

那一次，有个国民党士兵逃跑被抓回来了。身材高大、乌头黑脸的国军连长令全连士兵在青草坪列队。接着，将逃跑的士兵绑在扁担上，让他匍匐在地。然后，命每个士兵在他屁股上打二十军棍。这样，直打得这个逃兵呼天抢地，喊爹叫娘，最终，抬回营房，第二天就死了。

解放军驻扎在青草坪上的时候，却是另一番大不相同的景象。

他们在青草坪出操，在大河里洗澡，纪律严明，秋毫无犯。特别吸人眼球、让人感到新鲜的是，他们在青草坪上建了十几个篮球场。每到下午军训完毕后，十几个球场上便热闹开了。你追我赶，你争我夺，开始了一场场篮球比赛。欢呼声、呐喊声、尖叫声，响成一片。而往往这时，身穿黄呢军装的首长，在肩挎自动步枪的警卫战士的陪伴下，会到一个个球场巡视、观看，脸上露出满意的表情。

然而，也就是在这青草坪与大河之间，我自己也经历了一场生命的“洗礼”。

那是一个春雨绵绵的季节，由于雨水丰沛，青草坪上茂盛地生长起一朵朵草菇。由于有河水的滋润，草菇长得非常鲜嫩、甜美，人们纷纷提篮去采摘。

我与姐姐及几个伙伴一起在青草坪上采草菇，各自都有较大的收获。当我们一行来到大河边的时候，落在后面的我，为了洗干净脚上的泥巴，便坐在大河边上冲洗。此时的大河水涨河满，滚滚滔滔的河水咆哮着向下游冲去，盆大的大水泡布满河面。大河，像一头发了怒的野兽。

就在我俯身想洗干净脚上淤泥的时候，也许是草和泥浸透了雨水，无比湿滑，一不小心，栽了下去。顿时，幼小的我慌了神，呼喊着、尖叫着、挣扎着。此时，浊浪排空，耳边是一片滚滚的涛音，像千万只野兽在咆哮着撞击我。天空也显得特别阴沉、昏暗。

姐姐和伙伴们回头见此情景，顿时也惊恐万分，慌忙前来营救。然而，毕竟也是一群孩子，她们一时也没了主意，只能大声乱叫，试图用手拉手的方式来救我。当这一切都显得无济于事时，已经精疲力竭的我，脑海中也曾一刹那闪过放弃生命的念头。可是，就在这命悬一线的危急关头，却又意外地出现了“峰回路转”之机：一个漩涡把我卷到离岸边最近的地方，趁此机会，姐姐一把抓住我的头发，在伙伴们的帮助下，大家七手八脚，费了很大力气，才终于把我救上岸来。此时，我全身湿透，惊恐万分，一脸茫然，如同获得了重生。天空也正好乌云四散，明净如洗。

事后，母亲四处为我问神卜卦，探问究竟。其中，有说我命中五行少水，在水中命不该绝的；有说我“大难不死，必有后福”之类的。然而，最令我感动的，还是母亲每夜为我去辛苦地祭祀喊魂。

就在当天夜里，母亲备了鞭炮和香烛，邀了邻居，到我落水的河边祭祀了。一直进行了整整七夜，七夜下来，母亲好像也瘦了一圈，让我打心里深深感激，永远难忘。

从此，家乡的这条大河给我留下了深刻的印象，深深地铭记在了我心里。每当出差在外，或至别处旅游，遇有江河的地方，我便会想起家乡的这条大河；想到与大河有关的人和事，想到大河上生发出的浓郁风情。

啊，大河，滚滚滔滔的大河，你就像故乡一部不停翻动着的书卷。

载《千高原》(原《散文世界》）2015 年第五期

踏歌古岸寻梦

李白乘舟将欲行，
忽闻岸上踏歌声。
桃花潭水深千尺，
不及汪伦送我情。

李白这首流传千古的名诗，此刻一直在我脑际萦回。似乎有一种带着节奏的吟诵声，回响在自己的耳畔。因为此时，我正行进在去桃花潭的路上。

坐落在离泾县县城近四十千米的桃花潭镇，原为南阳镇，后因为李白这一首诗而更名为桃花潭镇。

这是一座典型的徽派建筑古镇，白墙黛瓦、飞檐翘壁的徽派建筑特征随处可见。我们进入古镇，似乎来到了一个徽派建筑的历史博物馆。

我们来到古镇后，径直往古诗的发祥地——踏歌古岸行进。一路上，古巷幽深，千回百转，导引人们向前走去。路基上，一块块大大小小的鹅卵石砌成的路面，经过千百年来人们脚步的磨砺，显得油光锃亮。在通过数百米曲折的街巷后，我们终于来到一个临河的叫东园渡口的地方。

这里就是唐朝泾县豪士汪伦送别李白的地方。明朝时，当地人为了纪念这一重要的事件，便在岸上建了一个两层建筑的“踏歌岸阁”。后因被毁，清朝时重建，民国时复修。阁分两层，底层为通道，出阁即至古渡口，渡口对面是桃花潭。透迤连绵的青弋江从上游款款而来，被桃花潭岩的绝壁阻挡，形成桃花潭。潭水幽深清冽，像是一只象的鼻子伸入潭中吸水。楼上可凭栏俯瞰桃花潭景色，眺望对岸的老街、汪伦墓、怀仙阁等景观。楼顶屋檐下悬有一匾额，上书“踏歌古岸”几个大字。

阁门是个半圆形拱门，两旁用实墙遮挡，以便人们更好地摄取桃花潭景色，给人一种眼前一亮的视觉感受。出了阁门，便是一段码头，梯次而下，延向河边。中间有一段沙滩空地，现已辟为景观花园，内塑李白雕像。古岸两边，屋舍毗连，翠色连绵，散发着古色古韵。沙滩松软如絮，开阔舒朗。遥想当年，李白登舟正欲起程之时，豪士汪伦与众多亲朋踏歌而来，依依送别，难舍难分，表现出了深厚的情谊和恋恋不舍的心情。情急之中，李白怦然心动，便写下了上面这首脍炙人口、千古流传的诗作。

据说，汪伦原在泾县任过县令，因被泾县秀丽风光所感，退休后便选择在桃花潭附近安了家。早就拜读过李白的诗作，仰慕李白才学的他，听说李白来到宣城，当即修书一封，差人送与李白。书云：先生好游乎？此地有十里桃花；先生好饮乎？此地有万家酒店！李白被汪伦的情意所感，接书后欣然前往桃花潭。岂知，来到桃花潭后，汪伦给他的解释是，所谓“十里桃花”，是离我们这里十里之地有个桃花潭；所谓“万家酒店”，是我们这里有一个姓万的人开了家酒店。李白听说，哈哈大笑，称赞汪伦睿智，遂成好友。留宿数日，饮酒赋诗，谈天说地，有时通宵达旦，成为一代佳话。

登船过渡，来到对岸。岸上古街醒目的位置就是“万家酒店”的遗址。导游介绍说，数十年前，“万家酒店”尚存完整房舍，后来不慎失火坍塌。现存的几个石框门楣，作为遗址，是后人建房时嵌入其中的。抚摸着存留的石框门楣，我思绪难抑。想当年，汪伦与李白，就是在这里把盏豪饮，觥筹交错，谈笑风生，好不热闹！“万家酒店”应是最好的见证者！沧海桑田，往事千年。至今，这感人的一幕仍深深地留在人们的记忆里。

离开“万家酒店”，我们来到汪伦墓。古朴的石人、石马守护着这块圆圆的青冢墓地，让游人对这位长眠在九泉之下的豪士肃然起敬。因他一次睿智的盛情邀约，请到了当时著名的诗人李白前来相聚。他思贤若渴，对知识和人才的敬重，也深深地启发和教育了后人，更为后人留下了这首难得的、脍炙人口的佳作!

离开汪伦墓，我们来到了怀仙阁。这个造型像一个倒扣酒杯的建筑，分上下两层，与对岸的踏歌岸阁遥遥相对。新颖独特的造型，充分体现了人们对这位伟大诗人的怀念与眷恋，也充分表现了人们对这位“诗仙”与“酒仙”的肯定。时至今日，已逾千年，他的诗风与酒风，他的睿智与豪爽，他的才情与人品，仍深深地留在人们的记忆里；他的许多脍炙人口的诗作，一直流传下来，成了我国文学宝库中熠熠闪光的珠玑!

我在怀仙阁上，面对着桃花潭和踏歌古岸，沉浸在深深的思索与梦境之中……

载《赣州晚报》2015 年 4 月 16 日

获奖感怀

5月的北京，春意盎然，花团锦簇，人们沉浸在节日的喜庆当中。我手捧《散文选刊》全国散文征文一等奖的奖杯，带着与会领导及专家同人们的嘱咐与希望，踏上了漫漫的回乡路程。思绪，随着车轮不停敲打铁轨时发出的阵阵清脆响声，也在不断地翻滚、涌现……

首先，在我思绪中涌出的，是“外面的世界很精彩”的一种感觉。

我此次应《散文选刊》全国征文办邀请，前往北京参加了隆重的颁奖大会，并参与了大会安排的讲座、交流、参观等活动。感触很深，启发很大。虽然时间只有短短几天，但收获不小：其一，打开了自己的眼界，了解了来自全国各地及海内外作者们的创作情况和创作讯息，为自己日后学有榜样、赶有目标提供了条件。同时，感觉到外部世界确实是片广阔的天地，可任作家们去驰骋和施展，不必囿于狭小的圈子里你“挤”我“攘”。作家们要把眼光投向外部世界的广阔天地，把作品“打”出去，拓展自己的创作空间和认知世界。这样，作品才有比较、鉴别和提高。其二，收获很大。自己虽然获得的是一等奖，平日也写了大量的散文，并有研究论文发表，但认真听了比自己年龄小的专家们的讲课，启发很大，收获不小。我增长了很多见识与知识，为日后自己的散文创作奠定了更加坚实的基础。

其次，在我思绪中涌出的，是锐意进取、勇攀高峰、不断追求、开拓创新才能作为自己人生的奋斗目标。

回顾自己大半辈子的工作与写作历程，虽然也有过几次小小的“第一”：当年自己在编辑岗位时，在全省副刊研究论文研讨会上，自己的论文《张开副刊的两翼》率先被宣读，并由省副刊研究会推荐，20世纪90年代，由《辽源日报》发起的全国地市报副刊编辑格言选，自己提的“文学需要真情，编辑需要胸怀”，被安排在三百余条之首，作为第一条刊登出来；这次获一等奖，也是主办方在六千六百余篇稿件中，通过无记名投票的方式评选出来的，似乎也不容易。然而，这些仅仅只能代表过去。自己不能够故步自封，自我陶醉，满足于过去的成果。人生的道路很长，生命不息，奋斗不止，不断追求，勇攀高峰，才是自己的终极目标。

最后，在我思绪中涌现出的，是在瞬息万变的信息世界中，应去伪存真，获取有益的信息。

市场经济的发展，催生信息的瞬息万变。在文化市场日益发展的今天，也生发出许许多多的文化信息。其中，有实有虚，有真有假，我们必须甄别筛选，去伪存真，选择有价值的真实信息。平日，也收到过什么全国“杰出”“名人”“骄子”“精英”之类的称谓和邀请，我都统统束之高阁，打入“冷宫”。我有自知之明：不就写了几篇文章，出了几部书，能算什么全国“精英”“骄子”“名人”?！但对一些真实的信息，特别是在改革进程中的一些新信息，我们不能用传统的理念去对待。是真实的，通过甄别应保留下来，不能“泼脏水把孩子也泼掉”。此次的《散文选刊》全国征文奖，就是我在众多信息中筛选并保留下来的。经过十几个长途电话的核实后，才开始付诸实施的。这样，才能把握住有价值的信息与机遇，达到较好的效果。

载《赣南日报》2013年8月16日

山路弯弯

下放时，家居深山，触目所及的都是山路。这些山路，越沟跨坎，翻山过岽，一条条弯弯曲曲，像柔软的丝带一般，在山坡丛林间缠绕，在沟壑荆棘中穿越，显得富有情趣，富有生气，富有灵性。

山里人都知道，虽然条条山路都弯弯曲曲，修远细长，但种类众多，具体的还各有各的来历和功用。那铺有卵石和石板的是古驿道，是自古以来，山里人经常进山出山的山路，由于时光久远，一颗颗卵石和一块块石板都被磨得溜光锃亮。那光滑结实、细长幽深的是进山道，是山里人进山伐薪烧炭、挖药采果、砍柴割草的山路，由于走的人次多，山路显得结板、硬实；那茅草丛中杂乱、泥泞的是野猪路，是野猪一边走，一边用长嘴拱食闯出来的山路；由于野猪拱食，茅草侧倒两边，泥土被猪嘴拱动，显得杂乱、泥泞；那细长、崎岖的是山麂子路，由于山麂子胆小怕人，一般它都选择避开人群的崎岖、陡峭处行走，久而久之，也能形成一条山路……

这些山路错杂交织，相互贯通，密如蛛网，形成了大山里一道独特的风景。

山里人进进出出，上上下下，天天都要与山路打交道；山里人的衣食住行，生长、生活，与山路都存在密不可分的依存关系。

据说，民国时期乡里抓壮丁，乡丁们很“鬼”，他们晚上待大家劳累一天，在家酣睡的时候来到村里，轻而易举地将村里的几个青壮汉子抓了去。第二天白天，他们押解着这五六个人往山外的乡公所走去。当他们走到地形复杂的野猪壑时，这里山路交错，为首的黑山牯一声呼哨，顿时，汉子们像山兔一样，东奔西突，四散逃离。乡丁们见这里树丛茂密，山路条条，慌了手脚，不知所措，不晓得去追捕哪一条山路的人好。结果，眼睁睁地看着这几个壮丁转眼就逃得无影无踪了。

最感人的还是石山嫂送石山伯当红军的情形。

当年，石山嫂和石山伯都很年轻，新婚不久。石山伯报名参加红军。送兵这一天，是山路上最热闹的一天。石山伯披红挂彩，胸戴大红花，石山嫂也穿一身便装，标准的乡村新媳妇的打扮。村里的人们燃放鞭炮，敲着锣，打着鼓，吹奏着唢呐送石山伯踏上通往山外的路。石山伯精神抖擞，笑容满面，跟老乡们打招呼，石山嫂脉脉含情，恋恋不舍地跟在他后面。唢呐一阵阵地吹奏着《送郎当红军》的曲调，沿着村里人经常走的那条山路，一直来到山外的乡政府接待处。与其他各村送来的参军人员一起集合了，他们才回来。

从此，石山嫂便喜欢在这山路上踯躅、往来，向路人打听丈夫石山伯的情况。开初，消息还畅通，路人告诉她，她丈夫在哪里，在干什么，她丈夫有时也托人带信，告诉她自己在部队的情况。后来，音信就渐渐少了，听说去长征了。最后，则彻底断了音信，她很失望，但她并没有绝望：她始终相信自己的丈夫没死，还会回来，于是，她天天到山路的高坡上去打探和眺望。她就这样等啊、等啊，直到临终的前些年，自己已满脸皱纹、白发苍苍了，但仍然没放弃，天天徘徊在这弯弯曲曲的山路上。直到有一天她再也走不动了，平静地在家中离世。后来，村里人就叫这山路高坡为“望夫坡”。

如果上面两件事情都是传说，时间太久远的话，那村前的木庚和村后的灵灵山路上对歌，进场成亲的事，则是我亲眼看见和亲耳听见的。

那次，木庚上山砍树做扁担，来到豹子弯的野牛壑挑选木料。还在壑埂的山路上，为排遣寂寞，木庚就先打了个“啊嗬”，唱了一首山歌。山里人进山出山向来都喜欢唱山歌，他唱道：

打个山歌过山林，
探问林中有没人？
有人就请发个话，
免得碰面一场惊！

歌声刚传出不久，想不到壑间的山林中回了一首甜润的山歌：

太阳没出有星星，
大雨落前有乌云。
山鹰虽然飞得高，
高空还有小百灵！

想不到竟是个女人的声音！是谁这么早就来到了山林里呢？她来山林里又干什么呢？木庚听了，不禁又唱了一首山歌：

雨过天晴现彩虹，
荷花出水露真容。
敢问林中俊俏妹，
哪村哪家哪屋人？

歌声很快传了过去，想不到很快对方就有了回声，紧接着一首山歌又飞了回来：

高山流水响叮咚，
百花盛开各有名。
妹是后山老岩寨，
村头蓝屋小百灵！

“小百灵？”木庚感到愕然，又惊又喜，因为他早就听说后山老岩寨里有个很会唱山歌的畲族妹子叫蓝灵灵，因为很喜欢唱山歌，人们都称她为“小百灵”，但一直没有见过。前村虽然离老岩寨不远，但因外出不是同一条山路，所以也一直没见过，今天，想不到她竟到这里来了，不禁喜出望外，再也顾不得唱山歌了，直呼其名地喊道：“灵灵妹子，是你呀！你来这里干什么啊？”

“我来这里砍豆扦呢！”随着声音，树林中钻出一个大圆脸、黑眼睛的姑娘。她瞪大眼睛，微笑着朝壑埂山路上的木庚说："家里的丝瓜、豆角长势好，正等豆扦呢！"

"你一个人？"木庚问。

"唔。"蓝灵灵点了点头，问，"你是谁？"

"前村的木庚！"木庚回答。

"啊！"灵灵会意地叫了一声，因为木庚是远近闻名的木匠，她早已听说过。

"来，我来帮你砍！"木庚见状，自告奋勇地从壑埂上下来，给她献殷勤道。

"那就谢谢啦！"灵灵感激地说，"不会耽误你自己的事吧？"

"不会，我正好来这儿取扁担料呢！"

木庚爽快地说完，挥动柴刀便砍了起来。

从此，木庚与灵灵便熟悉起来了，一来二往建立了感情。从前村到老岩寨只有一条很不好走的山路。他们就经常在后垅山的山路上碰面，然后"钻林子"，山里人把谈恋爱叫"钻林子"。这样，一直到成亲。成亲那天，本地村小的校长为他们写了一副对联：

一条山路串起两颗红心
两个村寨共育一段爱情

他俩的爱情成了大山里的一段佳话。

传说和佳话莫过于我亲自经历过的一件事。

村尾的龙二勾是"靠山吃山的一把好手"，采杨梅、摘山拿、掰竹笋、挖土龙、吊山鳖……他什么都会，那天，他约我去套山麂子。

在一片油茶林的山坡上，他带我走到茶林边一个草木丛生的地方，指着一段羊肠小道对我说："这是一条麂子路，现在油茶熟了，山麂子喜欢吃油茶籽，上上下下在这里闯出了一条路。我现在布上套索，等它经过时，踩上套索，套索就会把它捆住吊起来。"

接着，他在树枝与草丛中用绳索左缠右绕，布好了套索，单等晚上山麂子下山觅食路过时上套。

第二天吃过早饭，我同他去山上察看，果见一只毛色金黄的山麂子被悬空吊在树枝上，原来的绳索刚好套住了它的一条腿。

如果说，龙二勾套山麂子的办法只是灵巧的软功夫，而乌蛮牯打野猪靠的则是硬碰硬的硬功夫。乌蛮牯是村里使枪弄刀的壮汉子，他在生产之余，喜欢打铳，白天打飞禽，晚上打走兽。尤其喜欢打野猪，那天，他进坑劳作时，发现了野猪的脚印，他循着脚印，找到了一条野猪走的路，于是，收工回家，早早吃了晚饭，便扛着铳进山去了。他在野猪路上选择好有利位置，静静地等候，一直等到下半夜。果真，一头三四百斤重的野猪出来了。它一路哼哼，一路觅食。他屏息敛气，等待有利时机。当野猪走到他的有效射程时，他扣动了扳机，“轰”的一声，铁角蛋曳着一股红火，射向了野猪。当即，野猪缓缓倒了下去。他见了，即刻冲了上去。想不到，刚冲到野猪身旁，垂死的野猪一个挣扎，坐了起来，在他身前一拱。獠牙顿时把他的衣服划破，身上也被划出了一条大口子。幸好他是个打野猪的老手，早有防备，抡起铳头狠狠地往野猪嘴角上砸了三四下，就凭乌蛮牯这一身蛮劲儿，这头野猪自然也就没了命。第二天天刚亮，当他满身血污、疲惫不堪地把这头野猪拖到村里晒场上时，村里人都惊呆了，把他当成了村子里的“英雄”。

如今，村里的山路依然密如蛛网，弯弯曲曲，四通八达，只是一些主干道随着新农村建设的开展，也加以修整、拉直、拓宽、填挖和夯实。有的还铺上了厚厚的水泥，显得漂亮、干净、整洁、耐用，进山出山不再是肩挑人扛了，都有了汽车、摩托车，有的人家还买了私人轿车。俗话说，靠山吃山，他们利用山里的资源，经过加工，变成特产，远销到各地。有的还成立了公司，生意做得很大。村里人都说：“我们山里人，进山出山，上上下下，每天都要行走在这条条山路上，山路关系到我们的衣食住行。所以，条条山路就是我们的希望线、生命线、幸福线！”

载《赣南日报》2014 年 10 月 10 日
《散文选刊》(下半月）2014 年第十期

XIANG
TU
REN
QING

乡土人情

城市晨曲

一日之计在于晨。

当被黎明的晨曦揭去夜幕，蓦然间，城市从沉睡的寂静中醒来，好似睁开惺忪的睡眼，又开始了一天繁忙而有序的紧张生活。

苏醒后的城市充满了生机与活力，表现得特别灵动与活跃。有声有色，弹奏出一支雄浑、热闹、悦耳的城市晨曲！

城市晨曲中，百鸟的鸣唱是清亮、美妙的音符。近些年来，由于城市的绿化，处处绿树婆娑，花草飘香，引来百鸟安家，歌声永驻。每当清晨来临，它们最早亮起清脆的歌喉，歌声在城市上空此起彼伏，给城市带来了美妙、舒心的旋律和音韵。

城市晨曲中，环卫清洁工演奏的是激越、明快的音符。每天清晨，环卫清洁工穿着橘黄色的制服，出现在街头巷尾，他们挥动手中粗大的扫帚，发出不紧不慢有节奏的唰唰声，仔细地在路面上清扫。城市，在他们的清扫中变得清爽、洁净了。他们橘黄色的着装，显得耀眼，像一抹朝霞，给城市的早晨带来了第一缕霞光。

城市晨曲中，晨练的人们演奏的是欢快、轻盈的音符。天刚放亮，男男女女，老老少少，从各个社区的大街小巷拥出，他们或携带健身器械，或携带随身听，来到公园、广场、林荫空地、江边池岸，或翩翩起舞，或舒展筋骨，为的都是锻炼身体。大妈们一个个穿着艳丽的服装，和着音乐的节拍，有节奏地舞动着，显得那样的精神、喜气。我曾问过一个大妈，为何这样勤于晨练。她兴奋地告诉我，如今国泰民安，生活幸福，所以大家都希望健康长寿。她的话，也许代表了许多市民们的心声。

城市晨曲中，农工们弹出了强劲、高亢的音符。每天清晨，天刚蒙蒙亮，来自市郊的农工们有的驾驶车辆，有的肩挑手挎，有的拖拽携拉，带着丰富的农副产品，像滚滚激流，汇聚在各大农贸市场。顿时，叫卖声、吆喝声、马达声、犬吠声、笑语声……织成一片欢腾的声浪。

城市晨曲中，商家们是最活跃的演奏者。每当晨光微曦，许多早点铺便大门洞开，早点飘香，热气腾腾；店家进进出出，忙忙碌碌，招徕八方顾客。人们在这里用餐、购买，挤挤撞撞。笑语声、招徕声、锅盆勺碗的碰撞声，像一组粗重、雄浑的音符。

城市晨曲，就是由这些清亮美妙、激越明快、欢快轻盈、强劲高亢、粗重雄浑的音韵组成的。有强有弱，有重有轻，有高有低，有粗有细，汇成了城市雄浑、热闹、动听、悦耳的曲调。这是城市一天的最强音，也是城市新一天的序曲！

载《赣州晚报》2015 年 10 月 13 日

故乡二题

池塘——家乡的明镜

南方的村庄，大多门前有池塘。家乡的村庄门前也有一口池塘。屋舍傍水而建。也许，这是先辈们立基选址时，考虑到风水因素，依山傍水，风景秀丽，蓄水聚财，繁荣昌盛；也许，这是先辈们考虑到生活所需，临水而居，洗衣浇菜，用水方便。

然而，不管是出自何种原因，池塘，确实给家乡带来了许多的方便和好处。池塘，也给家乡增添了许多灵动和生气。池塘，更像一面镜子，记录了家乡人的日常生活、一年四季的不同变幻和历史演变的兴衰沧桑。

平日，家乡人在池塘里养鱼种藕，在那些困顿的时光，池塘给家乡人增加了些许微薄的收入，让家乡人度过了那艰难的岁月。

黄昏，池塘成了家乡人硕大的盥洗盆。男人们在池塘边洗澡濯足，洗去一身的污泥和汗水；女人们则在池塘边洗涮衣物，洗去一天的污垢和灰尘。

春天，家乡人从池塘中引水排水，灌田浇地，注入了家乡人的期冀和渴望。

夏天，家乡人在池塘里洗澡游泳，洗去了一天的疲惫和辛劳。

秋天，家乡人在池塘里采莲挖藕，享受着收获的喜悦和快乐。

冬天，家乡人在池塘里捞鱼捉蟹，承载着一年的积累和欢欣的回报。

昔日，池塘摄下过家乡满目疮痍的荒凉景象：屋舍破旧，杂草丛生，蚊蝇乱飞，垃圾遍地；映照过家乡人的满脸愁容，萎靡不振，衣衫褴褛……

如今，沐浴着中央关心老区建设的温暖春光，乘着新农村建设的和煦春风，家乡的面貌发生了巨大而深刻的变化。池塘，也将这一切都如实地记录了下来：

一幢幢漂亮时尚的小康楼拔地而起，鳞次栉比，整齐美观；一棵棵精心护理的绿树，绿叶扶苏，姿影婆娑；一块块休闲娱乐场所新美如画，人来人往；一个个衣着时尚的红男绿女，五颜六色，色泽鲜亮；一张张笑脸热情洋溢，幸福绽放……

池塘本身的面貌也焕然一新了：家乡人用砖石围着池塘砌起了一道漂亮的堤岸，像是给家乡的这面明镜镶嵌了一圈美丽的银边。

池塘更加清澈、明净了。每当风清日朗时，家乡清新美丽的村景映入池塘中，回清倒影，犹如一面硕大的明境，映照出家乡的美丽姿容。

家乡，每天都对着这面明镜在调试新妆！

古巷——家乡的血脉

故乡是一个古老的大村子。也许，是从地理风水的角度出发，故乡人将房屋建得集中紧凑，合乎蓄财聚宝的理念；也许是从安全和谐的方面考虑，故乡人将房屋建得横竖毗连，可以相互照应。这样，房屋与房屋之间就出现了许多巷子。故乡人给这些巷子起了很多有趣的名字：什么忠义巷、厚德巷、清廉巷、贤孝巷、尚爱巷……名目繁多。这些巷子迂回曲折，相互连通，如同迷宫，形成了故乡一道独特的风景。这些巷子也跟古村一样，历史久远，阅尽了人间沧桑。

不管是出自哪种考虑，古巷在不同的年代中，都展现过故乡特有的精神风貌和乡情风韵。

平日里，你或许很少看见人们的身影，可一到节日或庆典，从古巷中涌出许许多多的人流，将村口的大草坪挤得满满当当，水泄不通。

据说，在中华人民共和国成立前国民党抓壮丁，来到村里，采取突然袭击的方法，抓了本村的十几个青年。押到村口正待起程时，不知青年中谁吹了一声呼哨，突然十几个青年如脱兔般四散而逃，钻进了古巷。伪乡丁们紧跟着也钻进古巷去抓，结果，青年们三蹿两跳，就不见了影子。最终，一个也没抓到。

后来，中华人民共和国成立了，抗美援朝时，乡里动员青年们踊跃参军。究竟有多少人报了名，大家一时也不太清楚。可是，到了送兵那天，只见从一条条古巷里，敲锣打鼓，送出一个个胸戴红花的应征青年。他们一个个笑脸绽放，喜形于色，聚集在村口的大草坪里，站了黑压压的一大片。唢呐声、鞭炮声仍从草坪响彻至一条条古巷中。

每年春节期间，古巷里最热闹。每当这时候，村里以巷为单位，组织龙灯舞狮表演。一时间，条条古巷里锣鼓喧天，鞭炮炸响，龙腾虎跃，好不热闹。除本巷的龙灯舞狮要家家闹腾一番外，巷与巷之间还要互相交流、互相庆祝。这样一直要热闹好几天。直到正月十五，各巷龙灯舞狮在村口、大草坪表演后，送完神，古巷才能稍稍平静下来。

“十年浩劫”中，故乡未能逃脱厄运，古巷同样也惨遭破坏。巷子里写满火药味的大幅标语，飞檐翘壁上古色古香的建筑遭到打砸。古巷一时失去了往日的热闹与文明。幸好，新农村建设的热潮和城镇文明建设的春风，抚平了故乡的创伤，古村获得了新生，古巷也旧貌换新颜：处处粉刷一新，古建筑得到修葺，地面也进行了修整与美化。

如今，在市场经济大潮的推动下，故乡也发生了巨大变化，古巷又出现了新的面貌：往日平静恬淡的古巷，一夜之间又悄悄躁动和热闹起来。许多巷壁开始凿开了窗户和大门，改成了店铺。源源不断的货物，日夜在古巷里进进出出。更吸引人的，是故乡原来制作的一些客家传统食品，诸如冬酒、果脯、红鱼、南瓜酱，等等，都有了小作坊，引得外人经常往古巷里钻，大包小包地往外拎。

为此，故乡又多了一道独特的风景：各家小作坊在古巷口和古巷壁上都画了指向自家的箭头，生怕人们进了古巷迷了路。特别是买冬酒的，古巷再弯再深也挡不住他们的脚步，正应了“酒香不怕巷子深”这句俗语。

其实，一条条古巷就是故乡的一条条血脉，它与时代的脉搏一起跳动，从未停止！

载《赣南日报》2016 年 8 月 19 日

鳖事

鳖，又名水鱼、团鱼、甲鱼、脚鱼、爬鱼、王八，《养鱼经》中称“神守”，是卵生水陆两栖爬行动物。状如乌龟，与乌龟不同之处是乌龟头圆，而鳖头呈尖；乌龟壳硬且龟壳上有花纹，鳖壳体软且壳下有边裙。乌龟性善，鳖性凶猛：乌龟和鳖形体都有相同或相似之处，就是碰到危险时，都会把头缩进体内，“躲”起来，给人留下胆小怕事的印象，故人们又将鳖称为“王八”。“王八”原本是“忘八”，即躲藏起来，忘掉了“忠孝节悌，礼义廉耻”八个字的意思，简称“忘八”，后来以讹传讹，把“忘八”误传为“王八”，于是，鳖就有了“王八”这个别称。世间多把妻子红杏出墙，丈夫头戴“绿帽”之人称为“王八”，喻其胆小怕事，忘掉了“忠孝节悌，礼义廉耻”八个大字之意。

鳖的营养价值极高，无论是爆炒或清炖，肉味都很鲜美，肥而不腻，营养丰富，蛋白质含量高。能主治阴虚、劳热、骨蒸，被视为名贵的滋补品。此外，鳖的全身都是宝，各部分都可入药，具有滋阴清热、平肝益气、破结软坚与消瘀等功效。据民间传说，鳖血还能治疗贫血病、肺病、心脏病、气喘病、神经衰弱等疾病，有极高的经济药用价值。

正因了鳖有如此丰富的营养、鲜美的口味、极高的药用价值，所以，自古以来，钓鳖、抓鳖和捕鳖的人很多。人们捕鳖、捉鳖的办法和手段也多种多样，五花八门，不穷其极。

不过，不管人们用尽种种手段和办法，都是根据鳖的生活习性而采取和设置的。关于鳖的生活习性，民间有一首这样的谚语：

春末天暖爬上滩，
夏日炎热柳荫潜，
秋凉天气入洞间，
天冷冬眠钻泥潭。

根据鳖的这些生活习性，人们采取了各种各样的办法来进行捕捉。

小时候，经常能看见一两个手持长杆、肩挎竹篓的人在溪河塘头行走察看。这是专门四处捕捉鳖的汉子，他们手持的长杆很奇特：一头像标枪一样有尖尖的铁簇，另一头则是一根尖利的铁针。这两头都有其特别的功用，有铁簇的一头是专门用来探测水中是否有潜伏的鳖，所以，他们在溪河塘头，要不时地用长杆插探浅水沙滩，看看在泥沙中是否有潜藏的鳖。鳖有个“嗜好”：喜欢在激流下游缓冲地的泥沙中潜藏，专门等待从上游冲下来的昆虫和食物。见了后，它从泥沙中探出身来，伸长脖颈一口吞食下去。人们便常常在这样的激流下游的缓冲地中，用长杆探试，一旦手感所探有点异样，即倒过有铁针的另一头，刺了下去。然后举了起来，只见一个活生生的鳖在空中仰八叉地四肢乱划，捉鳖人迅即将它抓下，放在细颈的篾篓里。抓鳖人的篾篓也很奇特：扁形的篾篓编有一个长长的颈项，颈项上还有一个竹篾编的盖，主要是防止抓到的鳖爬出来。

长大后，我在一所农村中学工作，附近村中有个年逾八旬、专门从事捉鳖的老者。他每隔一两天就挎着竹篓到学校食堂来，将鳖卖给学校教工食堂。然后，又用卖鳖的钱在路边代销店斟上三两老白干，站着喝完后，便优哉游哉地回家了。别看他八十多岁，走起路来一颠儿一颠儿的，可下水抓起鳖来却生龙活虎……有一次，他激动而惋惜地告诉我，他潜入柳荫下的河水中，一连碰上两只较大的鳖。他抓住了其中的一只，另一只脸盆大的鳖因在水下游劲儿大，一下挣脱了他的手，跑掉了！——嘿！真可惜，让它跑掉了！可有脸盆那么大啊！给我讲完这件事，他还后悔不迭，瞪着因长期潜水而显得有点发红的双眼，怅恨地说。

平日吃过晚饭，我会经常到捉鳖人住处的小河旁散步。一天，在附近的一个沙滩旁，我看见一个小沙堆上露出一个小蛋。我好奇地捡起小蛋，感到奇怪，便大声地嚷了起来。附近的村民听了，急忙跑了过来，在我捡蛋的小沙堆上用手用力地刨了起来，一会儿便刨出来几十枚蛋。原来，这是鳖下的蛋，它们下蛋也很“鬼”，全用沙子埋了起来，只留下一枚蛋显露在外作为标记。

不久，我调到另外一个县的乡村中学工作，在这里，我碰到了另外一个捉鳖的高手。

这是一个在外省沼泽、湿地工作过的老师。他有一手捉鳖的绝技，据说是向当地的老乡学来的：用一根长长的钓竿，竿上依次扎上好几根长短不一的钓线，每根线上都有一个锋利无比的弯钩。想要去池塘水库钓鳖时，扛上这根奇特的钓竿，来到池塘水库边。先猛地拍击双掌，不知是次声波的原因还是水中的鳖感到好奇，会不时地钻出水面观探。趁此机会，捉鳖人将手中系满钓线的钓竿一甩，甩向鳖处，并迅即拖回钓竿。这样，钓钩钩住鳖的概率较大，大多能钩住游动之鳖，十有八九可以成功。

后来，我调到县城工作，在县城时，由于郊区水塘较多，鳖也众多。于是，我又了解到了附近的人们用另外一种方法钓鳖。他们将钓线来来回回地缠绕在一根缝衣针上，然后将缝衣针插入一片新鲜猪肝里。傍晚，将插有缝衣针的猪肝丢入池塘或水库中，再把钓线系在木桩或树干上。第二天一早，再前去收钓线，保你有鳖上钩。

根据这种方法，一天我找到一个池塘去试验。第二天一早，前去收钓线，果真线的那一头钓住了一只老鳖。我喜不自禁，拽着钓线跟鳖进行了一场“拔河”，鳖的趾间有蹼，在水中的划力大，我费了好大的劲儿跟它较量了一番。正要将它拖上岸时，想不到可能鳖吃食的时间不久，它还未将藏有缝衣针的猪肝吞入肚中，最终它将猪肝吐了出来，一头扎进了池塘深处。眼睁睁地看着快到手的一个又大又肥的老鳖潜入水底，我怅恨若失地久久立在那里，半天没回过神来。这事，让我惋惜了好几天呢！

如今，由于水质的污染和农药、化肥的广泛使用，野生的鳖越来越少了，大都是人工养殖的鳖充斥市场。然而，毕竟是人工养殖的鳖，肉质的味道和各部位的功用硬是没有野生的好。

一次，我看见大街上两人抬着一只洗衣盆大的大鳖招摇过市，招徕观众。尽管大鳖身上糊满泥巴，给人一种野生大鳖的错觉，但是，他们走大街穿小巷，走了好半天，一直都卖不出去。因为人们知道，这肯定是人工养殖的大鳖，野生的大鳖再也难找了。

载《赣州晚报》2015 年 6 月 4 日

人生如棋

平生喜欢弈棋，每每闲暇之时，喜欢摆开阵势，厮杀一番。久而久之，若有所悟，觉得人生也如一局棋，深藏许多深奥的道理。

开局伊始，摆子列阵，棋子路数，各方皆同。这犹如人生横空出世，两手空空，赤身露体，一切均衡。上帝给每个人的待遇都是平等的，没有偏心和偏颇。至于以后的发展变化，各不相同。这就靠各人自己对人生的把握，以及在人生中行走的道路正确与否了。

动棋之时，三思而行。所谓“棋看三步”，就是要有高瞻远瞩的眼光，走每一步，都要看到后三四步乃至更远的棋路，才有胜算的可能。人生也是如此，自小就要有“梦”，志存高远，有远大目标，有远大理想。俗话说“庸者常立志，智者立长志”，就是这一道理。人在小的时候，就要看到人生的后期发展和目标，并为此而努力奋斗。不能得过且过，做一天和尚撞一天钟，庸庸碌碌，一事无成。

“起手无悔，落子生根。”这是下棋时一句很平常的话，也是下棋时的一条准则和原则，说明了“无悔”的重要性。人生亦然。人生的每一步都很重要，做每一件事都要仔细考量。不然，就容易铸成大错，影响一生。有道是“世上无后悔药卖”，就是这个道理。有的“一失足成千古恨”，悔恨终生，也如棋局所说“一步走错，满盘皆输”，道理相通。平日说话做事，也应稳扎稳打，有板有眼，一步一个脚印。要“言必信，信必果”。诚实守信，就犹如棋局中的棋子“生根”。

运筹帷幄，决胜千里。俗话说，棋场如战场：细心谋划，周密部署；战略战术，心中有数；知己知彼，百战不殆。人生也是这样，在处理工作、家庭、婚姻、社交等问题时，都要有一个整体谋划，然后再有具体的安排，像下棋一般一步步实施。当这些问题交织在一起的时候，犹如一盘迷棋乱局，必须在错综复杂的事件中，理出头绪，找对路子，正确处理和解决各方面的难题，才能达到取得胜利的最终目的。

明确职责，各尽所能。棋局中，士（仕）、象（相）负责主“内”，护卫将帅，保卫司令部，不能在前线冲冲杀杀。车、马、炮及兵卒则在前线出击、冲杀，负责主“外”。这样，里里外外，各司其职，各尽所能，才能把棋下好。人生亦然，从一个人自身来说，各个器官要明确职责，各尽所能，才能做好事情，有利于健康。一个家庭也是一样，家庭成员要明确职责，各尽所能，家业才能兴旺。一个单位也是如此，各人、各部门要明确职责，各尽所能，这个单位工作才能搞好。一个国家更是这样，各行各业、各个系统要明确职责，各尽所能，国家才能繁荣、富强。

各司其职，协调配合。棋局中有各种各样的棋子，各种棋子有其各自不同的功用，也有其各自不同的路径：士（仕）走“×”，象（相）走“田”，马走“日”，炮隔“山”打，车可横冲直撞，兵卒勇往直前。这些棋子虽然都有自己固定的路线，一个个在各司其职，但必须协调配合，才能赢得全局的胜利。人生又何尝不是这样呢？一个人本身各个器官在各司其职，但又要相互协调配合，才能完成各项任务，做好每件事，身体才能健康。一个家庭也是如此，家庭成员虽然都在各司其职，但又要相互协调配合，这样家和万事兴，家庭才能和谐兴旺。一个国家更是如此，各行各业各司其职，但又得协调配合，这样才能产生正能量，把各方面的工作做好，所谓“全国一盘棋”即是如此。

服从调度，统一指挥。在棋局中，虽然棋子的技能和功用各不相同，但必须服从调度，统一指挥，才能形成合力，取得胜利。人生亦然，身体的各个器官必须服从整体调度，听从指挥，才能达到和谐、协调，身体才健康；不然，有的器官“不听话”，独“断”专“行”，必定损害健康，影响生命。一个家庭也是这样，家庭成员要有一个大“家”的思想，服从调度，统一指挥，才能家和万事兴。一个单位也是如此，明确职责，各尽所能，但又必须统一指挥，服从调度，互相配合，才能形成合力。一个国家更是如此，要有全局观念，所谓“下级服从上级，全党服从中央”，就是这一道理；否则，互不买账，各其行事，各吹各的号，各唱各的调，南辕北辙，离心离德，只能分崩离析，一败涂地。

勇往直前，不怕牺牲。在棋局中，兵卒过河后没有退路，勇往直前，英勇无畏，不怕牺牲。人生也是如此，在碰到困难的时候，应该要有勇往直前的“兵卒精神”，只前进，不后退，勇于克服困难，战胜困难。在碰到国难当头或国家需要的时候，就更应该有勇往直前、不怕牺牲、为国捐躯的精神。

机动灵活，能进能退。在棋局中，虽然兵卒过河后，只进不退，但车、马、炮则要审时度势，根据实际情况，能进能退，机动灵活，目的是赢得全局的胜利。为了全局的胜利，有时也可作局部的牺牲，有句名言“丢车保帅”即是这一意思。最终的胜利，不在于棋子的多少，而是在于棋路的正确与否。所以，选择正确的棋路，才是关键。人生岂不是如此？人的一生应选择正确的人生道路，在漫漫的人生路上，应该有能进能退、能屈能伸的大丈夫气概。有道是“不在一棵树上吊死”“树挪死，人挪活”，也是这一意思。选择对路的行业，犹如下棋选择正确的棋路，俗话说“男怕选错行，女怕嫁错郎”即是这一意思。

沉稳主动，出其不意。在弈棋中，沉稳主动、出其不意是很重要的。所谓“沉稳”，就是布防自己，让对方无懈可击。所谓“主动”，就是主动出击，一步先，步步先，一步主动，步步主动；不然，一步被动，步步被动，“棋差一着”就是这一道理。在进击中，出其不意，方能克敌制胜。即多走“妙”棋、“险”棋、“巧”棋，让对方防不胜防，无法抵挡。人生也是如此，为人处世必须站稳立场，沉着稳重，冷静矜持，在处理事情的时候，可出其“不意”，即别出心裁，不落俗套，不拘一格，推陈出新，从而达到意想不到的效果。

人的一生犹如一盘棋局，在于各人的感悟、把握和运作。把握得好，则处处主动，前程广阔；把握不好，则处处被动，一生纠结。如若不慎，也许满盘皆输。

载《中国散文报》2015年第五期

阳　台

不知从什么时候起，严格一点说，应该是从改革开放时起，中国人的房子，开始凿墙破壁，向外拓展，凸显出一个个悬空的阳台来。中国人的传统建筑，原先也有自己的民族风格、审美特质。好一点的飞檐翘角、粉墙黛瓦，差一点的也高墙壁立、围垣深深，禁锢得铁桶一般。

这也许与国人的生存意识与生活理念有关。在几千年的朝代更迭与兵燹烽烟中，人们为求安宁，回避尘世，闭门自保，为此，便在建筑时，更多考虑森严壁垒，封闭自保，不受外界干扰，觉得安全自在。农村有不少房子的门窗还有意缩小，以避免“走漏财气”，致使房屋潮湿阴暗，白天也难分辨屋内物件。

这既然是国人的一种建筑风格，从某种角度也反映出国人封闭保守、自给自足的小农经济意识。就像老子所说的“鸡犬之声相闻，老死不相往来”的封闭理念，这种建筑考量，一直在我国沿袭了好几千年。

阳台的出现，不仅突破了传统建筑封闭自保的建筑风格，而且在思想意识上还颠覆了闭门独守、自给自足的小农经济意识。

从而，在全国各地许许多多的商住建筑中，你能看到一排排、一栋栋的住房阳台，从半空中凸显出来，形成一道独特、亮丽的风景。

然而，开初的阳台建筑，还不是很大胆宽阔，比较狭窄，活像一个个车斗，仅可两人容身，纯粹为了“通气”似的。后来，越建越大，直至现在，出现了宽阔、气派的阳台，有的还造型独特、别致，融入了艺术审美理念。阳台，已成了房屋不可或缺的重要配套部分。

小家20世纪90年代购置了一套四楼的三居室，此时距改革开放已十多年了，阳台自然设计得宽阔、敞亮，成了家中一个不可缺少的主要场所。

从此，我与阳台结下了不解之缘，有事没事都喜欢到阳台上走一走、站一站或看一看。工作之余或茶余饭后，喜欢到阳台上吹吹风，透透气。妻子更实惠，在阳台装上晾衣架，每次都把衣服挂在阳台上晾晒。阳台，也给我提供了与外界接触的机会与诸多的信息：外面大声咆哮，站在阳台上看一看、听一听，便知是谁家与谁家吵嘴了，是为什么事而吵；外面鞭炮炸响，站在阳台上看一看、听一听，便知道谁家娶亲了，场面有多热闹气派，新郎、新娘有多俊俏；外面汽笛鸣响，站在阳台上看一看、听一听，便知道是谁家的亲人回来了，或谁家又来了什么客人；外面追追打打，吵吵闹闹，站在阳台上看一看、听一听，便知道是谁家的孩子又闹了别扭，发生了"战斗"；外面高腔高调，站在阳台上看一看、听一听，便知道是收废铜烂铁、鸡毛鸭毛的，还是上门维修家用电器、疏通管道的……甚至，家人忘记了带钥匙、提包，厌倦爬楼，阳台下呼唤一声，家人即可从阳台上抛下去，省了许多事……阳台，成了我与外界接触，并了解外部世界的一个窗口！

有时，朋友来家，茶余饭后，在阳台上摆一张小桌、两把椅子，泡一壶浓茶，置一碟瓜子，一边品茗、嗑瓜子，一边闲聊，感到特别的温馨、闲适，别有一番意境和风味。

不仅如此，一年四季，阳台与我的生活也都发生着密切关系，大大地丰富与拓展了我的生活空间，美化与充实了我的生活内容，成了我家中一块不可多得的文化生活"圣地"！

大地萌动、万物复苏的春天，我和家人喜欢把阳台装扮成一个大花园，种上一盆盆时尚的鲜花，其间有水仙、月季、玫瑰、兰花、扶桑、吊兰、海棠……品种繁多、争奇斗艳的花朵，把阳台装扮得五彩斑斓，引来彩蝶翻飞，鸟雀栖息，让人看了赏心悦目。特别是花开时节，阵阵花香袭人，沁人心脾，让人心旷神怡。家人说，谁说"城里不知季节已变换"？看，我们就迎来了春天，春天的脚步已经踏进了我们的阳台！

出于好奇，我用一个大脸盆种了两棵葡萄。虽说是种在花盆里，但由于我们浇水勤快，施肥充足，葡萄树并没有辜负我们的期望，生长得枝繁叶茂，藤蔓连理，将整个阳台遮掩得绿荫婆娑。更令人难以置信的是，到了成熟期，这两棵葡萄树竟结出了几串黑溜溜的葡萄来。开初，我并不知晓，一连几天的午休时间，阳台上传来一阵阵叽叽喳喳的鸟叫声，总是把我吵醒。走近阳台一看，才发现，原来是叶蔓中几串熟透了的葡萄，招来了鸟雀们的争食，它们为此吵闹起来。我真佩服鸟雀们的知觉，绿叶婆娑中主人都还没发现，它们竟已多次光顾和争食了。虽然鸟雀们争食的声音有点嘈杂，但却给我家的阳台带来了灵动与生气。

眼见花草都长得那么茂盛，妻子忽又心血来潮，在几个闲置的花盆里又种上了葱、蒜和辣椒。她说，种点蔬菜，既能美化阳台，又能应急使用，还能增添一些生活情趣。既然她有这个兴致，我也就悉听尊便，让她自己去侍弄了。因为是她喜欢的东西，她侍弄起来自然也就特别的细致与专心。天道酬勤，不久，果真一盆盆葱、蒜、辣椒都长势良好，硕果累累。有时上街忘了买这些蔬菜，做饭时猛然记起，随即到阳台上摘取，确也方便，解了燃眉之急。

在天寒地冻的冬日，一抹阳光能斜射到阳台上，虽短暂，却是冬天家中难得的享受。

每天吃过中饭，当太阳最烈时，也是阳台上阳光照射最多的时辰。我与妻子搬来座椅，面对着阳光，斜靠在靠背上，眯着眼睛，美美地享受着这美好的时刻。此时，阳光不仅温暖了我们的身心，也给家中带来了无比的温馨。此时此刻，我们觉得阳台是最舒适、最温暖、最惬意的地方！

阳台，丰富了我们的生活内容，增添了情趣，拓展了空间，美化了环境，让我们的生活更加丰富多彩、情趣盎然、有滋有味。

阳台，功不可没！

载《赣州晚报》2014年8月10日

母恩难忘

母亲很丑，脸颊消瘦，身材矮小。怎么看，都让人很看不上眼。因此，见她这么矮小，人们就送了她一个绰号叫“丁仔”，“丁”就是细小的意思。虽然她也有个像她人品一样漂亮的名字“善英”，但人们似乎觉得这名字对她来说太高贵了，她“消费”不起，还是习惯叫她“丁仔”。虽然，这是种带有歧视性的叫法，但并没有激起母亲对人们的怨怼与不快，还是有叫有答，从不计较。久而久之，这个绰号也就成了母亲永久性的名字。

由于母亲出生在中华人民共和国成立前，从小就当了童养媳。童养媳，顾名思义，就是从儿童时就收养的媳妇，其实就是男方先透支的一种劳动力。于是，担水扫地、洗衣做饭、喂猪养鸡，什么脏活、累活、重活她都要干。妯娌间，又因母亲辈分较小，勤恳老实，许多重活、累活她们都推给母亲去干，更增添了母亲的劳动强度和艰辛。母亲也不去计较，每天只是从早忙到晚，整日不停。常常累得睡眠不足，眼睛红红的，布满血丝。

然而，偏偏母亲面对的，又是高大魁梧、才高八斗、性格粗疏、脾性刚烈的父亲。没文化的母亲这就显得更“丑”了。

听父亲说，对比之下，连母亲娘家人都有点过意不去，安慰父亲说：“姑爷，我家姑娘丑是丑了些，但俗话说‘丑人多福！’啊！”

然而，福并没有与母亲结缘。跟了父亲大半辈子，倒是吃尽了苦头，受尽了磨难，辛勤劳累了一辈子，直到在病痛中离世。

待母亲稍长之后，母亲与父亲成家了。可以预见，这桩双方父母包办、文化水平悬殊、外貌性格各异的婚姻，肯定很难得到人们的祝福和幸福的降临。

首先，母亲遭遇的是父亲的冷漠与疏远。由于是父母包办的婚姻，双方没有感情基础，父亲一直不太搭理母亲，不冷不热，漠不关心。纵然母亲当年就为父亲生下了一个又白又胖的女儿，父亲还是不闻不问，自顾在外交朋结友，吃吃喝喝，过快乐的日子。以致母亲生下女儿后不久，由于缺乏营养，在月子里女儿就患病离世了。直至晚年，每每回忆起这事，母亲还一再惋惜地说："唉，多好的一个姑娘啊！本来是还可以抢救的，你父亲不太高兴，耽搁时间长了点，结果就这样眼睁睁地看着她走了，唉……"

紧接着，父母又面临着分家的困境。原先的大家庭矛盾百出，你争我夺，情况复杂，爷爷、奶奶只好给他们分家。

由于父母感情基础本来就不算很深，父亲性格又粗疏，压根儿就没有自己的"小九九"和小家庭的积蓄与准备。就这样，两手空空地白手起家了。

一个一穷二白的家庭刚刚建立，母亲紧接着又前前后后、接二连三地生了我们兄弟姐妹十人。可想而知，母亲要为此付出多少辛劳，光喂奶一项我们儿女十人就不知要从母亲身上吮吸掉多少营养。生活条件又是极其的差。因为生活条件差，三个孩子先后早夭，只剩我们兄弟姐妹七人存活了下来。

于是，在家底薄、身为乡村教书匠的父亲收入又低的情况下，为了养活我们，矮小、瘦弱的母亲就要挑起全家生活的重担。她起早贪夜，什么活儿都干，为的是节约、省钱、活命。为此，她除一天到晚背着孩子没日没夜地纺纱织布外，还抽空背着孩子给人家打短工、帮零工、做小工。因为孩子多，母亲背上一直没断过孩子的身影。以至于几十年后，与朋友谈起母亲，小时经常路过我家大门口的小学同学惊叹地说："哦，那个天天背着孩子，整天忙个不停的就是你母亲呀?!"

有时，母亲还想方设法为补贴家用挣钱。她常常熬制米豆腐、腌制酸萝卜、制作臭豆腐等到街上去叫卖。有好些时日，我半夜醒来，看见母亲织完布后，还背着小妹在围着锅台转，熬制米豆腐，她要赶在天明前挑到集市上去卖。

童年脑海记忆屏上的印象是深刻的。那一次，刮大风，下大雨，母亲一早挑了米豆腐去卖。不知是前一晚熬制米豆腐太劳累，抑或是身材太矮小的缘故，在过一个沟坎的时候，一不小心，连人带行头一齐栽了下去。既跌破了头，又赔掉了全部家当！母亲慌乱地爬了起来，顾不了自己的伤痛，坐在大风大雨的泥泞地里，捶胸顿足地号啕大哭道："老天哪，你怎么这么不长眼呀，我还有几个孩子啊……"

此后一连几天，我都见母亲萎靡不振，像病了一场似的。

是的，生孩子、爱孩子、带孩子、关心孩子，似乎是母亲的天性。记得七岁那年，我与姐姐及同伴一起去河边捡草菇，补贴家用。在河边洗脚上的泥巴时，一不小心跌入了滚滚滔滔的大河里。同伴们费了好大的劲儿才把我救起来。这场灾难，虽然没有要了我的命，却给我带来一场大病。母亲吓坏了，给我四处寻医问药，护理调养，晚上还为我喊魂。

喊魂，是我们当地的一种乡俗。人受了惊吓后，半夜要雇请人陪同去喊魂，意思是把丢失的魂魄迎请回来。这是一桩相当辛苦的差事，母亲每天在三更半夜时，到河边烧香燃烛，磕头跪拜，举行完仪式，然后一路高喊着我的名字回来。当然，这是封建迷信，但母亲还是这样折腾了整整一周，一周下来，母亲整整瘦了一圈！

除我之外，还有姐姐、弟弟、妹妹等六个人，每人都因家里穷，营养差，走马灯似的患病。每人患病又都累坏了母亲：寻医问药，起早熬夜，精心护理，不得安宁。可想而知，矮小、瘦弱的母亲，要承受生活、精神、心理上的多少重负啊！

怎么也不能从我幼年记忆中抹去的还是那一次，为了给家里省几毛柴钱，她跟人家到一百多里外的山里捡柴。她体重只有七八十斤，竟难以置信地挑了一百四五十斤柴回来！路上，她不知歇了多少次，流了多少汗，直到很晚才回来。回来后，一身疼痛难忍，一头扎在床上无法起来，像瘫痪了似的。这一回，累得她整整在床上躺了两天两夜！过了好几天，勉强能挣扎着起来，但整个肩脊还肿得通红透亮。

然而，即使这样，家中还很难解决温饱。在三年困难时期，有一次，我见两个弟弟刚吃完食堂分的自己那一小份饭后，还不懂事地围着喂奶的母亲直哭着喊饿。母亲见了，流着泪，竟一边喂着奶，一边把自己小碗里仅有的那一小份分给了两个弟弟，自己只扒了两口。

更令人揪心的还有一次，因家中生活和营养条件差，母亲刚生下小妹不久，便发生烂乳，一个乳房红肿、溃烂。但是，为了养活小妹，她只好用另一只干瘪的乳房喂养她。我看见小妹每吮吸一口乳汁，母亲就皱一下眉头，似有一阵剧痛的感觉。然而，她始终没有向人表露出自己的痛苦……

在多年的人生风雨中，父亲因是知识分子，性格粗疏，脾性刚烈，常常被卷入运动的旋涡。母亲因此也常被牵连受累：经历过陪斗、罚跪、挨打、剪头发等种种磨难。

随着父亲的“问题”越来越严重，最终被送进“牛棚”，全家衣食无着时，母亲又只好四处乞讨和借贷来维持全家的生计。

记得全家因父亲的“问题”，刚被赶到偏远的山区劳动时，因为是“黑九类”的反动家庭，受尽了人家的白眼。住的是陌生老乡家真正养牛的牛棚，臭气熏天，蚊蝇乱飞。这还不打紧，关键的是全家无经济来源，生活无着，揭不了锅。因是反动家庭，连借都没人愿借。

怎么办？眼见穿得褴褴褛褛、饿得面黄肌瘦的孩子，母亲一咬牙，脑海中闪过一个大胆的想法：决定步行二三百里到邻县的娘家去借！然而，翻山越岭，跋山涉水，路途凶险，谈何容易?！但是，为了一家人能活命，母亲最终还是豁出去了。就这样，她拄着一根拐杖，一个人在路上行走了好几天。其间，饿了，就去路边找点野菜、野果充饥；累了，晚上就睡在人家的屋檐下。回来时，因饿得发昏，又正逢雪大夜深，她独自一人在离家还有八九里地的一座石桥上，一头栽了下去。当即头破血流，手腕骨折，浑身湿透。然而，当她想到家中几个嗷嗷待哺，等着她的米下锅的孩子时，她顾不上疼痛，依然忍着剜心剧痛，把粮食背了回来。

虽然经过了太多的痛苦和磨难，但母亲对人始终友好和善，人缘很好。虽然因父亲的工作调动也搬过许多次家，但凡是住过的街坊邻里都一致夸奖母亲为人善良、真挚、热情、朴实。

对别人如此，对家人也一样。虽然母亲没有什么文化，讲不出什么人生的大道理，但她却常常用古老的谚语、俗语来警示我们：“人看小，树看苗”“脚正身不歪”“竹大心虚，人大心实”“吃得苦中苦，方为人上人”……听了这些言简意赅的话语，我们深受启发，获益匪浅。

母亲最大的悲痛莫过于父亲的离世。尽管父亲没给母亲带来多少幸福，倒是给她带来不少麻烦与伤害，但母亲从不计较。她在父亲的灵柩前呼天抢地地哭喊道：“你不能离开我呀，你脾性太直太硬了，离开了我你要吃亏呀！……让我永远陪着你、守着你呀！……”

可见，母亲对父亲一生给她带来的不幸和苦难非但没有怨恨，相反，一直还关心、体贴他。因为，她始终是用一颗纯情、善良的心去包容和对待父亲。

在母亲勤勤恳恳、任劳任怨、苦心孤诣的精心呵护与培养下，我们兄弟姐妹七人终于长大成人，并在各自岗位上取得了一定的成绩。改革开放后，本来条件已经得到改善，母亲也该享享清福了，怎奈她一辈子付出太多，透支了健康。她越来越瘦，身体也越来越差了。最终患上了“老慢支”（支气管炎）等多种疾病，一天到晚咳个不停。有时从晚上咳到天亮，咳得我们做儿女的心里揪心地疼。虽然我们也陪她去过不少大小医院，但却因身体太差，都无济于事。最后，还是在摔过一跤后的病痛中离世了。她为我们奉献了自己的一生。

母亲临终的时候，我们几个儿女都在她的病床前。母亲似乎预感到她即将离世，用枯瘦的手紧紧拉住我的手说：“我这一辈子太累了，要好好休息一下了。我不在时，你要照顾好几个弟妹……”

说完，她就永远地闭上了眼睛，离开了我们。

我拉着母亲的手，感觉到她的体温渐渐冷去，生命之火在渐渐地熄灭。我难过地当即跪下，失声痛哭，任泪长流。眼睁睁地看着母亲就这样走了，她离开我们时的那种表情、那种期待，一直深深地留在我的脑海里，定格成一种永远难以磨灭的记忆！

母恩难忘！

载《存在的见证》散文选集（白山出版社）

《文化信丰》2016 年第三期

（此文获第二届“散文世界”杯二等奖）

山村吊脚楼

下放的地方是一个偏远的山村，平地稀少，村寨依山而建，于是，家家都建有吊脚楼。代代沿袭，这已成为山村建筑的一种独特风景。

吊脚楼，其实就相当于城市里的阳台，不过，它建得更加别致、考究、美观罢了。材质也不一样，大都用木材和竹料建成。讲究的人家会在吊脚楼上描栏画栋，雕龙画凤，一般的人家也会装饰打扮一番。因为，从某个方面来说，吊脚楼也是代表了一个家庭的“面子”。

譬如，灵芝家的吊脚楼画了龙凤的形象，表示龙凤呈祥、吉祥如意；彩凤家的吊脚楼画了六畜的图案，表示祈求六畜兴旺；翠翠家的吊脚楼刻了竹子的图案，表现得优雅、恬淡；玲玲家的吊脚楼镂成花瓶的模型，表现得很是别致、独特；云朵家的吊脚楼描的是朵朵白云，显得清新、高洁。

吊脚楼一般离主卧室或女孩的闺房较近，更能够充分发挥它的作用。

平日里，闺女、媳妇喜欢在吊脚楼上晾晒花衫、花裤，长裙、丝巾；阿婆、大嫂喜欢在吊脚楼上晾晒干果食物、土特产品……

雨天里，闺女、媳妇喜欢在吊脚楼上纳鞋绣花，缝补衣裳；阿婆、大嫂喜欢在吊脚楼上挑拣食物，制作食品……

最令人感兴趣的是，聚集在吊脚楼上的姑娘们与楼下的后生们“对歌”，这是最令人兴奋和激动的事。

每当乞巧节（七夕节）的时候，山里人都知道这是天上的牛郎与织女相会的日子，也是人间男女有情人相会的时候。于是，这天晚上，男的和女的约了自己的相好，去“钻林子”。没有相好的男女，便会聚集在某个人家的吊脚楼前“对歌”。这时候，通常女的和几个闺密聚集在吊脚楼上，男的在吊脚楼下的茶树林子里，互相“对歌”，表达爱意。这种具有诗情画意的“对歌”，既是男女双方互相倾诉衷肠的表达方式，也是一种恋爱的形式，成了村寨里的一种乡俗。

那天，我亲历了灵芝家的一场“对歌”活动。灵芝家的屋宇依山傍水，屋前是一条涓涓的小溪，她家的吊脚楼正对着后山的油茶林。

这天吃过晚饭后，彩凤、翠翠、玲玲、云朵、痂妹先后来到灵芝家的吊脚楼上，她们几个都是闺密，聚集在一起后，有说有笑，打打闹闹。她们与村寨中的几个小伙子早已约好了，晚上就在灵芝家的吊脚楼下“对歌”。

其实，“对歌”的对象也各自早已物色好了，双方都是早已心中有点“意思”的人，不会随便乱对。

不久，油茶林里响起了一阵嬉笑与推搡的声音，小伙子们应约来了。他们经过一番笑闹后，忽然响起了一阵嘹亮的歌声：

呃——
天上飞雁一行行，
林中归鸟一双双，
敢问楼上俏阿妹，
何时归家入洞房？

这是灵芝的心上人岩松唱的山歌。岩松是村里的会计，能写会算，与灵芝相好已有一年多了，虽然能经常碰面，但歇下来讲个人的私情，还从来没有过。今天，趁这个好机缘，他便用山歌的形式试问灵芝。

山歌传到吊脚楼上，闺密们都知道这是岩松唱给灵芝的，嬉笑了一阵后，推搡着让灵芝快回答。

呃——
枫叶霜打色更红，
酒酿越陈味越浓，

年终岁末丰收时，
阿妹单等哥来迎！

这是灵芝回复岩松的山歌。灵芝是镇里中学的毕业生，在村小学当代课教师，听了岩松的山歌，当即回了他一首，歌声一出，顿时楼上楼下都有轰动。

正在大家笑闹时，油茶林里又响起一阵歌声：

呃——
稻谷不收容易掉，
竹笋不采容易老，
妹子错过又一春，
哥哥心里也难熬！

这是石牛唱给彩凤的山歌。石牛是队里的保管员兼记分员，他早与当妇女队副队长的彩凤相好，两人早有意思，已经拖了好几年了，就是彩凤的父母不太同意，觉得石牛父母早死，光棍儿一人，女儿彩凤嫁过去无依无靠会吃亏，一直犹豫不决。彩凤本人的意志很坚决，听了石牛的山歌后，当即回了一首：

呃——
水滴石穿靠恒心，
铁杆磨针靠决心，
哥哥只要有真心，
冰雪过后总是春！

“哟——嗬！哟——嗬！”小伙子们在吊脚楼下的油茶林里响起了“哟嗬”声，表示赞叹，就在大家吆喝的时候，猛听得又响起了一个小伙子的声音：

呃——
黄连熬汁苦涟涟，
妹子家境赛黄连，
哥哥有心来恋妹，
哥妹同心铲苦根！

这是山狗唱给云朵的山歌。云朵是村中一个俊俏能干的姑娘，只是家境不好，父亲早死，母亲患病，家中还有一个残疾弟弟。她与山狗早已相恋，只是担心母亲和弟弟，一直放心不下，不敢大胆地向山狗说明。山狗其实早知云朵家的窘境，有心迎娶云朵，并将他的母亲和弟弟一起接到家里来。于是，便鼓励她，唱了上面这首山歌。不想，山狗的山歌一停，立马，吊脚楼上便响起了云朵的歌声：

呃——
苍鹰折翅难飞高，
田中没水难栽苗，
白云纵然高空飞，
无依无靠枉自飘！

山狗听了，鼻子发酸，忙又打（唱）了一首山歌安慰云朵道：

呃——
一个篱笆三个桩，
一人有难众人帮，
阿妹只管放心恋，
天塌下来哥能扛！

“哟——嗬！哟——嗬！”人们为他们真情所感动，又大声地“哟嗬”了起来。

吊脚楼上的姑娘们生怕小伙子们口渴了，又忙拿来橘子，一个个掷向他们说："喂，怕你们口渴了，送几个橘子给你们吃吧！"

月光下，只见姑娘们向吊脚楼下的小伙子们抛掷橘子。小伙子们东瞅西找，嘻嘻哈哈乱成一团。

稍停，吊脚楼上响起了一阵清脆嘹亮的歌声，这是玲玲的歌喉，她是唱给楼下小伙子憨仔的。玲玲与憨仔相好已有一年多时间了，玲玲大胆活泼，热热辣辣，可这个憨仔却木讷、憨厚，木鼓一样，不主动表态，让玲玲干着急：

呃——
春去春来又一年，
不要今年推明年，
哥哥若是真恋妹，
早抬花轿到门前！

歌声响过，半天没有回音。

"憨仔，回一个！回一个"小伙子们催促道。

"我……我不会唱……"憨仔腼腆地说。

"打个'哟嗬'，回句话也行！"有人嚷道。

"喂，明——年——娶你！哟——嗬！"憨仔红着脸，朝吊脚楼上大声说道。说完，打了个长长的"哟嗬"。

"哈哈哈……"吊脚楼上的姑娘们笑了。

"哈哈哈……"吊脚楼下的小伙子们乐了。

就在大家嘻嘻哈哈的时候，吊脚楼下的小伙子里又响起了一个人的声音，大家一看，这是长锁的声音。长锁是生产队的副队长，他与翠翠情好日密，已到谈婚论嫁的时候。翠翠是村里的卫生员，性格温婉、和善。村里人都说他们是天生的一对，大家竖起耳朵听他唱道：

呃——
向日葵花向阳开，
高山流水奔东海，

万事齐全哥问妹，
几时派来花轿抬？

翠翠听了，在吊脚楼上接唱道：

呃——
鲜花绽放迎蜜蜂，
阿妹梳妆等情人，
只要阿哥真有情，
花轿随时抬新人！

“哟——嗬！哟——嗬！”人们听了又大声“哟嗬”起来，欢乐的声音响彻了山野。

刚刚安静下来，忽然，吊脚楼上传来一阵嘤嘤的哭声。顿时，大家感到惊愕。顷刻静了下来，仔细一听，原来是痂妹的声音。她哭得很悲切，很伤心，几乎是在哽咽。原来痂妹是个残疾女，个头矮小，行走不便，很是自卑。虽然村中小伙蛮牯不嫌弃她，愿意娶她，但她仍缺乏信心，因此，这时不免触景生情，悲悯自怜，痛苦流泪。楼上的灵芝、彩凤、玲玲、云朵、翠翠忙安慰她，劝她把满腹心思唱出来，让蛮牯知道，也得到大家的支持与祝福。劝了半天，痂妹终于哽着喉唱开了：

呃——
要想上山遇山崩，
要想下河遇山洪，
阿妹是个苦命人，
冤枉生个残废身！

她的声音打战，显得很悲切。可以听出来，内心相当痛苦、无奈。她的歌声刚停，小伙子这边就响起了一个粗重的声音。大家熟悉，这是蛮牯的声音。只听他深情地唱道：

呃——
鱼儿无腿会游泳，
蛤蟆不走会跳动，
打个山歌劝声妹，
天塌下来哥会顶！

听得出来，歌声里充满勇敢、坚定、自信，很明显是对痴妹的鼓励和安慰。大家听了，都齐声高喊："好啊！好啊！"这既是对他们坚贞爱情的赞美，也是对他们的声援。

就这样，唱来唱去，互相对答，传递感情，直到深夜。

如今，村寨的人们都建起了一栋栋的小康楼，当年的吊脚楼已不复存在了。但"对歌"的形式依然存在，不过，"阵地"已转移到新建的脐橙果园里了，果园里的"对歌"又将是另一番特有的风味。

载《散文百家》2017 年第五期

山 品

一

“智者乐水，仁者乐山。”

早在两千多年前，孔子对山和水的秉性，就有了独到而深刻见解，一语中的地道破了山和水的基本特质与深邃内涵。

据说，人类是从山上下来的，是几万年前山上的类人猿来到平地上不断进化演变而成人的。可见，当年的山山岭岭是怎样敞开了胸怀，海纳和哺育了一代又一代人类最早的祖先。任他们在山上栖息、生活和繁衍，为他们提供了丰富多样、取之不尽、用之不竭的赖以生存的食物来源和生活必需品。大山和盘托出，毫无保留，尽其所有，毫不吝啬，一味地奉献与付出，并不期冀人们的回馈与报答。从中，我们可见大山仁慈、宽厚的情怀，博大、坦荡的胸襟与无私奉献的精神。就像是一位慈祥的长者，抑或是一位慈爱的母亲，孕育和呵护着一代又一代的人类祖先，繁衍生息与变化发展。

俗话说“靠山吃山”，这句再通俗不过的话语，依稀还能看出人类与大山之间的这种亲密无间、依靠信赖的依存关系。

无论是通过大量媒体的介绍，抑或我自身的亲眼所见，都能找到这种依赖大山生存、依靠大山生活的许许多多例证。

大学毕业刚参加工作时，是在大山里的一所学校。这里处处是山，屋宇房舍都建在山上，田园菜地也辟在山上。开门见山，进门也见山，方圆几十里都是层层叠叠的大山。

位于大山中心的集市，来的都是大山各处的山民，卖的也大都是山里的山货。

这里有山货一条街，卖的有山菇、山笋、山麂、山牛、山蛙、山鸡、山药、山果、山菜……连同山竹和山林制作的各种器皿和生活用品。应有尽有，琳琅满目，目不暇接，真可谓丰富多彩，数不胜数，货物如山了。

一天下来，买进卖出或卖出买进的基本上是山货，呈现出当初人类祖先原始的依赖大山生存的影子。不过，人们是用现代人的货币形式，取代了上古人以物易物的原始商品关系罢了。静静的大山，目睹了这一切，慷慨地奉献给了人们这一切，并没有向人们提出任何索取或要求！

工作多年后，下放到另一座大山劳动。这里四面环山，连连绵绵，层峦叠嶂。

“一天不上山，就没有家中这三餐。”这是这里的山民们一句流行的口头禅。因此，除生产队出工外，这里的山民们几乎每天都要到山上去采撷和获取，为衣食住行向大山伸手索要。

春夏，他们到山中采撷野花、野菜、山笋、山菇……

秋冬，他们到山中采摘野果、狩猎、烧炭、伐薪……

此外，他们用山中的油茶榨油，用藤条编筐篮，用竹篾扎器具，用木材打家具……用山上的资源制作出一系列的附属产品，为一年又一年的山里人提供生活所需。

大山，真诚无私，仁慈宽厚，慷慨大方、坦荡赤诚地默默奉献了自身的这一切。

二

巍巍群山，山势嵯峨，峥嵘雄伟，高耸入云，自古就有“登泰山而小天下”之说，也有“珠穆朗玛峰世界屋脊”之称。这些都是因为“会当凌绝顶，一览众山小”的视角意向，视大山为“天下之尊”，是离上天最近的地方，是通向天堂的“桥梁”。因此，自秦皇汉武，到唐宗宋祖，有不少皇帝天子，都要兴师动众，大张旗鼓地到泰山“封禅”，以求天降吉祥，恭接天命。各种教派布法弘道，也喜欢将寺庙、道观修建于山岭之上，以求得天地之“灵气”，成“仙”“道”之正果；更有不少世人为颐养天年，延年益寿，将秀丽名山辟为游览胜地。甚至，还有不少世人以攀登和“征服”高山险峰为荣誉、骄傲，并作为纪录载入史册。因此，众多山岭也声名远播，闻名遐迩；众多山名也引世人瞩目，令人神往。

然而，作为“世界屋脊”，被称为世界最高峰的珠穆朗玛峰，虽然巍峨挺拔，以巨人之尊，能瞩目万里，俯瞰大千世界，尽阅寰宇风云，但仍不骄不傲，谦虚谨慎，沉静稳重，箴言默语，守口如瓶，颇有城府，深藏世间万象秘密。

作为“登泰山而小天下”的泰山，虽然承接多个皇帝幸临，无论与天与地都过从甚密，但仍不虚不荣，不张不显，不卑不亢，庄重平和，朴实无华，一视同仁，虔诚真意地对待权贵与庶民的登临与造访。

作为千姿百态、风光旖旎的庐山和黄山，虽然景色瑰丽，山峰秀奇，引世人代代游览观赏，赞美不绝，但山体仍然风骨坚挺，外秀内刚，不娇不媚，不妖不邪，端庄秀美，质朴纯真，才赢得自古以来众多文人雅士的赞誉和人们的光临。

由此观之，高瞻远瞩，谦虚谨慎，质朴纯真，外秀内刚，是大山优良的品性。

三

烽火连绵、狼烟四起、刀光剑影的岁月，华夏大地，炮声隆隆，铁蹄声声，战马嘶鸣，生灵涂炭，民不聊生。革命志士，为真理正义，投身山林，与敌周旋，含辛茹苦，浴血奋斗，如火如荼。

莽莽林海的长白山，张开巨大的臂膀，接纳了这些不忘国耻的抗联将士。他们在大山的掩护下，与敌周旋，与敌抗争，沉重地打击了敌人的嚣张气焰。敌人恼羞成怒，绞尽脑汁，施尽伎俩，采取封锁、搜剿、烧山、围困等种种办法，忘图一举消灭他们。然而，这些抗联将士们与长白山一样英勇无畏，威武不屈，傲然面对，艰苦奋斗。他们与敌人殊死拼杀，浴血奋战，最终他们迎来了十四年抗战的伟大胜利。

巍巍井冈山八百里，耸立在湘赣边罗霄山脉中段。它高入云天，俯瞰大千世界，燃起烛天烽火，照亮了整个华夏神州。当年，敌人几次三番“进剿”，采取“茅草过火石过刀”的焦土政策，妄图将“星星之火”

扑灭于摇篮之中。但是，革命志士们在井冈山宽广胸怀的庇护下，经过了血与火的考验，经历了殊死的斗争，终于击退了敌人的包围与进剿。

井冈山依然昂起它高傲的头颅，挺拔的身姿坚毅刚强，铁骨铮铮，不屈不挠地面对着敌人的这一切，不卑不亢，从容淡定，经历了这一切，冲破了这一切，蔑视了这一切。星星之火，终于成了燎原之势！

艰苦卓绝的三年游击战争，散落在南方八省的十三支游击队，依靠着当地的高山峻岭，与敌人展开了艰苦卓绝、英勇无畏的斗争。尽管他们的斗争形式不尽相同，但艰难困苦却是相同的。

赣粤边区的油山，是三年游击战争的中心区域。当年的项英、陈毅同志就是率领原中央苏区的部分红军战士，在这里坚持了三年空前艰苦的游击战争。他们“整年整月的时间”，“在野外露宿”，“大风大雨大雪的日子”，“在森林和石洞里度过”。他们“风餐露宿，昼伏夜行”，“敌人采取搜山、烧山、移民、封坑、包围、‘兜剿’等等手段”，妄图一举消灭他们。但他们依然挺了过来，为此，陈毅同志写了这样的诗句描述当年的艰苦：

大军西去气如虹，
一局南天战又重。
半壁河山沉血海，
几多知友化沙虫。
日搜夜剿人犹在，
万死千伤鬼也雄。
……

三年下来，山林烧焦了一片又一片；树木砍了一茬又一茬；山石炸飞了一块又一块。然而，纵然遍体鳞伤，油山依然雄姿英发，头颅高昂，不屈不挠，伟岸挺拔；游击战士们经过了三年艰苦卓绝的战争洗礼，依然英勇顽强，坚韧不拔，威武不屈，坚强无畏。最终迎来了战争的胜利，被改编成抗日义勇军，奔赴前线，为中国的革命斗争谱写出新的历史篇章。

从中，我又品悟出了大山坚强无畏、英勇顽强、不屈不挠、立场坚定、淡定稳健的品性。

四

诚然，大山有上述种种优良的品性，但也不失具有良好的审美特质和不凡气质，颇得文人们的赞美与欣赏，并涌现出了李白、王维等一些山水诗人。在诗人们的眼中与笔下，无论是春夏秋冬，大山都具有迷人的审美之处。宋朝的郭熙在文章中就高度地概括了大山在四季之中的美："春山淡冶而如笑，夏山苍翠而如（一作"欲"）滴，秋山明净而如妆，冬山惨淡而如睡。"

整体来说，在诗人们的眼中和笔下，大山是千姿百态、风光无限、万般胜景、美不胜收的。

然而，在他们笔下，大山却又有了壮美、秀美、俊美、朦胧美与险峻美等各具情态的表现。这些美，在他们的诗词中得到了淋漓尽致的展示与表现。

"黄河远上白云间，一片孤城万仞山。"王之涣的《凉州词》写出了大山的壮美气势。试想，一两座山峰突兀眼前，都能让人感到庞大无比，如有万仞山峰呈现在眼前，气势该是何等的壮观！

大山的这种壮美，在毛泽东的诗词中也有所表现。他的词《沁园春·长沙》中"看万山红遍，层林尽染"，写了秋色中，大大小小的山林，红叶灼灼的壮美形象。红色，在自然界中，特别显眼。一两片红叶或一两树红叶已经够惹眼了，而千山万壑都红遍了，可以想象其气势是何等的壮观！

此外，毛泽东还在另一首词《沁园春·雪》中也写了大山的壮美形象："山舞银蛇，原驰蜡象，欲与天公试比高。"诗人毛泽东写了隆冬时节，当大雪飘飞时，大山像是舞动的银蛇。这种比喻与象征，既壮美又灵动。

而李白的诗句"庐山东南五老峰，青山削出金芙蓉""日照香炉生紫烟，遥看瀑布挂前川。飞流直下三千尺，疑是银河落九天"及"两岸青山相对出，孤帆一片日边来"，则又写出了山岭的秀美。诗中，诗人将秀美的山峰比作是削出的"金芙蓉"；当红日映照在香炉峰上，云霞好像是生出的袅袅紫烟；而在江边，当出现青山相对、回清倒影、孤帆落日的画面时，则如诗如画，更加显现出了山色的秀美。

除了表现大山的壮美、秀美之外，诗人们还表现了大山的俊美。唐朝刘禹锡的诗句“遥望洞庭山水色，白银盘里一青螺”和韩愈的诗句“江作青罗带，山如碧玉篸”通过两则比喻，把青山比作“青螺”和“碧玉篸”，写出了山色的俊美。唐朝张志和的诗句“西塞山前白鹭飞，桃花流水鳜鱼肥”写青山与白鹭相映衬，加上“桃花流水鳜鱼”相配，就显得山色更加俊美。元朝张养浩的诗句“云来山更佳，云去山如画，山因云晦明，云共山高下”就直接写了“山如画”的俊美。宋朝王安石的诗句“一水护田将绿绕，两山排闼送青来”写“两山”“送青”，则更加具体地表现出了山色的俊美。

与俊美不同的是，唐朝王维的诗句“江流天地外，山色有无中”和白居易的诗句“山在虚无缥缈间”却又写出了大山的朦胧美。

大自然气象万千，变幻无穷，有时云蒸霞蔚，有时岚气蒸腾，有时云遮雾绕，有时细雨朦胧。这给大山营造出了一种诗情画意般的意境，显得若有若无，虚无缥缈，给人一种朦胧美的感觉。

山岭，除了壮美、秀美、俊美、朦胧美，在诗人们的眼中和笔下，还有险峻美。写险峻美的诗句，诸如毛泽东的“山，刺破青天锷未残”“惊回首，离天三尺三”，李白的“明月出天山，苍茫云海间”“越人语天姥，云霞明灭或可睹”“天姥连天向天横，势拔五岳掩赤城”，等等。

这些诗句，从山峰的高峻，离天只有“三尺三”，从山体的雄浑博大“势拔五岳”等多视角、多角度地表现出了山势的嵯峨与险峻、博大与雄浑，从而给人以险峻美的感觉。

尽管山岭有如此众多的审美优点，但它并不妖艳、妩媚、卖弄、显摆，依然千万年如一日地静静地矗立在人世间，默默无语，供人们索取，任人们攀登，让人们游览。

从对山的品读与品悟中，我们可以感觉到大山有如此众多的内在优良品性和外在的优美姿容。然而，作为一个有思想感情的活生生的人来说，我们不也应该从中得到点启迪和思考吗？

载《西南作家》2017年第四期

后　记

记得还在20世纪60年代初，大学学习期间，尝试投稿。在第三封投稿信，也是退稿信中，编辑就用红笔在退稿签上特意写明：欢迎你写散文来。要知道，这才仅仅是我的第三封投稿信啊！编辑就看出了我在散文写作方面的潜质。时隔数十年后，我先后涉猎过诗歌、小说，并在这些文学门类上也都取得了一些成绩：发表过一些诗作，写过几首长诗，还出版过诗集；发表过十几篇短篇小说，出版过几部长篇小说。到头来，我还是钟情于散文创作，而且先后在一些刊物的散文赛事中获得过不少一、二等奖。也因此，我很钦佩当年那位编辑的眼力，的确是独具慧眼啊！

今天，在这些文学门类中，对于我来说，散文的创作确实还是比较得心应手的。眼下这部《永不逝去的歌》已是我的第四部散文集了，主要收集了我在《中国散文报》《赣南日报》《赣州晚报》《散文百家》《散文世界》《海外文摘》《散文选刊》(下半月)等报纸、杂志上所发表的一些文章。

由于时间仓促，在收集整理过程中，难免有许多错谬之处，欢迎大家批评赐教。

书稿在出版过程中，得到赣州市文联、市文学院及李雷、张秀峰、钟世庆、黄家玲、郭玉芳等同志的大力支持与帮助，在此，谨表深深的谢忱！

2021年9月13日

作者于赣州寓所水云阁